STÜRMISCHE LIEBE IM PARADIES IHRES MILLIARDENSCHWEREN COWBOYS

McCoy Milliardärsbrüder, Buch Drei

HOPE MOORE

Stürmische Liebe Im Paradies Ihres Milliardenschweren Cowboys

Wegen des seltsamen Testaments seines Großvaters braucht Morgan eine Ehefrau und Amber ist heimlich verknallt und verdankt ihm ihr Leben... aber wird sie ihr Herz in ihrer Fake-Ehe verlieren?

Laut des Testaments seines Großvaters muss der Resort-Tycoon und Milliardär Morgan McCoy heiraten, wenn er den Besitz der Resortabteilung von McCoy Enterprises behalten will. Morgan ist nicht glücklich darüber und macht sich auf den Weg nach Hawaii, um Geschäfte abzuschließen. Er will herauszufinden, ob er eine Frau auf Zeit finden oder ob er alles, wofür er so hart gearbeitet hat, aufgeben wird.

Als die persönliche Assistentin ihres Chefs Amber Rhodes nach Kauai einfliegt, um bei der Übernahme eines Resorts zu helfen, zögerte sie nicht. Seit sie den Job annahm, ist sie heimlich in ihren Chef verknallt, aber er weiß nicht einmal, dass sie existiert. Vielleicht ist dies ihre Chance, ihm zumindest ein wenig näher zu kommen. Sie erwartet nicht, dass sie an ihrem ersten

Tag im Paradies beinahe ertrinkt und auch nicht, dass sie von ihrem umwerfenden Chef gerettet wird.

Und sie erwartet ganz sicher nicht, dass Morgan McCoy sie bittet, ihn zu heiraten— aber es ist ein Angebot, das sie nicht ablehnen kann. Schließlich schuldet sie ihm etwas dafür, dass er ihr das Leben gerettet hat.

Aber wird sie ihr Herz verlieren, wenn ihr Vertrag endet?

KAPITEL EINS

Morgan McCoy stand auf den Klippen in der Nähe des McCoy Paradise Resorts und blickte über das königsblaue Wasser, das sich am Ufer der hawaiianischen Insel Kauai brach. Er hatte geschäftlich hierherkommen müssen, daher war er sofort nach der Verlesung des Testaments seines Großvaters aufgebrochen, in der er erfahren hatte, welche Bedingungen J.D. McCoy aufgestellt hatte, damit die Führung der riesigen McCoy Stonewall Hotel and Resort Division der McCoy Stonewall Enterprises weiterhin seiner Kontrolle unterstehen würde. Eine Abteilung, die für sich genommen bereits mehrere Milliarden wert war.

Die Anforderungen waren absurd.

Sein Großvater – dieser sture, kontrollsüchtige alte Kauz – hatte gewusst, dass er Morgan bei den Hörnern hatte. Er wusste, dass Morgan zu viel Arbeit in dieses Unternehmen gesteckt hatte, als dass er sich nun davon hätte trennen können.

Anders als damals, als er die Kontrolle über diese Abteilung übernommen hatte und es ihn nicht viel gekostet hätte, ihr den Rücken zu kehren, wollte er jetzt nicht mehr alles verlieren und wieder von vorn beginnen müssen. Er hatte zu viel Geld in die ganze Sache gesteckt. Und wenn er jetzt ginge, dann würden auch seine Brüder ihre Aktien an seinem Unternehmen verlieren. Die beiden hatten die Aktien ihrer eigenen Unternehmen von McCoy Stonewall Enterprises schützen müssen, damit jeder seinen Anteil behalten konnte und jetzt musste er dasselbe tun.

Das Testament bot keinen Raum für Auswege. Seine Anwälte waren auf sein Geheiß jeden einzelnen Satz durchgegangen. Nein, er steckte in der Klemme, sein Weg war vorherbestimmt – sein Großvater lachte sich in seinem Grab wahrscheinlich kaputt darüber, dass er das letzte Wort behalten hatte.

Wind und Nebelschwaden zogen vom Ozean herauf und umgaben die Lavafelsen, die die Klippen bildeten, auf denen er stand und den Schildkröten zusah, die in der hohen Brandung schwammen. Starke Böen erfassten Morgan und sorgten dafür, dass ihm die Kleidung am Körper klebte und er aus seinen trüben

Gedanken gerissen wurde. Der Himmel bestand aus einer Melange aus Marineblau und blassen Streifen von Babyblau, die gegen die herannahenden grauen Wolken kämpfte. Vor der Küste braute sich ein Sturm zusammen, der die Unterströmungen aufwühlte. Es würde eine unruhige Nacht werden.

Von seiner Penthouse-Suite in der obersten Etage des McCoy Paradise Resort würde sich ihm eine grandiose Aussicht auf die gewaltige Show bieten. Aber im Moment musste er in der Nähe des Wassers sein. Das half ihm immer, sich zu beruhigen. Heute allerdings nicht. Stattdessen glich die stürmische Unruhe, die sich am Himmel zusammenbraute, seinem inneren Aufruhr. Er blickte nach unten und betrachtete die Felsen unter sich. Er beobachtete die Meeresschildkröten, die sich in den wogenden Gewässern tummelten und die Turbulenzen zu genießen schienen, die sie zwischen den brechenden Wellen und den massiven Lavafelsen dahintrugen. Es erstaunte ihn immer wieder, dass sie nicht gegen die Felsen geschleudert wurden. Sie zu beobachten inspirierte ihn stets, weiter für das zu kämpfen, was er sich wünschte. Herausforderungen anzunehmen und sich nie unterkriegen oder besiegen zu lassen.

Und genau das hatte er immer getan, als er seine Abteilung der McCoy Stonewall Enterprises zu dem

Kraftpaket gemacht hatte, das es heute war.

Und nun hatte ihn sein Großvater im Grunde genommen mit einem Federstreich den Haien zum Fraß vorgeworfen.

Wenn er nicht innerhalb von drei Monaten heiratete und drei Monate lang verheiratet blieb, würde die McCoy Stonewall Hotel and Resort Division zu Tiefstpreisen an seinen schärfsten Konkurrenten, Lexington Industries, verhökert werden. Alles, wofür er gearbeitet hatte, würde mit der schnörkeligen Unterschrift eines Anwalts und dem letzten Willen seines Großvaters verschwinden.

Über den Wind hinweg vernahm er einen schrillen Schrei, wahrscheinlich den einer Möwe. Er sah sich um und suchte die Möwen ab, da das Geräusch nicht exakt dem Laut entsprochen hatte, den sie üblicherweise von sich gaben. Dann hörte er das Geräusch erneut und ließ seinen Blick vom Himmel erst zum Strand und dann zum Wasser gleiten. Vor der Küste erblickte er wild um sich schlagende Arme. Dort befand sich jemand in Not.

Morgans Adrenalinpegel schoss in die Höhe. Er bewegte sich schnell über die massiven Lavafelsen und wich dem Gezeitentümpel aus, als er zum Rand der Klippen eilte und dann die etwas tückischen Felsen hinunter zum Strand kletterte. Als er tief genug war, um springen zu können, blickte er zu der Stelle, an der er die im Wasser kämpfende Person sehen konnte. Dann sprang er auf den Strand hinunter und rannte los.

Beim Rennen behielt er die Person im Auge, seine Beine brannten von der Geschwindigkeit, die er sich abverlangte. Er betete, dass er nicht immer noch zu weit weg war, um rechtzeitig zur Stelle zu sein. Der Schwimmer sank wieder unter Wasser und Morgan grub seine Füße tief in den Sand und versuchte, noch schneller zu laufen. Er sah, wie der kleine Kopf und ein Arm wieder auftauchten. Er erreichte das Wasser, streckte die Arme nach vorne und stürzte sich in die Wellen. Er tauchte durch das Wasser hindurch und war dankbar dafür, dass er schon immer ein guter Schwimmer gewesen war. Er tauchte auf, suchte das Wasser an der Stelle ab, an der er den Schwimmer vermutete und erblickte gerade noch eine Hand, bevor sie wieder unter der Wasseroberfläche verschwand.

Er tauchte tief, schwamm mit all seiner Kraft und hielt die Augen offen. Er entdeckte ein dunkles Bündel Haare – *eine Frau*. Er griff nach ihr, schnappte sich ihren Arm und schlang einen Arm um sie. Dann kämpfte er sich mit ihr zurück an die Oberfläche.

Als er durch das Wasser brach, atmete er tief ein und sah die Frau an, die nicht reagierte. Morgan schwamm schnell zurück zum Ufer. Leute hatten sich versammelt und sahen zu, wie er aus dem Wasser zum Strand gewatet kam.

„Wir haben Hilfe gerufen", rief ein Mann aus der Gruppe.

Er ließ sich auf die Knie fallen und legte die Frau in den Sand. Sofort begann er damit, sie wiederzubeleben. „Komm schon", sagte er zwischen zwei Atemzügen. „Komm schon. Atme." Er beugte sich vor, um ihr erneut Sauerstoff in die Lungen zu blasen, als sie sich regte und dann hustete. „Ja, gut so." Er rollte sie auf die Seite und hielt sie fest, als sie hustete und das Meerwasser ausspuckte.

„Zur Seite, aus dem Weg!"

Als er diese Worte vernahm, sah er über seine Schulter nach hinten und erblickte Sanitäter, die auf sie zuliefen. Damit standen die Chancen der Frau schon besser.

Er rutschte zur Seite und die Sanitäter nahmen seinen Platz ein. Als sie ihn danach fragten, setzte er sie über die Einzelheiten in Kenntnis. Dann stand er auf und ging aus dem Weg. Er schaute ihnen aus ein paar Metern Entfernung zu und fragte sich, was passiert war. Die Frau war dunkelhaarig, Ende zwanzig oder Anfang dreißig. Bleich wie ein Geist. Und wahrscheinlich hübsch. Aber im Moment war sie so ausgelaugt und hustete so stark, dass das schwer zu sagen war. Als er die Situation beobachtete, kam er nicht umhin sich zu fragen, warum sie so weit hinausgeschwommen war, dass sie nicht mehr zurück in Sicherheit hatte gelangen können.

„Wissen Sie, wer das ist? Sind Sie mit ihr zusammen hier?", fragte einer der Rettungssanitäter, als sie sie auf die Trage legten.

Morgan starrte sie an und hatte das seltsame Gefühl, dass er sie schon einmal gesehen hatte. „Ich bin mir nicht sicher. Ich glaube, ich habe sie schonmal irgendwo gesehen, vielleicht im Resort."

„Okay, wir werden sie jetzt mitnehmen."

„Wohin?"

„Ins Wilcox Medical in Lihue."

„Ich möchte nicht, dass sie allein ins Krankenhaus kommt." Er blickte den Strand entlang, aber niemand schien mit ihr zusammen hier zu sein. Alle sahen nur aus wie neugierige Schaulustige. Morgan fühlte mit einem Mal, wie sein Beschützerinstinkt von ihm Gewalt ergriff. Immerhin hatte er sie gerettet. Warum sollte er also nicht so empfinden? „Ich komme mit Ihnen."

„Es tut mir leid, Sir, aber wenn Sie kein Verwandter sind, können Sie nicht mit dem Krankenwagen mitfahren."

Er ging neben ihnen her, während sie die Trage

zum Krankenwagen brachten. Eindringlich sah er ihnen zu, als sie sie hineinschoben. „Kümmern Sie sich gut um sie. Ich gehe mein Auto holen und komme in die Klinik."

Der Rettungssanitäter kletterte in den Krankenwagen und griff nach der Tür. „Das wäre gut. Nur für den Fall, dass sie Fragen haben."

„Ich werde da sein."

Die Türen des Krankenwagens schlossen sich und er fuhr mit heulender Sirene los.

Morgan drehte sich um und lief ohne zu zögern zum Resort.

Amber Rhodes wachte durch ein piepsendes Geräusch und den Geruch nach Desinfektionsmitteln auf. Verwirrt sah sie sich im Krankenzimmer um. *Was? Wie war sie hierhergekommen? Was war passiert?* Sie starrte auf die Infusion in ihrem Arm und sah dann auf die Maschinen, an die sie angeschlossen war. Sie blickte auf die Anzeige für ihren Puls. Die sah eigentlich ganz normal aus und genauso fühlte sich ihr Herzschlag auch an.

Was war nur geschehen? Sie versuchte, ihre Aufmerksamkeit auf verschwommene Erinnerungen zu richten.

„Gut. Sie sind wach." Eine lächelnde Krankenschwester in blauem Krankenhauskittel betrat den Raum. „*Howzit*?"

Erleichtert stellte Amber fest, dass sie sie verstand, denn *Howzit* war der hawaiianische Begriff für *Wie geht's*. „Es ging mir schon besser, danke."

„Ich bin Luana und ich werde Ihre Krankenschwester für die Nacht sein."

„Luana, können Sie mir sagen, wie ich hierhergekommen bin? Was ist passiert?"

„In einem Krankenwagen. Sie können sich an nichts erinnern?" Luana war sehr hübsch, mit dunklem, glattem Haar und freundlichen braunen Augen, die Amber ansahen. Bevor Amber sich eine Antwort überlegen konnte, legte Luana ihren Daumen auf Ambers Puls und begann zu zählen, während sie auf ihre Uhr schaute.

Amber war begierig darauf zu erfahren, warum sie hier war und versuchte, ihre Erinnerungen zu durchforsten, um die Geschehnisse einzuordnen. Aber es war alles so verworren. Es würde nichts nützen, solange die Krankenschwester ihren Puls kontrollierte.

Als sie fertig war, ließ die Krankenschwester ihr Handgelenk los. „Erinnern Sie sich an irgendetwas?"

Amber erinnerte sich an ihren Namen, sie erinnerte sich daran, dass sie für Morgan McCoy arbeitete, aber was noch? „Ich bin zum ersten Mal auf Kauai oder ganz allgemein auf Hawaii. Ich bin schwimmen gegangen. *Schwimmen*", keuchte sie, als sie mit einem Mal erneut von der schrecklichen Angst, die sie zuvor erfüllt hatte, übermannt wurde. „Ich bin zu weit rausgeschwommen."

Sie dachte angestrengt nach, aber das war alles, was ihr verwirrtes Gehirn zutage förderte. Ja, sie arbeitete seit einem Jahr für Morgan McCoy. Sie war eine der Assistentinnen seiner leitenden Assistentin Mrs. Beasley und war kurzfristig nach Kauai beordert worden, um ihr zu helfen.

Als sie den Anruf erhalten hatte, hatte Amber keine Sekunde gezögert, sondern ihre Tasche gepackt und den nächsten Flug genommen. Mr. McCoy und Mrs. Beasley waren am Tag zuvor mit einem Privatjet geflogen. Morgan McCoy flog nicht mit seinem Gefolge. Soweit sie wusste, hatte er das noch nie getan. Und sie wusste fast alles, was es über diesen Mann zu wissen gab. Er faszinierte sie.

Es gab zwei Gründe, warum sie sich über diese Geschäftsreise gefreut hatte, der erste war, dass sie ihm näher sein würde und eine geringe Wahrscheinlichkeit bestand, dass er sie tatsächlich bemerken würde. Im Büro, umgeben vom Chaos der Hauptverwaltung, hatte er nur sehr begrenzte Interaktion mit denen, die nicht zu seinem persönlichen Team gehörten. Seine Teammitglieder arbeiteten direkt mit ihm zusammen und das waren die Leute, die Zugang zu ihm hatten. Amber beobachtete ihn nur aus der Ferne. Sie war sich sehr wohl bewusst, dass sie eine ungesunde Schwärmerei für ihren Chef entwickelt hatte. Aber dieses Wissen hatte ihre Begeisterung über diese Geschäftsreise nicht mindern können.

Der zweite Grund war, dass sie gehört hatte, dass das wunderschöne Resort, das sie auf Kauai besaßen, großartig und dessen Anlagen hinreißend waren. Natürlich war Kauai an sich schon wunderschön, das sprichwörtliche Paradies. Und nun war sie also hier, auf ihrer ersten außergewöhnlichen Reise überhaupt, und befand sich in einem Krankenhaus und war an alle möglichen Geräte angeschlossen. Mrs. Beasley würde sehr, sehr verärgert sein.

„Wann kann ich raus? Ich bin geschäftlich hier und muss zurück ins Hotel und mich auf das Meeting morgen früh mit meinen Chefs vorbereiten."

„Es tut mir leid, aber Sie müssen zur Beobachtung hierbleiben. Sie haben eine beträchtliche Menge Wasser geschluckt. Ich glaube, Ihnen ist nicht klar, wie nahe Sie dem Tod waren. Zum Glück hat Ihr Retter Sie erreicht, bevor Sie ertrunken sind. Sie haben großes Glück, dass Sie noch leben. Er hat zufällig auf den

Lavaklippen in der Nähe des McCoy Paradise Resorts in Poipu gestanden, wo die vielen hübschen Meeresschildkröten hinkommen, um dort zu tauchen und auf den Wellen zu reiten. Er hat Sie von seinem Aussichtspunkt aus gesehen und es geschafft, rechtzeitig bei Ihnen zu sein."

Ein Schauer lief ihr über den Rücken, als ihr Erinnerungen an die Unterströmung durch den Kopf schossen. Amber war sich nicht sicher, von welchen Klippen Luana sprach, da sie noch nie zuvor im Resort gewesen war. Sie war auf direktem Weg in ihr Zimmer gegangen, hatte ihren Badeanzug angezogen und war sofort zum Strand hinuntergegangen. Sie hatte nicht gewusst, ob sich erneut eine solche Gelegenheit bieten würde, denn Mrs. Beasley hatte ihr gesagt, sie solle sich am nächsten Morgen zur Arbeit melden. Und wenn man für Morgan McCoy arbeitete, dann arbeitete man. Wahrscheinlich war dies ihre einzige Chance, sich in die wunderschönen Fluten zu stürzen. Sie hatte eindeutig einen Fehler gemacht.

„Jemand hat mich gerettet?", fragte sie und kam sich etwas dumm vor, weil Luana schließlich genau das soeben gesagt hatte. Aber Ambers Gehirn war immer noch wie benebelt.

„Ja. Er steht sogar draußen und hofft, Sie sehen zu können. Er machte sich Sorgen um Sie. Ich habe

Gerüchte gehört, dass er im Krankenwagen mitfahren wollte, aber sie haben sich geweigert, ihn mitzunehmen."

„Wirklich?"

„Er ist hier – er ist sofort hergekommen. Obwohl ich aus seiner Kleidung schließe, dass er sich umgezogen hat, da er nicht triefnass ist."

Amber wusste nicht, wie sie aussah, konnte sich aber vorstellen, welchen Anblick sie bieten musste. Dennoch musste sie demjenigen danken, der ihr das Leben gerettet hatte. „Bitte lassen Sie ihn herein. Ich möchte mich bei ihm bedanken."

„Das mache ich und ich werde auch den Ärzten Bescheid geben, dass Sie wach sind."

Einen Moment später erstickte Amber beinahe an einem Schluck Wasser, den sie gerade hatte trinken wollen, als kein anderer als ihr Chef, Morgan McCoy, durch ihre Zimmertür trat.

„Hallo", sagte er und betrachtete sie durchdringend. „Ich bin Morgan McCoy. Ich bin wirklich froh zu sehen, dass es Ihnen nach dem Schrecken, den Sie mir beschert haben, schon wieder besser geht."

Sie versuchte, nicht zu husten und starrte ihn an – sein dunkles Haar, die stahlblauen Augen, die eisenhart sein konnten, wenn er sich konzentrierte und an einem geschäftlichen Deal arbeitete. Oder wenn ihn jemand verärgert hatte, was sie nicht sehr oft gesehen hatte. Meistens waren diese umwerfenden Augen unglaublich ernst, so wie jetzt gerade. Voller Sorge blickte er sie an und betrachtete sie in ihrer ganzen zerzausten Herrlichkeit.

Ihr Herz raste wie bei einem olympischen Rennen.

Sie war nicht daran gewöhnt, dass er sie bemerkte. Aber im Büro gehörte sie auch nicht zu seinem inneren Kreis. Meistens sah sie ihn aus gewisser Ferne, wenn sie Mrs. Beasley half. Mrs. Beasley trat sehr beschützend gegenüber Morgan auf und achtete darauf, wer Zugang zu ihm erhielt. Sie hatte Amber bei ihrer Einstellung sogar gewarnt, dass es eine große Kluft zwischen ihm und fast allen gab, die für ihn arbeiteten. Amber nahm an, dass sie damit verhindern wollte, dass die Assistenten versuchten, ihre Krallen in den Chef zu schlagen. Mrs. Beasley beschützte auch alle, die im Büro arbeiteten und Amber hatte nichts gegen sie vorzubringen. Sie mochte sie wirklich und hatte Freude an ihrer Arbeit gefunden. Aus diesem Grund behielt sie ihre Schwärmerei für den Chef für sich.

Und sie schwärmte sehr für ihn.

Sie befürchtete, dass ihre verbleibende Zeit in diesem Job sehr kurz ausfallen würde, wenn Mrs. Beasley auch nur die geringste Ahnung davon hätte, wie sehr sie für ihn schwärmte.

„Soll ich den Arzt holen? Sie sehen ein wenig fassungslos aus. Fühlen Sie sich nicht gut?"

„Oh, tut mir leid. Mir geht es gut, dank Ihnen. Mr. McCoy, ich kann nicht glauben, dass Sie mich gerettet haben."

Verwirrung schlich sich auf seine Züge und er runzelte die Stirn, als er sie forschend ansah. „Es tut Ihnen leid, dass ich Sie gerettet habe?"

„Nein, ich bin froh, dass Sie mich gerettet haben. Es tut mir leid, dass ich fast ertrunken wäre und Sie deswegen nass geworden sind."

Er sah sie scharf an. „Sie kommen mir bekannt vor. Kenne ich Sie?"

Er hatte sie nicht erkannt. Und warum sollte er auch? „Ich-ich arbeite für Sie", stotterte sie.

Nun war er an der Reihe, verblüfft auszusehen. Er betrachtete sie genauer. „Sie arbeiten für mich? Hier im Resort auf Kauai? Sie sind mir bekannt vorgekommen, aber ich habe Sie nicht einordnen können. Ich dachte, ich hätte Sie vielleicht im Resort gesehen."

„Nein, nicht im Resort. Ich arbeite in Ihrer Hauptverwaltung. Ich bin heute eingeflogen, um Mrs. Beasley zu helfen. Ich soll morgen früh zur Arbeit erscheinen."

Seine Augenbrauen zogen sich enger zusammen. „Sie sind eingeflogen, um Mrs. Beasley zu helfen?" Er dachte über diese Information nach und sie konnte praktisch sehen, wie sein Verstand arbeitete.

„Ich bin eine von Mrs. Beasleys Assistentinnen und habe mit ihr an der Übernahme gearbeitet. Sie hat mich einfliegen lassen, um ihr bei etwas zu helfen, das Sie tun werden." In dem winzigen Krankenhauszimmer wurde es ihr langsam zu warm. „Ich war noch nie auf Hawaii oder Kauai und als ich angekommen bin, wollte ich schwimmen gehen, da das vielleicht die einzigen freien Minuten wären, die ich hier haben würde. Es tut mir leid. Ich habe nicht mit der Strömung gerechnet."

„Es gibt nichts, was Ihnen leidtun müsste. Die Strömungen werden manchmal sehr stark, vor allem, wenn sich vor der Küste ein Sturm zusammenbraut. Und Mrs. Beasley hat jedes Recht, jemanden einfliegen zu lassen. Ich bin nur etwas verwirrt, denn obwohl Sie mir bekannt vorkommen, kann ich mich nicht daran erinnern, Sie in meinem Büro gesehen zu haben."

Sie hob eine Hand an ihr Haar, fühlte sich verletzlich und hasste das. Sie wusste, dass sie schrecklich aussah. Ihr Haar war zerzaust und es war gut möglich, dass ihr Wimperntusche über das Gesicht ließ. Sie hatte keine Zeit zum Nachdenken gehabt, geschweige denn dazu, in einen Spiegel zu schauen. Sie sah wahrscheinlich aus wie eine ertrunkene Ratte. Ihre Wangen wurden bei dem Gedanken heiß. Und noch dazu erinnerte er sich überhaupt nicht an sie.

Warum ärgerte sie das? Er hatte sie lediglich flüchtig zu sehen bekommen. „Es gibt wirklich keinen Grund, warum Sie mich erkennen sollten. Ich arbeite im anderen Teil des Gebäudes. Ich bin Ihnen momentan so nahe wie nie zuvor. Ich bin Mrs. Beasleys Assistentin, nicht Ihre. Eine Menge Leute arbeiten für Sie." Sie schwafelte, eine alte Gewohnheit, von der sie geglaubt hatte, dass sie sie überwunden hätte. Anscheinend nicht.

Sie fühlte sich plötzlich sehr müde.

Er verschränkte die Arme und seine Schultern spannten sich an und sorgten dafür, dass sich das Polohemd straffte, während er ihr Gesicht forschend ansah. „Wie lange arbeiten Sie schon für mich?"

Er war äußerst hartnäckig, aber das wusste sie bereits.

„Etwa ein Jahr."

Er fuhr sich mit einer Hand durch das dichte, dunkle Haar und sah noch etwas verwirrter aus. „So lange und ich habe sie trotzdem nicht erkannt. Wie auch immer, Ihnen geht es gut – und das ist alles, was zählt. Ich bin fassungslos, dass ich jemanden nicht erkenne, der seit einem Jahr in meinem Büro arbeitet, aber darüber werden wir uns jetzt keine weiteren Gedanken machen. Wir werden uns vielmehr darüber Gedanken machen, ob es Ihnen gut geht. War der Arzt bereits hier und hat nach Ihnen gesehen?"

„Nein. Die Krankenschwester ist ihn holen gegangen. Ich habe Angst, dass ich morgen zu spät zur Arbeit komme. Ich glaube nicht, dass sie mich vor morgen früh entlassen werden. Sie sagten, ich müsse über Nacht dableiben."

„Machen Sie sich keine Sorgen. Ich rufe Mrs. Beasley in ein paar Minuten an. Und ich werde dafür sorgen, dass Sie morgen früh abgeholt werden, nachdem wir gehört haben, was der Arzt zu sagen hat."

Sie stand wirklich neben sich. War verwirrt. Niemand würde glauben, dass sie einen Universitätsabschluss und einen sehr beeindruckenden Lebenslauf vorzuweisen hatte. „Danke, dass Sie sich um mich kümmern, aber es geht mir gut. Ich finde selbst zurück zum Hotel. Es besteht wirklich kein Grund dafür, dass Sie sich solche Mühe machen." Sie war den größten Teil ihres Lebens auf sich allein gestellt gewesen, daher war es kein Problem, ein Taxi zu nehmen.

Seine Augenbrauen zogen sich zusammen und die

besorgt aussehenden blauen Augen blickten ein wenig irritiert drein. „Doch, es gibt einen guten Grund. Sie arbeiten für mich – wir werden uns um Sie kümmern. Ein Wagen wird Sie abholen und Mrs. Beasley auch. Also, was immer Sie brauchen, fragen Sie einfach danach." Und dann drehte er sich um und verschwand zur Tür hinaus.

Amber starrte ihm hinterher. Dies war der seltsamste Tag ihres Lebens. Sie war über den Ozean geflogen, dann fast in diesem ertrunken und ihr Chef hatte sie gerettet. Ihr Chef, der noch nicht einmal wusste, dass sie für ihn arbeitete. Oder dass sie ein hoffnungsloser Fall war, weil sie an unerwiderter Liebe zu ihm litt.

Es war wirklich, wirklich lächerlich und sie hatte keine Ahnung, wie es so weit hatte kommen können.

KAPITEL ZWEI

Morgan rief Mrs. Beasley an, sobald er wieder auf der Straße zurück nach Poipu war.

Beim ersten Klingeln nahm sie das Gespräch entgegen. „Hallo, Mr. McCoy." Ihre Stimme war wie immer sanft und effizient. Mrs. Beasley war seit Jahren bei ihm und seine zuverlässigste Mitarbeiterin und eine gute Freundin und doch konnte er sie nicht dazu bringen, ihn Morgan zu nennen.

„Mrs. B., können Sie mir sagen, was Sie über die Frau wissen, die heute Morgen hier angekommen ist? Ihr Name ist Amber Rhodes und sie hat gesagt, dass sie Ihnen diese Woche helfen soll?"

„Sie haben Amber schon kennengelernt?"

„Ja, das habe ich. Ich musste sie vorhin aus dem Pazifik fischen. Sie wäre vor dem Resort beinahe ertrunken."

„Was?", keuchte sie. „Ich wusste, dass es einen Notfall bei uns gab, aber ich habe nichts weiter gehört. Bitte sagen Sie mir, dass es ihr gut geht."

„Das tut es, aber niemand wusste, wer sie ist." Er erzählte ihr, was geschehen war und schilderte ihr die Kurzfassung. Noch immer war er ganz aufgewühlt wegen des Vorfalls. „Ich wusste nicht, dass wir sie erwarten. Ist alles in Ordnung?"

„Ich bin so froh, dass es ihr gut geht. Armes Ding. Ich wollte es Ihnen sagen, aber dann ist alles geschehen, bevor ich Sie informieren konnte. Um ehrlich zu sein, Mr. McCoy, habe ich mich zuletzt nicht so gut gefühlt. Ich war besorgt, dass ich Ihnen bei dem anstehenden Geschäftsabschluss, bei dem Sie Hilfe benötigen werden, keine große Hilfe wäre und habe mich um Verstärkung gekümmert. Mir ging es erst so richtig schlecht, nachdem wir in diesem Flugzeug saßen. Sie können beruhigt sein, Amber ist ausgezeichnet. Sie ist seit dreizehneinhalb Monaten bei uns, etwas mehr als ein Jahr und sie hat den ganzen Monat über an dem Geschäftsabschluss mitgearbeitet. Ich war zuversichtlich, dass sie einspringen und meinen Platz einnehmen könnte. Aber jetzt tut es mir so leid, dass sie im Krankenhaus liegt und fast ertrunken wäre. Ich kann es nicht glauben."

„Es geht ihr gut. Ich habe mit ihr gesprochen und

sie erwartet, dass sie morgen früh entlassen wird. Ich habe ihr gesagt, dass wir uns darum kümmern würden, dass sie abgeholt wird. Ich werde das erledigen – Sie kümmern sich um sich selbst. Kann ich Ihnen etwas bringen? Wenn Sie sich nicht wohl fühlen, dann sollten Sie auf jeden Fall nach Hause gehen. Ich weiß nicht, ob Ihnen das klar ist, Mrs. B., aber ich habe mich daran gewöhnt, dass Sie immer da sind. Ich kann mich gar nicht daran erinnern, dass Sie mal nicht bei der Arbeit waren. Ist alles in Ordnung? Ist es ein Virus oder eine Erkältung oder etwas Ernsteres?"

„Nichts schrecklich Schlimmes. In letzter Zeit war ich häufig sehr müde. Ich bin oft erschöpft und war deswegen beim Arzt. Ich habe ein paar Autoimmunprobleme und nehme nun Nahrungsergänzungsmittel dagegen."

Morgan sorgte sich um seine persönliche Assistentin. Im Laufe der Jahre war sie ihm ans Herz gewachsen. Auch wenn er es nicht immer zeigte, mochte er sie sehr. Er konnte ihr alles anvertrauen. Sie wusste sogar über die Anforderungen des Testaments seines Großvaters Bescheid. Er hatte es niemandem sonst gesagt, doch sie wusste alles.

„Wenn Sie nach Hause fliegen müssen, können Sie den Jet nehmen. Ich kann den Abschluss um einige Wochen verschieben. Bei alldem, was mir durch den

Kopf geht, mit dem Testament und so, sollte ich mir vielleicht selbst ein paar Tage frei nehmen.“

„Sie – sich freinehmen? Nun, ich weiß, dass Sie das nur sagen, damit ich mich besser fühle. Sie, Morgan McCoy, nehmen sich nie frei, obwohl es gut für Sie wäre. Die Sache mit Ihrem Großvater zehrt an Ihren Nerven – auch wenn Sie das nie zugeben würden. Das ist ein weiterer Grund, warum ich nicht wollte, dass Sie sich Sorgen um mich machen. Es ist mein Job, mir Sorgen um Sie zu machen.“

„Mrs. B., ich weiß nicht, ob Sie das wissen, aber ich bin ein erwachsener Mann und das schon eine ganze Weile. Ich kann auf mich selbst aufpassen. Und ja, Sie haben absolut recht – ich bin wirklich hin- und hergerissen wegen dem, was mein Großvater getan hat. Aber ich werde es überstehen. Wir kümmern uns jetzt erst einmal um Sie. Nehmen Sie sich den Rest des Tages frei. Ich bin in etwa dreißig Minuten im Büro und will Sie dort nicht mehr vorfinden. Ich möchte, dass Sie in Ihre Suite gehen und sich entspannen. Rufen Sie den Zimmerservice an, gehen Sie auf Firmenkosten ins Spa und genießen Sie die restliche Zeit hier, wenn Sie nicht nach Hause fliegen wollen.“

„Danke. Das klingt wunderbar, aber ich muss nach Amber sehen.“

„Ich werde mich um sie kümmern.“

„Wir machen es so, ich werde mich entspannen, aber ich werde in meiner Suite sein, um ihr zu helfen und mich mit ihr zu treffen, wenn sie nach dieser Tortur arbeiten will."

„Das klingt gut, solange Sie sich nur ausruhen. Ich gebe Ihnen morgen Bescheid was sie angeht. Wenn Sie sich mit Ms. Rhodes treffen müssen, dann lassen Sie sie in Ihre Suite kommen und arbeiten von dort, während Sie die Füße hochlegen und sich ausruhen. Wenn ich etwas von Ihnen brauche, werde ich Sie anrufen."

„Das klingt wirklich nach einer sehr schönen Idee. So kann ich mit Amber arbeiten. Sie kann unsere Vermittlerin sein, wenn ich nicht das Telefon benutzen will." Sie kicherte.

„Machen Sie es so, wie Sie es wollen. Aber was auch immer Sie tun, gehen Sie jetzt auf Ihr Zimmer. Das ist ein Befehl, junge Dame." Er lachte, als sie lachte. Es hatte sich wirklich als Segen erwiesen, dass er sie eingestellt hatte, gleich nachdem er die Führung des Unternehmens übernommen hatte. Ihr Lebenslauf war exzellent und sie war die beste Assistentin, die er sich nur vorstellen konnte. Und wenn sie befand, dass diese Amber Rhodes für sie einspringen konnte, dann konnte er sich darauf verlassen.

Wenn ihr denn danach war, nachdem sie beinahe

ertrunken war.

Es ärgerte ihn immer noch, dass er sie nicht erkannt hatte. Sie war hübsch, er nahm an, dass sie außerdem sehr effizient war, sonst würde sie nicht für Mrs. B. arbeiten. War er den Leuten, die mit ihm in der Hauptverwaltung arbeiteten, gegenüber so distanziert, dass er nicht einmal ihre Gesichter erkannte? Andererseits war Ms. Rhodes blass gewesen und ihr Haar nass und er hatte das Gefühl, dass sie wahrscheinlich nicht genauso ausgesehen hatte wie sonst. Trotzdem, es störte ihn.

Er fuhr auf seinen Privatparkplatz im Resort, stieg aus, lief die Treppe zu seinem Privateingang hinauf und nahm den Aufzug in den obersten Stock. Dies war nicht nur sein eigener Eingang; wenn sie hochkarätige Gäste hatten, dann konnten sie so Kommen und Gehen, ohne gesehen oder verfolgt zu werden. Sein Cousin Denton benutzte ihn, wenn er sich im Resort aufhielt. Nachdem er einige erfolgreiche Country-Alben aufgenommen hatte, wurde er manchmal von Paparazzi verfolgt, sodass er den gesicherten Eingang zu schätzen wusste.

Als Morgan in sein Zimmer kam, entledigt er sich schnell seiner Kleidung und sprang unter die Dusche. Das heiße Wasser half ihm, sich ein wenig zu entspannen und er fühlte sich gleich besser. Er zog sich rasch an und fuhr dann mit dem Hauptaufzug in sein Büro hinunter. Mrs. Beasley war nicht da, also rief er seinen Limousinenservice an und bestellte einen Wagen für den nächsten Tag, der Ms. Rhodes abholen würde, sobald der Arzt sie entlassen hatte.

Er holte seinen Computer hervor, starrte aber dann einfach nur auf den Bildschirm. Seine Gedanken waren mit dem beschäftigt, was sein Großvater getan hatte und dass er das Unternehmen verlieren könnte. Seine Anwälte hatten ihm versichert, dass es keinen Ausweg gab und dass er sich eine Ehefrau suchen müsse. Aber er war noch nicht bereit aufzugeben und hatte sie angewiesen, weitersuchen.

Er wollte seine Resorts behalten. Er war fünfunddreißig Jahre alt und obwohl er in dem Alter war, in dem man sesshaft wird, hatte er bereits einmal kläglich darin versagt... Seitdem hatte er nicht die Absicht gehabt, es noch einmal zu versuchen. Für seinen Geschmack kamen ihm auch Goldgräber manchmal viel zu nahe. Aus diesem Grund hatte er strategische Teams zusammengestellt, die ihn vor jeder Art von Kontroverse und vor Leuten schützten, die sich ihm mit Hintergedanken nähern mochten.

Offensichtlich hatten Mrs. B. und die anderen in

ihrem Bemühen, die Leute auf Abstand zu halten, gute Arbeit geleistet, wenn er nicht einmal diejenigen bemerkte, die seit einem Jahr für ihn arbeiteten.

Die McCoy Stonewall Resorts and Hotels Division, die zu McCoy Enterprises gehörte, war ein großes Unternehmen. Aber wenn er eine Frau, die eng mit seiner persönlichen Assistentin zusammenarbeitete, nicht erkannte, dann bedeutete das entweder, dass er zu weit von seinen Leuten auf Abstand gehalten wurde oder dass er sich absichtlich zu weit distanziert hatte und nicht auf die Dinge um ihn herum achtete, die von Bedeutung waren. Leute waren wichtig, sein Geschäft war wichtig, sein Geschäft hing von ihnen ab. Aber vielleicht hatte er sich so sehr mit seiner Arbeit beschäftigt, dass er aufgehört hatte, alles andere wahrzunehmen, was wichtig war.

Er hatte deutlich sehen können, wann Amber Rhodes aufgegangen war, dass er sie nicht erkannt hatte. Sie war ein kleines bisschen beleidigt gewesen. Sie hatte es schnell überspielt, aber er hatte es ihren Augen angesehen. Außerdem war ihm aufgefallen, wie gelassen und diszipliniert sie gewesen war, trotz allem, was sie durchgemacht hatte und er kam nicht umhin, sie dafür zu bewundern.

* * *

Schockiert stellte Amber am nächsten Morgen fest, dass jemand aus dem Resort mit einer Tasche bei ihr auftauchte, in der sich einige ihrer Kleider sowie ihr Make-up und Hygieneartikel befanden. Die Dame reichte ihr ein Telefon, Mrs. Beasley war am anderen Ende der Leitung.

„Amber, meine Liebe, es tut mir schrecklich leid, was Ihnen gestern passiert ist. Ich bin so froh, dass es Ihnen gut geht. Sagen Sie mir, wie fühlen Sie sie heute?"

Und so ging das Gespräch weiter. Sie hatte die Sachen geschickt, damit Amber etwas Frisches zum Anziehen hatte. Erleichtert nahm Mrs. Beasley zur Kenntnis, dass sie sich vollkommen gesund fühlte und zur Arbeit erscheinen würde. Sie teilte Amber mit, dass Mr. McCoy ihr eine Limousine schicken würde, sobald sie entlassen wurde. Amber hatte keine Einwände, schließlich arbeitete sie für einen Milliardär und Vorteile wie Limousinenfahrten gingen eben damit einher.

Sie hatte sich angezogen und ihr Haar nach hinten gekämmt und es dann, wie sie es auch sonst bei der Arbeit trug, zu einem straffen Knoten im Nacken gebunden. Nun fühlte sie sich schon wieder mehr wie sie selbst. Sie trug eine anthrazitfarbene Hose zu einem Paar geschlossener schwarzer Pumps, die sie immer während der Arbeit trug und eine cremefarbene, seidige Bluse und keinen Schmuck. Sie wollte bei der Arbeit möglichst unauffällig aussehen, da sie eine Assistentin war, die hinter den Kulissen arbeitete, und nicht gern die Aufmerksamkeit auf sich zog.

Nachdem der Arzt gekommen war und sie entlassen hatte, brachte man sie nach unten zum Vordereingang, wo sie auf den Wagen warten wollte, der sie abholen würde. Kaum war sie draußen, fuhr ein schwarzer Mercedes vor und hielt vor ihr an. Ihr wurde flau im Magen, als sie sah, dass kein anderer als Morgan McCoy aus dem tiefergelegten Luxus-Sportwagen stieg.

Meine Güte, der Mann raubte ihr den Atem. Er trug ein weißes Oxford-Hemd zu einer dunklen Hose und Stiefeln. Der Mann war schließlich Texaner. Ein sehr einflussreicher texanischer Geschäftsmann, der seine schwarzen Stiefel mochte. Und ihr gefiel es sehr, ihn in diesen Stiefeln zu sehen. Sie mochte es, dass er von einer Ranch stammte. Sie fragte sich immer, ob er die Stiefel als Erinnerung an seine Wurzeln trug. Sie selbst stammte von einer Vieh-Ranch, obwohl das schon sehr lange her war. Sie besaß ein Paar Stiefel als

Erinnerung, die sie jedoch weder mit sich herumtrug noch oft anzog. Aber sie besaß sie und schätzte sie wegen der damit verbundenen Erinnerungen.

Diese Stiefel passten weder zu ihren Hosen noch zu ihren Bleistiftröcken, aber sie liebte sie trotzdem. Sie erinnerten sie an die Zeit, als sie noch ein Kind gewesen war und ein Pferd besessen hatte... und eine Familie und eine sehr kleine Ranch. Ihr Herz schmerzte bei diesen Erinnerungen... an all das, was vor dem einen Moment geschehen war, der ihr wahres Leben gestohlen und nur die Erinnerungen zurückgelassen hatte.

Erinnerungen, die so lange zurücklagen, dass sie sich mehr wie Träume anfühlten als wie etwas, das sie tatsächlich einmal erlebt hatte.

Morgan lief um das Heck des Wagens herum und ihr Herz raste, als er auf sie zukam. Er lächelte und ihre Knie wurden weich. „Sie sehen ein wenig anders aus als gestern. Ich nehme an, dass Mrs. B. Ihnen ein paar Kleider geschickt hat."

Er musterte sie und ein Schwirren vibrierte durch sie hindurch. Sie musste äußerst vorsichtig sein. Sie nahm einen kurzen, langsamen Atemzug und versuchte, die irrationalen Gefühle zu beruhigen. „Das hat sie. Mrs. Beasley ist sehr effizient. Sie hat mir auch gesagt, dass sie sich nicht wohl fühlt und dass ich ihre

Aufgaben übernehmen werde, solange ich hier bin. Ich habe mich schon gewundert, als sie mich einfliegen ließ. Sie ist sonst nie krank – naja, es gab schon ein paar Tage, an denen sie müder schien als gewöhnlich. Aber sie ist ein Kraftpaket. Sie macht mir ein wenig Sorgen."

„Ich weiß Ihre Sorge um sie zu schätzen. Mir geht es genauso, aber sie hat mir versichert, dass es ihr bald wieder gutgehen wird und dass es keinen Grund zur Beunruhigung gibt. Sie entspannt sich in ihrer Suite und nutzt den Zimmerservice. Wir werden sie ein wenig verwöhnen, während sie hier ist und Sie werden mir bei allen Briefen und dem Papierkram helfen, den ich erledigen muss. Wir werden nach Princeville fahren müssen, um uns das Grundstück anzusehen. Aber erst mal möchte ich wissen, wie es Ihnen heute geht."

Er griff nach der kleinen Übernachtungstasche, die sie in der Hand hielt und in der ihre Sachen gebracht worden waren. Amber ließ den Griff nicht rechtzeitig los und seine Hand schloss sich über ihrer. Sofort fühlte sich ihr Bauch an wie im freien Fall und Schmetterlinge wirbelten durch ihren Körper, sodass sie ganz nervös wurde. Es war nicht ungewöhnlich, dass die Schmetterlinge auftauchten, wenn sie ihren Chef sah. Doch seine Berührung war eine völlig neue

Empfindung. Ihr Blick begegnete seinem. Er beobachtete sie. *Sah sie da Interesse in seinen Augen? Nein, bestimmt nicht.*

„Ich nehme diese Tasche." Er zog und sie ließ los. Er öffnete ihr die Autotür und sie ließ sich in den luxuriösen Innenraum sinken.

Sie hatte eine Limousine mit einem Fahrer erwartet, nicht ihn und seinen Mercedes. Es war merkwürdig, dass er sie abgeholt hatte, aber schließlich hatte er sie gerettet. *Fühlte er sich für sie verantwortlich?* Sie war diejenige, die sich ihm gegenüber verpflichtet und dankbar fühlte.

Als er die Tasche im Kofferraum verstaut hatte, rutschte er auf den Sitz neben ihr. Sie war von der Intimität des Wageninneren überwältigt, als er die Tür schloss und sich zu ihr drehte.

„Brauchen Sie noch etwas, bevor wir nach Poipu und zum Resort zurückfahren?"

„N-nein, alles in Ordnung. Und ich muss noch einmal sagen, dass ich Ihnen sehr dankbar bin, dass Sie mich gerettet haben."

Er zuckte mit den Schultern, seine Aufmerksamkeit richtete sich wie ein Laser auf sie. „Ich bin einfach froh, dass ich da war. Ich bin dankbar, dass Sie jetzt hier neben mir sitzen."

„Ich auch. Aber Sie hätten mich wirklich nicht

selbst abholen müssen. Ich weiß, dass Sie viel wichtigere Dinge zu tun haben."

Seine Augenbrauen zogen sich zusammen und seine blauen Augen sahen sie durchdringend an. „Nichts ist im Moment wichtiger als Sie", sagte er voller Inbrunst.

Sie wusste nicht, was sie darauf antworten sollte. Also nickte sie einfach und legte eine Hand auf ihren Bauch, um die Schmetterlinge zu beruhigen, die jeden Moment dafür sorgen würden, dass sie wie ein verliebtes Schulmädchen zu plappern beginnen würde. Er interpretierte ihr Nicken als Zustimmung, legte den Gang ein und fuhr langsam unter dem überdachten Säulengang des Krankenhauses hervor. Sie starrte auf die Straße und hatte das Gefühl, als wäre sie gestern schwimmen gegangen und in eine Zeitschleife oder so etwas geraten.

Die starke Strömung hatte sie nun in ein sehr gefährliches Gebiet gespült.

KAPITEL DREI

Morgan hatte nicht geplant, Amber an diesem Morgen abzuholen, aber je länger er darüber nachgedacht hatte, desto weniger hatte ihm die Vorstellung gefallen, dass sie nach allem, was sie durchgemacht hatte, von einem Fahrer abgeholt wurde. Nun sah er sie auf dem Beifahrersitz an und merkte, dass sie sich in seiner Gegenwart unwohl fühlte.

Er hätte sie beinahe nicht erkannt, als er vorgefahren war und nun hatte er zumindest eine gewisse Ahnung, warum er sich nicht an sie erinnert hatte... sie hatte die Haare zu einem sehr strengen Knoten nach hinten gekämmt. Kein einziges Haar tanzte aus der Reihe und er hätte schwören können, dass die Haut an ihren Schläfen unter Spannung stand. Ihr Haar war akkurat nach hinten gekämmt und im Nacken zu einem dicken, straffen Knoten gebunden. Er versuchte, sie nicht anzustarren und musste gegen den starken Drang ankämpfen, ihr die Nadeln aus dem Dutt herauszuziehen, damit ihr die Haare wieder frei über die Schultern fallen konnten.

Wie hatte sie das gemacht? Sie hatte heute wieder ein wenig Farbe im Gesicht und eine kühle, elegante Ausstrahlung an sich. Gestern war sie blass und verletzlich gewesen und er hatte eine gewisse Sanftheit wahrgenommen, die heute verschwunden war. Sie war hübsch, legte aber ein professionelles Auftreten an den Tag.

Er legte den Gang ein, fuhr vom Krankenhausparkplatz herunter und bog auf die Hauptstraße ein.

„Geht es Ihnen heute besser? Keine Nachwirkungen von gestern?" Smalltalk war nicht seine Stärke. Er schaute sie an und ihre Blicke trafen sich, als sie von der Straße zu ihm hinüberschaute. Sein Puls beschleunigte sich, was ihn erschreckte. Er drehte seinen Kopf ruckartig zurück, um sich auf die Straße zu konzentrieren. *Was war das*?

„Danke, mir geht es schon besser." Sie klang ein wenig atemlos, was seinen Puls noch weiter ansteigen ließ.

Was? Seine Finger umklammerten das Lenkrad fester. Er suchte nach etwas anderem, das er sagen konnte. Aber das Einzige, was er sie fragen wollte, war, weshalb sie ihr Haar so trug. Und das sollte er eine Angestellte nicht fragen. *Und warum wollte er das überhaupt wissen?*

„Ich habe mich gestern Abend darauf eingestellt, wieder nach Hause fliegen zu müssen", fügte sie hinzu. „Ehrlich gesagt, war ich überwältigt davon, wie naiv ich gewesen bin. Sir, ich bin niemand, der unbesonnene Dinge tut und es war unbesonnen von mir, einfach ins Wasser zu gehen. Ich war noch nie auf Hawaii und wusste nichts von den Strömungen. Ich hätte nicht weiter hineingehen und nur durchs flache Wasser waten sollen. Aber das Wasser hat sich so gut angefühlt und ich habe mich einfach ein wenig abenteuerlich gefühlt und mich weiter hinausgewagt. Und dann bin ich geschwommen und das Wasser wurde sehr schnell tief. In einem Moment war ich noch nahe am Ufer und dann wurde ich plötzlich hinausgezogen und hatte zu kämpfen." Ihre Stimme zitterte leicht.

Der Klang ihrer Stimme ließ Mitgefühl in ihm aufwallen und er wollte sie trösten.

„Sie haben die Zeichen übersehen und waren zu weit unten am Strand – die Unterströmung ist in der Nähe der Klippen sehr stark. Deshalb waren auch nicht viele Menschen im Wasser. Der herannahende Sturm hat dafür gesorgt, dass es gefährlich wurde. Das haben Sie nicht gewusst."

Er schaute wieder zu ihr und sah, dass sie ihre Augen geschlossen hatte. Er beobachtete sie kurz. Sie schien es nicht gewohnt zu sein, Fehler zu begehen. Wenn er damit recht hatte, dann hatten sie dies gemeinsam, denn das war er ebenfalls nicht gewohnt, daher konnte er ihren Frust verstehen. Vielleicht sogar ihre Beschämung. „Es gibt hier viele schöne Strände, aber man muss vorsichtig sein. Achten Sie stets auf die Schilder. Das Resort verfügt über ein paar wirklich schöne Swimmingpools, wenn Sie nach dem, was passiert ist, nicht noch mal im Meer schwimmen wollen. Das wäre nur zu verständlich."

Er würde sich besser fühlen, wenn sie im Pool bliebe. Er wollte nicht, dass sie ertrank, während sie hier für ihn arbeitete. Und er war sich nicht sicher, wie gut sie schwimmen konnte. Vorsicht war besser als Nachsicht.

„Oh, keine Sorge – ich werde nicht zurück ins Wasser gehen. Jetzt arbeite ich für Sie und ich werde mir nicht noch einmal Zeit für derartige Dinge nehmen."

Das üppige Grün der Landschaft zog verschwommenen an seinen Augen vorbei, als er ihre Worte verarbeitete. „Sie werden Freizeit haben. Ich bin kein strenger Vorgesetzter. Mir wäre es nur lieber, Sie würden im Pool schwimmen."

„Mrs. B. hat gesagt, dass ich während meines ganzen Aufenthalts hier telefonisch erreichbar sein muss. Dieser Geschäftsabschluss ist zu wichtig. Ich habe angenommen, dass wir einige Überstunden machen werden, so wie Sie es normalerweise tun."

Er rieb sich die Stirn. Er hatte diese Geschäftsreise wie geplant angetreten, aber sein Herz war nicht bei der Sache. Das, wozu ihn sein Großvater zwang, hatte ihn abgelenkt und er hatte kaum an das Princeville-Geschäft gedacht. „Ja, Sie haben recht, das Resort in Princeville ist der Grund, warum wir hier sind. Ich hatte geplant, heute Nachmittag dorthin zu fahren, aber das war, bevor Sie in diese missliche Lage geraten sind. Wir verschieben es."

„Nein, bitte tun Sie das nicht meinetwegen. Ich bin bereit, Ihnen zu helfen. Ich kann meine Arbeit erledigen." In ihrer Stimme lag leichte Panik.

„Es ist okay. Keine Sorge – wir können das später machen."

„Mr. McCoy, ich bin hierhergekommen, um zu arbeiten und das habe ich auch vor." Ihre Stimme klang entschlossen.

„Wenn Sie sich sicher sind. Aber man sollte nicht hierher ins Paradies kommen und dann keine freie Zeit haben, um es zu erkunden. Sie werden Gelegenheit dazu bekommen, bevor Sie wieder abreisen. Ich werde heute Nachmittag dorthin fahren und Sie bitten, mich zu begleiten, wenn Sie dazu in der Lage sind."

„Ich bin bereit."

„Wir werden über Nacht bleiben, also packen Sie eine Tasche. Sie werden selbstverständlich Ihr eigenes Zimmer haben."

„Natürlich. Mrs. Beasley hat mir gesagt, ich solle mich darauf vorbereiten, mit Ihnen zum Resort zu reisen."

„Hat sie das?" Er fand das seltsam, aber sie musste wohl geahnt haben, dass sie sich zu schlecht fühlen würde zum Reisen.

„Ja, ich denke schon. Machen Sie sich keine Sorgen, ich bin bereits ein paar Mal für sie gereist, um Informationen über bestimmte Resorts einzuholen, daher weiß ich ganz gut über den Prozess Bescheid. Ich habe Mrs. Beasley direkt berichtet."

„Ich verstehe. Von Zeit zu Zeit hat sie mich mit Informationen zu bestimmten Dingen versorgt, aber ich habe nicht gewusst, dass Sie zu denjenigen gehören, die für sie Informationen gesammelt haben." Wie konnte er auch, wenn er nicht einmal gewusst hatte, dass sie existierte? „Also, welche Art von Informationen haben Sie gesammelt?"

„Für gewöhnlich bin ich für eine Übernachtung irgendwohin gereist, um die Abläufe des Resorts zu kontrollieren. Ich habe überprüft, ob die Manager ihre Arbeit gut erledigen... ohne dass sie merkten, dass sie kontrolliert wurden."

Er lachte. „Sie waren unsere Spionin und inkognito unterwegs."

Sie errötete. „Ja. Ich wusste nicht, wie ich es ausdrücken soll, aber ja. Genau das tue ich ab und zu. Ich halte mich nie sehr lange dort auf und niemand weiß, wer ich bin. Ich teile ihr mit, ob die Manager das tun, was sie tun sollen, wenn es in bestimmten Resorts Probleme gibt."

„Jetzt, wo ich weiß, was Sie normalerweise tun, ist mir auch klar, warum ich sie nicht so oft gesehen habe. Denn mit Ihrem nach hinten gekämmtem Haar habe ich Sie doch noch erkannt."

Er beobachtete, wie ihre Hand ihr Haar berührte und sie leicht über die strenge Frisur strich. Sie sah beinahe etwas verlegen aus. Er wollte ihr kein Unbehagen bereiten.

„Ich trage mein Haar so, damit es geschäftsmäßig aussieht. Ich sorge gern für ein professionelles Erscheinungsbild."

Beinahe hätte er gelacht. Aber er verkniff es sich, weil er sah, dass sie es völlig ernst meinte. „Sie machen das gut."

Er spürte das starke Bedürfnis, ihr zu sagen, dass sie ihr Haar gern aufmachen konnte und sich ein wenig entspannen solle, aber er widerstand dieser Regung. Er konnte verstehen, warum sie von Mrs. B. ausgewählt worden war, um zu den verschiedenen Resorts zu fliegen. Sie konnte in den Hotels einchecken, ohne mit diesem Aussehen besonders aufzufallen. Seine Gedanken wanderten zurück zu der Frau, die er am Vortag im Krankenhausbett hatte sitzen sehen. Mit den herabhängenden Haaren und der leichten Röte auf den Wagen hatte sie verletzlich ausgesehen. Und obwohl er sie nicht gerade von ihrer besten Seite gesehen hatte, weil sie so viel durchgemacht hatte, war sie ihm so im Gedächtnis geblieben.

Er behielt seine Gedanken für sich, da er die Grenze zwischen Chef und Mitarbeiter nicht überschreiten wollte. Aber er mochte ihr Haar definitiv lieber, wenn es offen war.

Er blickte auf die Straße und konzentrierte sich auf die nächste rote Ampel. Gerade lief ein Huhn über die Straße und er wollte keines der Kauai-Hühner überfahren. Der goldbraune Vogel mit den roten Deckfedern und dunklen Flügeln ließ sich Zeit, als er vor den stehenden Fahrzeugen entlangstolzierte. Als er es sicher auf die andere Seite geschafft hatte, schien die Ampel das zu ahnen und schaltete von Rot auf Grün. Er fuhr langsam weiter.

„Das Huhn war wunderbar. Es war fast so, als ob die rote Ampel wusste, dass das Huhn die Straße sicher überquert hatte.“

Er lachte. „Sie klingen, als würden Sie mir einen Witz erzählen wollen. Wie hat das Huhn die Straße überquert?“

Sie lachte. „Sehr langsam.“

Beide lachten. Ihre Blicke trafen sich und er sah, dass ihre Augen funkelten. *Ihre Augen waren wunderschön, wenn sie so leuchteten.* Er konzentrierte sich wieder auf die Straße.

„Da ist noch ein Huhn! Ach du meine Güte. Ich hatte gehört, dass es auf den Inseln Hühner gibt, aber ich habe nicht gewusst, dass sie einfach so am Straßenrand herumlaufen.“

„Es gibt sie nicht nur hier. Wenn man den Waimea Canyon hinauffährt, dann findet man sie auch dort oben in den Bergen.“

„Wirklich? Also sind sie überall?“

„Ja. Vielleicht sollten Sie in Ihrer Freizeit mal dort hinfahren. Es ist gar nicht so weit vom Resort zum südlichen Zipfel der Insel, da wir ja in Poipu sind. Bevor wir abfliegen, wäre das ein schöner Ausflug für Ihre Freizeit. Haben Sie schon einen Flug nach Hause gebucht?"

„Nein. Ich habe meinen Flug hierher eigentlich gar nicht gebucht. Wie ich Ihnen gesagt habe, hat Mrs. Beasley alle Vorbereitungen getroffen. Mein Ticket kam per Kurier und sie sagte, sie werde meinen Rückflug buchen, wenn es Zeit für meine Rückkehr sei."

„Sie können gerne mit uns im Privatjet zurückfliegen."

„Oh, aber normalerweise fliegen Sie doch mit niemandem außer Ihren Assistenten."

„Sie sind auf dieser Reise meine Assistentin."

„Ja, das stimmt." Sie faltete ihre Hände fest im Schoß und sah beunruhigt aus.

Er war sich nicht sicher, warum, aber aus irgendeinem Grund ließ er bei ihr seine distanzierte Haltung ein wenig fallen. Aber trotzdem, für ihn war das ungewöhnlich.

Sie fuhren zum Resort zurück und er erzählte ihr einige Details über das Resort, das sie sich anschauen würden. Sie machte sich Notizen und als sie ankamen, fuhr er unter den Säulenvorbau und sagte ihr, sie solle ihn nach dem Mittagessen wieder unten treffen. Er sah ihr dabei zu, wie sie durch die Türen verschwand. Sein Puls schlug schneller, als er beobachtete, wie sie davonging. Sie war sehr feminin und er konnte nicht anders: er wünschte sich, er würde sie erneut mit offenen Haaren sehen.

Was ist denn los mit dir, McCoy? Er wandte sich dem wartenden Pagen zu, einem älteren Mann, der seit vielen Jahren für das Unternehmen arbeitete. „Sid, hier sind die Schlüssel. Aber wir werden den Wagen in einer Stunde erneut benötigen. Geht es Ihnen gut?"

„Mir geht es ausgezeichnet. Meiner Familie geht es auch bestens und ich danke Ihnen für die Tickets für die Sonnenuntergangs-Bootsfahrt. Meine Frau hat sie sehr genossen. Es ist komisch, dass man im Paradies leben kann und der Alltag sich trotzdem einschleicht und wir all die besonderen Dinge nie tun. Ich danke Ihnen, dass Sie mich daran erinnert haben, das alles hier nicht für selbstverständlich zu halten und meine schöne Frau auch nicht."

Morgan lächelte. „Ich habe nur versucht, Ihnen eine Freude zu bereiten. Es kommt nicht jeden Tag vor, dass man seinen vierzigsten Hochzeitstag feiert. Und ich würde auch nicht wollen, dass Sie Mallie als selbstverständlich hinnehmen. Sie ist eine Traumfrau."

„Und ich habe vor, sie für weitere achtzig Jahre zu behalten." Er grinste breit. „Ich warte immer noch darauf, dass Sie eine schöne Frau finden. Die junge Dame, die gerade gegangen ist, sieht sehr liebenswert aus."

„Sie ist sehr nett." Es stimmte, sie war nett und er machte sich nicht die Mühe, den älteren Mann darauf hinzuweisen, dass sie seine Assistentin war und es sich um eine rein geschäftliche Beziehung handelte. Stattdessen begab er sich tief in Gedanken versunken zu seiner Suite.

Er hatte eine Videokonferenz mit seinen Brüdern vereinbart und hatte gerade noch genug Zeit, um zu seinem Büro zu kommen. Er musste Entscheidungen treffen. Die Uhr tickte.

KAPITEL VIER

„Warum grinst ihr alle so?" Morgan starrte Wade und Todd auf dem Computerbildschirm an. Sie hielten gerade ihre monatliche Vorstandssitzung ab, was seinen Brüdern die Gelegenheit gab, herauszufinden, ob er für seine Resorts kämpfen würde. Was bedeutete, eine Frau zu finden und den Forderungen seines Großvaters nachzukommen.

Todd lachte von ganzem Herzen und amüsierte sich über die Zwangslage, in der Morgan steckte. „Du weißt, warum wir grinsen. Wir fragen uns, wie du mit dem kleinen Hindernis umgehen wirst, das Großvater dir in den Weg gelegt hat."

Todd hatte die Idee ebenso sehr gehasst wie Morgan, zumindest bis er Ginny getroffen und sich Hals über Kopf von der Klippe der Liebe gestürzt hatte. Morgan hielt den Mund und weigerte sich, den Köder seines Bruders zu schlucken. *Soll er sich doch hämisch freuen.*

„Hör auf damit, Todd. Lass ihn in Ruhe", sagte Wade. „Wir wissen, dass deine Gedanken rasen und der Teil von dir, der gern alles unter Kontrolle hat, am Ausflippen ist. Du tust mir leid, aber wir mussten alle damit fertig werden."

„Genau." Todd lachte. „Ich wette, du hast kein Auge zugetan, seit du weißt, dass du dran bist."

Morgan rieb sich die Schläfen und seufzte. Seine Geduld war dahin. „Okay, du hast recht, Todd. Ich bin verstimmt. Aber lass gut sein. Ich habe euch beiden gleich zu Beginn, bei der Verlesung von Großvaters Testament, als wir erfahren haben, was Wade bevorstand, gesagt, dass ich darüber nicht glücklich bin. Und daran hat sich auch nichts geändert."

„Das wissen wir." An die Stelle von Wades Lachen trat Anteilnahme. „Aber du musst es tun, sonst verlierst du die McCoy Stonewall Hotel and Resort Division. Morgan, du weißt sehr wohl, dass du das nicht tun kannst. Du hast diesen Teil des Unternehmens zu dem gemacht, was er ist. Du musst es einfach tun, Großvaters letzten Wunsch erfüllen und eine Ehefrau finden."

„Wade hat recht", stimmte Todd zu. „Die Uhr

tickt. Es ist schon eine Woche vergangen, seit wir uns in Cals Büro getroffen und deine Anweisungen für die Erhaltung der Resorts erfahren haben. Hast du darüber nachgedacht? Hast du angefangen, nach deiner Mrs. McCoy zu suchen?"

Morgans Kiefer spannte sich an und jeder Muskel in seinem Körper tat es ihm gleich. „Ich bin hergekommen, um darüber nachzudenken, aber ich überstürze nichts. Meine Anwälte versuchen immer noch, ein Schlupfloch zu finden."

Wade sah aus, als könne er nicht glauben, dass er sich immer noch dem Unvermeidlichen widersetzte. „Du weißt, dass sie kein Schlupfloch finden werden. Großvater hat keine Schlupflöcher hinterlassen. Wir alle wissen das. Schau, du kannst es schaffen. Du kennst dich mit Verträgen besser aus als wir beide. Finde einfach eine, die dich nicht drei Monate lang in den Wahnsinn treibt, am besten eine, die du gern um dich hast. Man weiß nie, was passieren wird. Was würde Großvater wohl sagen, wenn wir alle drei wegen seiner verrückten Idee tatsächlich die Liebe gefunden hätten?"

„Ein ‚glücklich bis ans Ende ihrer Tage' wird es nicht geben, wenn Großvater mich zwingt, etwas gegen meinen Willen zu tun. Ich werde es nicht zulassen. Wenn ich das tue, dann nur mit einem richtig soliden Ehevertrag und der klaren Ansage, dass es nach drei Monaten vorbei ist, egal was passiert. Ich werde mich nicht verlieben. Ich freue mich für euch – das tue ich wirklich. Ich meine, es ist schwer zu glauben, dass ihr beide euch bei einem solchem Ultimatum verliebt habt. Und euch auf Kinder freut. Aber Großvater wird mein Leben nicht auf diese Weise kontrollieren."

Todd schüttelte den Kopf und in seinen Augen lag Resignation. „Morgan, es war unglaublich. Ich war genauso ein Kritiker des Ganzen wie du, aber ich hätte nie erwartet, mich zu verlieben. Und wie durch ein Wunder ist es passiert, also geh die Sache nicht so engstirnig an. Wenn es bei mir und Wade funktioniert hat, tut es das vielleicht auch bei dir. Und ich weiß, dass du nicht darüber reden willst, aber wir alle wissen, dass Shannon dich verletzt hat. Ich kenne die ganze traurige Geschichte, aber mach weiter und gib dem Ganzen eine Chance."

„Todd hat recht", stimmte Wade ihm zu, wobei sich in seinem Gesicht Mitgefühl breitmachte. „Es ist an der Zeit, nach vorne zu schauen."

Gereizt schwebte sein Finger über dem Knopf zum Auflegen. Er wollte das Gespräch beenden. Aber das wäre nicht richtig. Stattdessen presste er zwischen schmalen Lippen hervor: „Das wird nicht passieren.

Wenn ich es tue, dann aus rein geschäftlichen Erwägungen. Und wenn diejenige, der ich diesen Vorschlag unterbreite, ihn nicht annimmt, dann werde ich eine andere finden, die meiner Meinung nach von diesem Deal profitieren kann. Es wird eine ganz klare Angelegenheit sein. Das ist alles."

Seine Brüder schüttelten aufgrund seiner engstirnigen Ansichten beide den Kopf . Er verstand, dass sie so glücklich waren, sodass sie sich nicht vorstellen konnten, dass er sich von niemandem sagen lassen wollte, wen und wann er heiraten sollte und dass er darüber auch nicht begeistert war.

Wann und ob er wirklich wieder heiraten würde, wäre seine – und nur seine – Entscheidung. Er würde sich das genau überlegen und jeder Aspekt des Lebens seiner Braut würde durchleuchtet werden, bevor er sich zur Hochzeit entschließen würde. Und mit Sicherheit würde Geld keine Rolle spielen außer im vorher zu vereinbarenden Ehevertrag. Niemand würde ihn jemals wieder hinters Licht führen.

Seine eigene Dummheit hatte ihn schon einmal diesen Pfad entlanggeführt, als er Shannon geheiratet hatte, eine Frau, die nur auf sein Geld aus gewesen war. Er hatte mit den Konsequenzen leben müssen. Es fiel ihm noch immer schwer, auch nur daran zu denken, ohne dass sich ihm der Magen umdrehte.

Schon kurz nach der Hochzeit hatte er erkannt, dass seine Frau bezüglich ihrer Gefühle ihm gegenüber gelogen hatte und kein Interesse an etwas anderem als seinem Geld hatte. Er hatte versucht, das Beste daraus zu machen und sein Möglichstes getan, damit es funktionierte. Doch als er erfahren hatte, dass sich seine Frau mit anderen Männern vergnügte, wenn er unterwegs war, war dieses Vorhaben zum Scheitern verurteilt gewesen. Noch während seine Anwälte die Scheidungsunterlagen vorbereitet hatten, hatte sie entdeckt, dass sie an einer erblich bedingten Krankheit litt, die unheilbar war und schnell voranschritt. Es war tragisch gewesen und hatte alles noch verkompliziert.

Er hatte die Scheidung nicht durchziehen können und so hatten sie die Farce ihrer Ehe bis zu ihrem Tod sechs Monate später fortgesetzt. Es war traurig, lächerlich und tragisch gewesen. Und er hätte niemals überhaupt erst auf ihre Täuschung hereinfallen dürfen.

Das würde ihm nicht noch einmal passieren.

Sollte er sich also dazu entscheiden, die Bedingungen seines Großvaters zu akzeptieren, dann wäre dies eine rein geschäftliche Abmachung.

Gespannt war Amber mit ihrer Tasche, die alles für eine Übernachtung enthielt, wieder nach unten gekommen. Sie war innerlich ganz aufgewühlt, als sie ihn neben seinem Auto auf sie warten sah.

„Hi." Ihre Stimme klang atemlos und sie hoffte, dass er nicht bemerkte, wie aufgeregt sie war, weil sie Zeit mit ihm allein verbringen würde. „Ich hoffe, ich habe Sie nicht warten lassen?"

„Überhaupt nicht. Lassen Sie mich das nehmen." Er griff nach ihrer Tasche, dabei streiften sich ihre Finger und schon diese leichte Berührung brachte ihren Puls zum Rasen. Sie versuchte, sich zu beruhigen, als er die Tasche im Kofferraum verstaute.

Sie eilte zu ihrer Seite des Wagens, stieg ein und wartete auf ihn. Sie atmete ein paar Mal tief durch. *Reiß dich zusammen, Mädel.*

Er rutschte hinter das Lenkrad. „Angeschnallt? Auf geht's."

Nur wenige Augenblicke später ballte sich die bisher empfundene Aufregung zu einem starren Klumpen in ihrem Magen zusammen, als Morgan den Mercedes auf einen Hubschrauberlandeplatz zusteuerte.

„Was?", keuchte sie und drehte sich abrupt zu ihm um. „Wir fliegen mit einem Hubschrauber?"

„Haben Sie ein Problem damit?"

Sie blinzelte wie ein Maschinengewehr, doch der Hubschrauber verschwand nicht. Ihr Magen wogte und ihr wurde übel, ihr Mund war staubtrocken. Sie würde sich doch nicht übergeben müssen.

„N-Nein, das ist kein Problem." Sie versuchte, ihre Angst mit einem breiten Lächeln zu überspielen. Ein Lächeln, das sich nicht echt anfühlte. Sie war noch nie mit einem Hubschrauber geflogen. An vier Rotorblättern in der Luft zu hängen, entsprach nicht ihrer Vorstellung von Spaß und kam ungefähr an derselben Stelle wie der Sprung aus einem Flugzeug mit einem winzig kleinen Fallschirm. Beide Erfahrungen standen nicht auf ihrer Wunschliste. Sie mochte es, wenn ihre Füße fest auf dem Boden standen. In ein großes Flugzeug oder auch in einen Privatjet zu steigen, war schon keine Kleinigkeit für sie, aber das war zumindest eine bewährte Form des Transports.

Er stieg aus dem Auto. Sie leckte sich über die Lippen und presste sie fest zusammen, als sie es ihm gleichtat. *Entspann dich, du schaffst das.* Die Lautstärke des Hubschraubermotors und der Wind der Rotorblätter trafen sie gleichzeitig. Lieber Gott, sie wollte wegrennen.

Stopp. Bleib standhaft, das ist deine Arbeit – und übergib dich nicht.

Morgan McCoy hegte sicherlich keine besondere Vorliebe für Menschen, denen schlecht wurde, wenn sie mit ihm im Hubschrauber unterwegs waren oder vor dem Flug davonliefen. Das war unprofessionell und sie war immer professionell. Nun, außer vielleicht, als sie beinahe ertrunken war, ansonsten war sie es aber immer und sie war stolz darauf.

Sie schluckte mehrmals um den metallischen Geschmack in ihrem Mund loszuwerden. *Mach schon, geh weg.* Morgan schnappte sich ihre Taschen aus dem Kofferraum des schönen, schwarzen Luxusautos und sie wünschte sich sehnlichst, dass sie noch darinsitzen und die Straße in Richtung Princeville entlangfahren würde.

Aber das tat sie nicht.

Morgan ging zielstrebig auf den Hubschrauber zu und sie stand einfach nur da und beobachtete, wie sich die Rotorblätter drehten, während der Wind Haarsträhnen aus ihrem engen Haarknoten riss und ihren Rock hochwehte. Sie legte ihre Hände auf den Rock und hielt ihn an ihren Oberschenkeln fest. *Ausgerechnet an diesem Tag hatte sie sich für ein etwas weniger eng anliegendes Business-Outfit entschieden.* Der Rock hatte einen kleinen Volant, gerade genug, um ein wenig mehr von ihren Beinen zu zeigen, als sie das normalerweise tat. Jetzt drohte er, mehr von ihrem Hintern zu zeigen, wenn sie nicht aufpasste.

Es wäre ihr peinlich, wenn der Rock vor ihrem Chef nach oben gerissen werden würde. Es war demütigend genug zu wissen, dass er sie gestern aus dem Meer gefischt hatte. Zum Glück hatte sie ihren einteiligen Badeanzug getragen und nicht den Bikini, den sie eigentlich auf die Hawaii-Reise hatte mitnehmen wollen.

Sie war eher bescheiden, hätte aber beinahe etwas eingepackt, das mehr ihrer Vorstellung von tropischer Exotik entsprach, als der schwarze konservative Einteiler, den sie dann stattdessen gewählt hatte. Auch wenn sie nur geplant hatte, an diesem einen Nachmittag schwimmen zu gehen.

Morgan wandte sich um, ihre Blicke trafen sich und sie wusste, dass sie etwas tun musste. Sie atmete tief ein und zwang sich, zu ihm hinüberzugehen, wobei sie sich leicht duckte, als sie unter den herumwirbelnden Rotorblättern hindurcheilte. Sie drehten sich in etwa so schnell wie ihr Magen schlingerte.

Als sie ihn erreichte, hielt Morgan sie auf, indem er ihr eine Hand auf den Arm legte. „Warten Sie", rief er über das Dröhnen des Hubschraubers hinweg. Er musterte sie. „Geht es Ihnen gut? Sie sehen blass aus. Fühlen Sie sich nicht wohl dabei, mit diesem Hubschrauber zu fliegen?"

Dieser Mann konnte sich in Menschen hineinversetzen. „Mir geht's gut", schrie sie geradezu.

„Das glaube ich nicht." Er beugte sich weiter zu ihr, sodass sein Atem verführerisch ihr Ohr kitzelte.

Er war so nah und sie drehte sich um, um ihm zu antworten. Ihre Gesichter waren dicht beieinander und sie fühlte sich atemlos... und vergaß für einen Moment ihren aufgewühlten Magen. „Okay, es wird das erste Mal sein, dass ich mit einem Hubschrauber fliege. Aber das wird ganz sicher ein Heidenspaß!"

Seine Lippen zuckten, was sie äußerst faszinierend fand. Als er sich noch näher zu ihrem Ohr herabbeugte, umschloss sie der Wind der Rotoren. Sein Arm legte sich schützend um ihre Schultern. „Ich kann Ihnen versprechen, dass die Jungs, die diesen Hubschrauber fliegen, wissen, was sie tun. Und wenn es Ihnen gelingt, sich etwas zu entspannen, dann kann ich sie bitten, dass sie uns Teile der Insel aus der Luft zeigen, die Sie ansonsten nicht zu sehen bekommen würden. Kauai ist ein großartiger Ort. Deshalb ist die Insel Schauplatz so vieler Filme."

Sie war sich dessen bewusst, weil sie es vor ihrer Reise nachgeschlagen hatte – Kauai war Drehort so manchen Films, wie zum Beispiel *Sieben Nächte und sieben Tage* oder so ähnlich mit Harrison Ford, in den sie als Jugendliche verknallt gewesen war und *Mein großer Freund Joe*, den sie als Kind gern geschaut hatte. Einen Gorilla durch das Land rennen zu sehen, war ein ziemlich cooler Anblick angewesen. Und natürlich *Jurassic Park* – wenn sie sich richtig erinnerte, dann hatten die Hubschrauber im Film es häufig nicht geschafft. Aber daran wollte sie im Moment lieber nicht denken.

„Toll. Das wäre sehr schön." Sie setzte ein Lächeln auf, das so künstlich war wie die Begeisterung in ihren Worten.

„Okay, dann wollen wir mal." Er half ihr, in den Hubschrauber zu steigen.

Sie nahm ihren Sitzplatz ein und schnappte sich sofort den Sicherheitsgurt. Sie war wie betäubt, als man ihr ein Headset reichte und Morgan ihr half, es aufzusetzen. Glücklicherweise beruhigte sich der Lärm etwas.

Ihre Nerven beruhigten sich allerdings nicht und wenige Augenblicke später hob das Metallkonstrukt mit Motor vom Boden ab. Sie schloss die Augen und kämpfte gegen das Bedürfnis an, laut zu schreien, während sie Morgans Hand umklammerte, als hinge ihr Leben davon ab.

* * *

„Amber. Sie müssen jetzt die Augen öffnen", drängte Morgan sie kurze Zeit später über das Headset.

Amber hatte während des Flugs zum Wasserfall nur ein paar Mal kurz geblinzelt, doch nun öffnete sie langsam die Augen und zwang sich, ihn anzusehen. Ihr Atem stockte beim Anblick des massiven Wasserfalls vor den Fenstern des Hubschraubers. Er war ganz nah. Der Hubschrauber senkte sich neben dem fallenden Wasser langsam tiefer, tiefer, tiefer in Richtung des Beckens, auf das sie hinabblicken konnte. Sie lehnte sich näher zu Morgan hinüber, der schwere Duft seines Eau de Cologne zog sie an. Sie hielt immer noch seine Hand. Sie wusste, dass sie sie loslassen musste, konnte sich aber nicht dazu durchringen, es auch wirklich zu tun. Sie hatte davon geträumt, ihn zu berühren... sie hätte es nicht tun sollen, aber das hatte sie – und es war nicht unbedingt hilfreich dabei gewesen, über ihre Gefühle für ihn hinwegzukommen.

Als sie bei McCoy Stonewall Enterprises angefangen hatte, hatte sie keine Ahnung gehabt, dass sie diese Schwärmerei entwickeln würde. Ja, sie hatte ihre übliche Sorgfalt walten lassen und gewusst, wer er war, aber sie war niemand, der dazu neigte, sich zu verknallen. Aber als sie dann zum ersten Mal in seiner Nähe gewesen war und er ihren Blick mit seinen erstaunlichen stahlblauen Augen erwidert hatte, da war es um sie geschehen gewesen und seitdem trug sie dieses ungesunde Problem mit sich herum. Und er hatte nicht den geringsten Schimmer, schließlich hatte er sich nicht einmal daran erinnert, dass sie für ihn arbeitete.

Aber hier war sie nun, in einem Hubschrauber bei dem Wasserfall aus *Jurassic Park* und er dachte wahrscheinlich, dass sie eine Geisteskranke war, die der Position, die sie in seiner Firma innehatte, nicht würdig war. Ja, eine solche Chance würde sie wahrscheinlich nicht noch einmal bekommen. Aber wenn das schon so war, dann konnte sie es genauso gut genießen, ihn zu berühren, solange sie die Möglichkeit dazu hatte.

Sie konzentrierte sich auf den Wasserfall. Als sie weiterflogen, sah sie, dass sie direkt auf ein Wasserbecken zusteuerten und auf etwas, das wie eine Plattform aussah, auf der sie landen konnten. Sie schaute zu Morgan auf. „Werden wir darauf landen?"

Er lachte. *Er hatte so ein schönes Lachen.* „Ja, ich dachte, das könnten wir. Es würde Ihnen die Gelegenheit bieten, sich zu sammeln. Aber nur, wenn Sie danach auch wieder in den Vogel einsteigen."

Sie nickte. „Das werde ich." Wenngleich sie schon darüber nachdachte, dass sie bei einem zweiten Flug vielleicht nicht noch einmal seine Hand würde festhalten können. „Ich freue mich darauf, den Wasserfall anzuschauen."

Eine schöne Erinnerung, die sie mit nach Hause nehmen könnte. Sie würde ihn wahrscheinlich nie wiedersehen. Da man sie sicherlich entlassen würde. Andererseits war er sehr nett. Sehr nett und entspannt. Sie blickte zurück zum Wasserfall und versuchte, sich ebenfalls zu entspannen. Sie hatte Morgan McCoy noch nie entspannt gesehen. Ein Grund mehr, für ihn zu schwärmen. Sie steckte wirklich tief in der Patsche.

Aber ihr wurde klar, dass ihre Gedanken an Morgan McCoy sie davon ablenkten, dass sie in einem kleinen Metallkäfig steckte, der von vier sich sehr schnell bewegenden Rotorblättern in der Luft gehalten wurde. Diese konnten jeden Moment einen Vogelschwarm treffen und sie würden vielleicht in den Wasserfall stürzen. Sie schloss die Augen und zwang sich wieder, an Morgan zu denken und daran, wie schön sich seine Hand anfühlte, wenn sie ihre hielt. Ja, das beruhigte sie.

Der Metallvogel landete und der Motor und die Rotoren schalteten sich glücklicherweise ab. Und endlich entspannte sie sich. Aber sie ließ Morgans

Hand nicht los. Obwohl er ihre Hand bereits losgelassen hatte, klammerte sie sich immer noch an seine.

„Okay, wir können aussteigen. Glauben Sie, dass Sie selbst aussteigen können?", fragte der Pilot.

„Ja, Hank, danke." Morgan öffnete die Tür mit seiner freien Hand und zog dann leicht an ihr, damit sie ihm folgte. „Vorsicht", sagte er, während sie mit wackeligen Beinen aus dem Helikopter ausstieg und auf den Boden trat.

Ihre Beine waren schwach. Sie blickte zu Morgan. „Okay, ich glaube, ich kann Ihnen Ihre Hand zurückgeben."

Er lächelte. „Sehr gut, wenn Sie sich sicher sind."

Sie war sich nicht sicher, aber sie tat es trotzdem, mit jeder Menge Bedauern. „Ich bin mir sicher, dass es einen Moment dauern wird, bis das Blut wieder in Ihren Finger zirkuliert."

„Danke." Er grinste. So wie er da neben ihr stand, sah er so aus, als hätte er einfach alles unter Kontrolle. „Wie gefällt es Ihnen?" Er nickte in Richtung der Wasserfälle.

„Es ist einfach wunderschön."

„Kommen Sie. Lassen Sie uns dort rübergehen." Er ging in Richtung Wasserfall.

Sie folgte ihm und Hank blieb beim

Hubschrauber.

Nun, da sie aus dem Hubschrauber ausgestiegen war, konnte sie sich tatsächlich entspannen. Sie schaute auf und war erstaunt, wie weit sie mit dem Hubschrauber nach unten gekommen waren. „Das ist so weit oben – sehr beeindruckend. Ehrlich gesagt, dachte ich, dass sie ihn im Film gewaltiger erscheinen ließen, als er in Wirklichkeit ist."

„Es gibt Zeiten, in denen er tatsächlich weniger stark ist. Wie viel Wasser über den Fall fließt, hängt davon ab, wie viel Regen es gegeben hat. Ich weiß nicht genau, wie sie das gefilmt haben oder ob sie vielleicht Ausschnitte eines anderen Wasserfalls verwendet haben. Aber er ist wunderschön. Es ist ein tolles Erlebnis. Ich hoffe, Sie sind froh, dass ich Sie gezwungen habe, mitzukommen."

„Das bin ich. Aber ich bin mir nicht sicher, ob ich mich jemals davon erholen werde." Sie lachte und spürte die damit einhergehende Erleichterung. Sie war sich nicht sicher, ob sie jemals wieder in einen Hubschrauber steigen würde, aber ihr Job verlangte von ihr, zumindest noch einmal in diesen hier einzusteigen. „Ich bin mir nicht sicher, ob ich jemals zu diesem Wasserfall zurückkehren werde, daher bin ich wirklich dankbar, dass wir diesen Umweg gemacht und Sie mich hierhergebracht haben."

Er grinste. Sie war sich ziemlich sicher, dass er wusste, dass sie eigentlich *nie wieder in einen Hubschrauber einsteigen* meinte. Aber zum Glück sagte er nichts. „Um ehrlich zu sein, war ich schon einmal hier. Normalerweise mache ich keine Besichtigungstouren, wenn ich auf der Insel bin. Gewöhnlich bin ich geschäftlich hier und verbringe den Großteil meiner Zeit im Resort. Ich gehe auf die Lavafelsen hinaus und schaue auf die Meeresschildkröten hinunter. Dort war ich, als ich Sie im Wasser gesehen habe. Ansonsten unternehme ich solche Dinge nicht. Es ist schön. Erinnert mich daran, warum wir hier ein Resort haben."

„Sie scheinen die ganze Zeit zu arbeiten, wenn ich das sagen darf."

Sein Gesichtsausdruck offenbarte Zustimmung, aber er sagte nichts. Stattdessen drehte er den Kopf und schaute zum Wasserfall hinauf. Sie fuhr fort, sein wie gemeißeltes Profil zu studieren. Ein Mann wie er war getrieben. Ein Mann wie er würde in ihren Gedanken niemals einen Familienvater abgeben, obwohl sie wusste, dass er schon einmal verheiratet gewesen war. Sie wünschte sich eine Karriere, träumte aber auch von einer Familie. *Also warum,* fragte sie sich, *war sie in einen Mann verknallt, der ihrer Vorstellung nach definitiv nicht für die Ehe geeignet war*?

„Denken Sie manchmal, dass Sie es je langsamer angehen lassen werden?" Die Frage war heraus, bevor sie ihr Gehirn wieder einschalten konnte. Sie würde einfach sagen, dass es der Flug im Hubschrauber gewesen war, der sie dazu brachte, derartige Fragen zu stellen und in seinem Privatleben zu stochern.

Er warf ihr einen Blick ein. „Ich weiß es nicht. Meine Brüder sind kürzlich beide etwas zur Ruhe gekommen, aber sie waren auch schon bevor sie geheiratet haben sehr viel sesshafter als ich es war oder bin. Ich reise viel, wie Sie wissen und ich liebe meine Arbeit wirklich... meine letzte Ehe hat das nicht ausgehalten. Also, ich weiß es nicht – gute Frage. Aber im Moment befinde ich mich in einer Situation, die mich etwas aus der gewohnten Bahn geworfen hat."

„Wirklich? Darüber weiß ich nichts."

Er verzog das Gesicht und sah sie an. „Puh, Sie sind ziemlich direkt."

„Es tut mir leid. Wahrscheinlich geht mich das nichts an. Aber, na ja, ich denke, warum nicht. Ich beobachte Sie, seit ich in der Firma angefangen habe und ich habe nie gedacht, dass Sie neben sich stehen. Das hätte ich auch jetzt nicht vermutet. Nun, Sie haben für mich einen Umweg zu diesem Wasserfall gemacht und mich aus dem Ozean gerettet. Vielleicht ist das also ein wenig ungewöhnlich für Ihren Alltag. Aber wenn Sie wirklich neben sich stehen, dann verstecken Sie das sehr gut."

Er verschränkte die Arme und musterte sie. Sein Blick drang tief in sie, seine stahlblauen Augen schienen bis in ihre Seele zu blicken. Sie brauchte niemanden, der in ihre Seele blickte. Sie trat von einem Fuß auf den anderen. „Warum sehen Sie mich so an?"

„Was wollen Sie? Vom Leben? Haben Sie irgendwelche Bedürfnisse, einen Traum, den Sie sich gern erfüllen würden? Haben Sie finanzielle Probleme, für die Sie eine Lösung suchen?"

Sie trat einen Schritt zurück. *Wie bitte*? Sie starrte ihn an, völlig verunsichert darüber, wohin diese äußerst merkwürdige Unterhaltung sie führen mochte. „Warum fragen Sie das?"

Er fuhr sich mit der Hand durchs Haar und sah plötzlich äußerst fehl am Platz aus. „Weil ich..." Seine Lippen wurden schmal und sein Kiefer spannte sich an, als ob er nicht sagen wollte, was ihm auf den Lippen lag. „Die Wahrheit ist, Amber, dass ich jemanden finden muss, der bereit ist, einen finanziellen Deal mit mir einzugehen." Er hielt inne. Sein Blick schweifte zum Wasserfall und seine Schultern senkten sich herab.

Ambers Eingeweide verkrampften sich – er war

doch hoffentlich nicht im Begriff, ihr einen Vorschlag zu machen, der alles Gute ausmerzen würde, das sie über ihn geglaubt hatte.

„Ich muss jemanden für einen bestimmten Zweck unter Vertrag nehmen und ich weiß nicht, wo ich anfangen soll. Ich war noch nie zuvor so völlig ratlos."

Okay, das war wirklich seltsam, aber sie weigerte sich, schlecht über ihn zu denken. „Und dieser Vorschlag, ich meine den *Vertrag*, den Sie abschließen müssen, warum erfordert er, dass Sie mir diese Fragen stellen? Ich bin Ihre persönliche Assistentin. Wollen Sie, dass ich Ihnen helfe, diese Person zu finden?"

Er sah grimmig aus. „Normalerweise ja. Wenn wir nach Informationen über ein Resort oder ein Stück Land, das wir kaufen wollen, suchen würden oder es ein Problem in einem der Resorts gäbe, dann würde ich Sie damit beauftragen. Aber das hier ist persönlich. Dafür hat mein Großvater gesorgt."

Er hatte leise gesprochen und der Geräuschpegel des herabstürzenden Wassers hätte beinahe dafür gesorgt, dass sie überhörte, dass sein Großvater der Grund für dieses Gespräch war. Neugierig trat sie näher zu ihm. „Und Ihr Großvater, warum braucht er Sie für das, worum er Sie gebeten hat? Ist Ihr Großvater nicht verstorben? Ja, ich bin mir ziemlich sicher deswegen. Ja es stimmt, vor fünf, vielleicht sieben Monaten."

„Ja, das ist er. Mein Großvater – Sie haben ihn nie kennen gelernt, er war schon aus dem Unternehmen ausgestiegen, als Sie zu uns kamen – er hat es mir komplett übergeben. Wir waren uns sehr ähnlich, und zwei willensstarke McCoy-Männer kommen nicht immer gut miteinander aus. Aber er hatte Wünsche bevor er starb und bezog sich in seinem Testament auf diese. Für jeden seiner Enkel hat er Prüfungen hinterlassen, die derjenige meistern muss, wenn er bestimmte Dinge behalten möchte. Meine beiden Brüder haben die an sie gestellten Anforderungen erfolgreich erfüllt. Jetzt bin ich an der Reihe. Ich bin der Letzte, weil mein Großvater wusste, dass es für mich am schwersten sein würde."

Junge, jetzt war sie wirklich neugierig und nicht länger besorgt, dass er ihr einen Vorschlag machen wollte – *Gott sei Dank*. Andererseits würde ihr der Gedanke gefallen, dass dieser Mann sich zu ihr hingezogen fühlte... das alles war so verwirrend. Dann erinnerte sie sich, dass er nach ihrer finanziellen Situation gefragt hatte und ihre Verwirrung kehrte zurück. „Ich habe immer noch keinen Schimmer, warum Sie mich nach meiner finanziellen Situation gefragt haben oder wissen wollten, was meine Hoffnungen und Träume sind. Können Sie mich darüber aufklären? Das ist sehr merkwürdig.“

Er lachte trocken. „Ja, ich glaube, Sie haben den Nagel auf den Kopf getroffen – es ist äußerst merkwürdig. Ich denke, wir sollten wieder in den Hubschrauber steigen und nach Princeville fliegen. Ich muss darüber nachdenken. Ich werde es wahrscheinlich bereuen, dass ich es Ihnen gegenüber überhaupt erwähnt habe, also lassen Sie uns für den Moment so tun, als hätte ich nie etwas gesagt.“

Damit ging er in Richtung Hubschrauber.

Sie blieb wie angewurzelt auf der Grasfläche neben dem Wasser stehen. Das war merkwürdig. Sehr, sehr merkwürdig. Aber sie wusste, dass Morgan McCoy nicht den Ruf hatte, Frauen zu umwerben. Einen Moment lang hatte sie beinahe gedacht… aber nein, sie hatte sich geirrt. Wenn er nach so etwas suchte, dann wäre das nicht sie. *Nein.*

Neugieriger denn je folgte sie ihm zurück zum Hubschrauber, wo er vor der geöffneten Tür wartete. Gott sei Dank hatte der Pilot die Rotoren noch nicht gestartet. Morgan kletterte hinein und hielt ihr dann die Hand entgegen. Sie legte ihre Hand in seine und versuchte, das Kribbeln purer Wonne zu ignorieren, das ihren Arm hinauf und durch ihre Brust tanzte, als sie hinter ihm hineinkletterte.

Sie schnallte sich an, ohne auch nur zweimal zu

blinzeln. Sie dachte an den seltsamen Vertrag, den abzuschließen sein Großvater von ihm verlangte. *Ja, es war schon merkwürdig.* Sie setzte ihr Headset auf und sah ihn an. Er war wieder ganz geschäftsmäßig.

„Geht es Ihnen gut? Soll ich Ihnen wieder meine Hand reichen oder schaffen Sie es auch so von hier nach Princeville?"

Es war ihr peinlich, dass sie sich so an ihn geklammert hatte. „Ich glaube, ich schaffe es auch so." Sie war sich dessen tatsächlich gar nicht allzu sicher, aber sie würde sich professionell verhalten und wenn es das Letzte wäre, was sie tat. Sie faltete ihre Hände und war fest entschlossen, diesen Flug ohne die Hände ihres Chefs zu überstehen.

KAPITEL FÜNF

Morgan war sich nicht sicher, ob er den Verstand verloren hatte oder ob er genial war, aber innerhalb von ein paar Sekunden hatte er beschlossen, Amber zu bitten, seine Frau zu werden.

Für drei kurze, sehr gut bezahlte Monate.

Er musste nur noch herausfinden, was sie antrieb. Wade hatte Allie bekommen, weil sie Geld gebraucht hatte. Daran war nichts auszusetzen. Manchmal gab es Situationen, in denen Menschen einen Ausweg brauchten. Dasselbe galt für Todd, der Ginny dazu gebracht hatte, ihn zu heiraten; weniger, weil sie das Geld gebraucht hatte, sondern weil sie ihr Weingut hatte retten wollen. Wenn seine Brüder es geschafft hatten, dann konnte er das auch. Ihm war aufgefallen, dass er in seinem ganzen Leben noch nie Angst gehabt hatte, wenn es um Geschäftliches gegangen war. Warum ließ er also zu, dass diese Situation, die sein

Großvater geschaffen hatte, ihn zu einem... was? Zu einem Verräter machte? Er hatte noch nicht ganz herausgefunden, was los war, aber er wusste mit Sicherheit, dass er sich selbst deswegen in Frage stellte und Morgan war es nicht gewohnt, sich selbst in Frage zu stellen. So wie sein Großvater immer erfolgreich seinem berühmten Bauchgefühl gefolgt war, so tat das auch Morgan. Er traf Entscheidungen, manchmal auf der Stelle und völlig aus dem Bauch heraus. Er brauchte nicht viele Informationen, er benutzte sein Bauchgefühl fast ebenso oft wie Informationen. Und wenn er auf Informationen zurückgriff, dann benutzte er trotzdem immer auch sein Bauchgefühl.

Und sein Bauchgefühl sagte ihm, dass Amber die Frau war, die in dieses Arrangement einwilligen würde. Sie würde den Ehevertrag unterschreiben und seinen Vorschlag als einen geschäftlichen Vertrag betrachten, wenn sie herausfand, was er verlieren würde, wenn sie ihn nicht heiratete. Sie schien ehrlich und offen zu sein. Sie hatte sich nicht verstellt und sich nicht gescheut, ihm Fragen zu stellen. Das gefiel ihm an ihr. Und trotz ihrer Angst vor dem Helikopterflug, hatte sie sich gezwungen, einzusteigen. Dass sie seine Hand umklammert hatte, war kein schüchterner Trick gewesen, um ihm nahe zu sein, sondern war einem echten Bedürfnis entsprungen. Er war sich ziemlich sicher, dass sie kaum bemerkt hatte, *wie* stark sie seine

Hand während des Flugs umklammert hatte.

Er hatte sie in eine Situation gebracht, in der er sie auf die Probe stellen und sehen konnte, was dabei herauskam und wie sie reagieren würde. Er hatte echten Mumm gesehen, gepaart mit beruflicher Loyalität.

Sie war die Richtige.

Warum fühlte es sich dann so falsch an?

Nicht, dass dies etwas mit beruflicher Loyalität zu tun hatte. Es ging darum, dass er das finden musste, was sie langfristig antrieb. Sie musste einen Traum haben, es musste etwas geben, das sie antrieb. Vielleicht wollte sie eines Tages ihre eigene Marketingfirma eröffnen. Er könnte ihr dabei helfen, das zu verwirklichen. Er könnte ihr auf die Sprünge helfen. Selbst wenn sie nicht so verzweifelt war wie Allie oder Ginny, musste es doch etwas geben, dass sie dazu bringen würde, den Deal anzunehmen, den er ihr anbieten wollte.

Er dachte bis nach Princeville darüber nach, während sie still dasaß und nachdenklich auf die vorbeiziehende Landschaft blickte. Der einzige Beweis für ihre Sorge oder Panik war, dass ihre Hände jetzt so fest gefaltet waren, dass sie weiß wie Schnee waren.

Aber ihre Augen waren offen und er hoffte, dass sie irgendwann in der Lage sein würde, die Schönheit dieser wunderbaren Insel aus dieser Höhe zu genießen.

Er stellte fest, wie schön sie in dieser Höhe war. In jeder Höhe. Ihre kecke Nase. Ihre rosa Lippen, die noch zusammengepresst waren, hatten an den Rändern eine Eigenheit, als ob sie immer zu lächeln bereit wäre. Er riss seine Gedanken von ihrer Schönheit fort und schaute aus dem Fenster auf seiner Seite; er lenkte seine Gedanken wieder zu seinem Problem und überdachte seinen nächsten Schritt.

Er war überrascht, dass sie nicht gedrängt hatte, mehr zu erfahren, bei den seltsamen Andeutungen, die er ihr gegenüber gemacht hatte. Andererseits hatte er ihr gesagt, dass er ihr zu gegebener Zeit Bescheid geben würde, also tat sie ihre Arbeit als pflichtbewusste leitende Angestellte.

Nach der Landung war es nur noch eine kurze Fahrt vom Landeplatz zum Resort. Anders als am südlichen Ende von Kauai war die Nordspitze üppig bewachsen und grün, mit einem wild wuchernden Regenwald an der Spitze der Insel, der diese von der Küste von Na Pali trennte. Das Gebiet, in dem sie sich jetzt befanden, war voller Golfplätze und Luxushotels, Bed and Breakfasts und Resorts. Es war wunderschön hier, aber er selbst zog die Südspitze der Nordspitze vor. Es wäre eine kluge Entscheidung, zwei McCoy Resorts auf diesem kleinen Inselparadies zu haben – immer vorausgesetzt, er würde die neue Anlage zum angebotenen Preis bekommen.

Im Resort wurden sie von mehreren Pagen und einer Hostess begrüßt, die eine Blumenkette aus hübschen lila Orchideen um Ambers und eine Kette aus winzigen Muscheln um seinen Hals legte. Er genoss Ambers offensichtliche Freude, als sie sich bei der schönen Polynesierin bedankte. Augenblicke später betraten sie die Lobby des atemberaubenden Resorts.

„Mr. McCoy", sagte Amber, als sie neben ihm zur Rezeption ging.

Er warf ihr einen Blick zu, unterließ es aber, zu lächeln. „Morgan. Nenn mich Morgan."

Sie sah etwas unsicher aus. „Ich bin hier, um zu arbeiten und ich denke, ich sollte wohl nicht so unvorsichtig sein und Sie Morgan nennen. Vor allem nicht vor den Leuten, mit denen Sie sich treffen werden; besonders in deren Gegenwart sollte ich Sie wohl als Mr. McCoy ansprechen."

„Eigentlich treffen wir uns mit niemandem. Wir sind hier...", er lehnte sich näher zu ihr hin und flüsterte „inkognito."

Ihr Gesichtsausdruck war unbezahlbar. „Was meinen Sie?", fragte sie entgeistert. „Sie wissen nicht, dass Sie kommen?"

„Nein. Ich gehe nicht davon aus, dass die Leute, die hier arbeiten, wissen, wer ich bin. Wenn die Besitzer zufällig hier wären, was ich nachgesehen habe und was nicht der Fall ist, dann hätte ich vielleicht ein

Problem. Aber wir sind hier, um zu sehen, wie die Dinge laufen. Wir werden uns das Grundstück anschauen und die Leute beobachten. Ich möchte sehen, ob die Menschen, die hier im Resort Urlaub machen, Spaß haben."

Sie atmete tief ein und langsam wieder aus. Sie biss sich auf die Lippen und er gab ihr Zeit zum Nachdenken. Sie lehnte sich näher zu ihm. „Sir, warum bin ich hier?"

Sie roch köstlich. Nach süßem Vanilleeis. „Um mir zu helfen."

„Ich verstehe."

„Nein, ich glaube nicht, dass du das tust. Mir ist vorhin klargeworden, dass sich Mrs. Beasley vielleicht nicht wohl gefühlt hat, aber sie hat dich auch darauf vorbereitet, genau das zu tun. Du bist in den Resorts gewesen und hast dort schon seit einer Weile für uns die Augen und Ohren offengehalten. Das wusste ich nicht. Ich denke, dass sie es wahrscheinlich so eingerichtet hat, dass du diejenige bist, die mir hilft. Deshalb bist du also hier."

„Sie hat mich gut vorbereitet. Auf den Reisen, die ich gemacht habe, sollte ich mir immer alles ganz genau anschauen. Ich habe detaillierte Fragebögen ausgefüllt, damit sie jedes Detail kennt, das ich während meines Auftrags wahrgenommen habe. Sie ist sehr aufmerksam. Und wie Sie sagen, hat sie mich die

Kunden beobachten lassen. Ich habe gelernt, dass McCoy Stonewall Enterprises sehr an der Kundenzufriedenheit interessiert ist."

„Das ist unser wichtigstes Ziel. Sie hat uns zu dem gemacht, was wir heute sind."

„In gewisser Weise stimme ich dem zu, aber wenn ich das sagen darf, glaube ich, dass *Sie* das wichtigste Gut von McCoy Stonewall Enterprises sind. Sie haben ein ausgezeichnetes Auge für Details, bis hin zur Kundenzufriedenheit."

„Du schmeichelst mir."

„Ich verspreche, es war nicht als Schmeichelei gemeint. Es ist nur die Wahrheit, wie ich sie sehe."

Sie war eine ehrliche Haut und das bestärkte ihn in dem, was er ihr zur richtigen Zeit vorschlagen würde.

„Ich werde uns einchecken. Wir haben getrennte Zimmer, nur damit du es weißt."

Für einen Moment wünschte er sich, sie hätten eine Suite, damit sie näher bei ihm wäre. Aber solche Gedanken unterließ er besser.

Trotzdem bemerkte er, als er auf die Rezeption zuging, dass er sich darauf freute, Zeit mit ihr zu verbringen.

Er freute sich allerdings nicht darauf, sie in die Anforderungen von Großvaters Testament einzuweihen.

KAPITEL SECHS

Amber hielt sich ein wenig zurück, als Morgan auf die Rezeption zuging und die Schlüssel zu den reservierten Zimmern abholte. Sie hatte das Gefühl, dass Mrs. Beasley die Reservierungen gemacht hatte. Die Empfangsdame war sehr nett. Natürlich konnte sie sich nicht vorstellen, dass jemand nicht nett zu Morgan war, er war schließlich sehr attraktiv. Sie zollte der jungen Frau Anerkennung dafür, dass sie nicht mit ihm flirtete. Sie war beeindruckt vom freundlichen, professionellen Benehmen der Rezeptionistin.

Offensichtlich hatte jemand das Personal sehr gut ausgebildet. Morgan würde sich freuen, denn die Mitarbeiter der McCoy Stonewall Enterprises Resorts waren für ihre soziale Kompetenz bekannt. Die Tatsache, dass er ein Resort kaufen und die Mitarbeiter behalten konnte, wenn sie vielversprechend waren, bedeutete einen großen Vorteil. Es würde nicht viel Umschulung brauchen.

Sie lächelte, als die Empfangsdame sie ebenfalls in dem Resort willkommen hieß. Dann ging sie mit Morgan zum Aufzug. Es war ein wunderschönes Hotel mit sehr eleganten Innenräumen und einer breiten Veranda, die den ersten Stock umgab und die malerische Bucht überblickte. Das Gebäude war elegant und silbern mit viel Glas. Sie wusste, dass McCoy Stonewall Enterprises Anlagen auf niedrigerem Niveau mit großartiger Aussicht und einem wunderschönen Gelände bevorzugte. Das hier war anders und sie fragte sich, wie Morgan sich während ihrer Zeit hier wohl entscheiden würde.

Als sie im Aufzug waren, überreichte er ihr einen Schlüssel.

„Ich hoffe, dein Zimmer gefällt dir. Mrs. B. lässt dich grüßen und sagt, dass sie denkt, dass es dir gefallen wird. Ich habe für das Abendessen im Restaurant im obersten Stockwerk mit Blick auf die Bucht reserviert."

Amber hatte nichts wirklich Schickes mitgebracht.

„Schau nicht so beunruhigt. Ich habe Mrs. B.

gebeten, dir etwas zum Anziehen zu schicken, da ich dir nicht Bescheid gegeben habe, dass dies Teil des Plans war. Das tut mir leid."

Er hatte an alles gedacht. Dass sie etwas zum Anziehen für einen schicken Abend haben würde, erleichterte sie und linderte ihre Sorgen. Sie konnte nicht anders, als neugierig darauf zu sein, was Mrs. Beasley für sie ausgesucht hatte. „Danke, dass Sie an mich gedacht haben. Ich gebe zu, ich freue mich auf das Abendessen dort oben. Von dort wird man sicher eine wunderbare Aussicht haben. Und die Lichter von Princeville werden wunderschön sein, also danke, dass Sie mich auf diese Reise mitgenommen haben. Ich bin hier, um Ihnen in jeder Hinsicht zu helfen."

Er lächelte. „Ich würde nichts Geringeres von dir erwarten. Du hast dich als äußerst effiziente Assistentin erwiesen."

„Ich habe doch gar nichts gemacht. Daher ist das reine Spekulation."

Er lachte und das ließ die Schmetterlinge in ihrem Bauch flattern. „Ich meinte eher das, was du hinter den Kulissen getan hast, das, wovon ich bis vor Kurzem noch gar nichts wusste. Aber Mrs. Beasley wusste es. Du wärst nicht hier, wenn sie nicht denken würde, dass du die Beste bist. Und ich habe vor langer Zeit gelernt, ihr zu vertrauen."

„Das habe ich schon häufiger von Ihnen gehört."

Die Aufzugstüren klingelten und öffneten sich dann. Sie traten hinaus und liefen über flauschige Teppiche in grau und seegrün. Er erwartete hübsche Räume. Er hatte Mrs. B. nicht die schönsten Zimmer reservieren lassen, sondern sie Zimmer buchen lassen, die der durchschnittliche Gast bekam, der in diesem Resort übernachtete.

Er warf einen Blick auf Amber, als sie stehenblieben und sich einer von ihnen nach links und der andere nach rechts wenden musste, um zu seinem Zimmer zu gelangen. Sie runzelte die Stirn.

„Stimmt etwas nicht?" fragte er besorgt.

„Nein, alles in Ordnung. Ich bin nur ein wenig überwältigt. Diese fabelhafte Assistentin, die ich nun mal bin, neigt dazu, auf Überraschungen mit Überforderung zu reagieren. Es war ein sehr ereignisreicher und überraschender Tag. Ich freue mich auf ein entspanntes Abendessen."

Er lächelte. „Dann werde ich dafür sorgen, dass du

dich auch entspannen kannst. Wir sind da – das ist dein Zimmer. Meines ist da drüben auf der anderen Seite des Flurs. Ich werde in, sagen wir, einer Stunde an deine Tür klopfen. Wir haben für sieben Uhr reserviert, aber ich dachte, wir sehen uns mal die Bar auf der Terrasse an. Du musst nichts trinken, aber wenn du Wein oder etwas anderes trinken möchtest, kannst du das gern tun. Da die Terrassenbar den Gästen gefällt, werden wir sie uns ansehen."

„Danke. Ich werde bereit sein. Solange ich in das passe, was Mrs. Beasley mir geschickt hat."

Er lachte. „Zweifelst du etwa an ihr?"

Endlich lächelte sie auch. „Nein, das tue ich nicht. Ich bin vielmehr äußerst gespannt darauf, herauszufinden, was mich in meinem Zimmer erwartet."

„Du musst es mir erzählen, wenn ich an deine Tür klopfe. Ich bin selbst gespannt."

Und damit fuhr sie mit ihrer Schlüsselkarte über das entsprechende Feld an der Tür, öffnete sie und schlüpfte hinein.

Morgan ging in sein Zimmer und dachte bereits an die Katastrophe, die dieser Abend werden könnte. Wenn sie erst hören würde, was er sich vorstellte.

* * *

Eine Stunde später, als ein leichtes Klopfen an ihrer Tür erklang, starrte Amber gerade ihr Abbild im bodentiefen Spiegel an. Unruhe machte sich in ihrem Bauch breit, als sie ihr Äußeres betrachtete.

Das kurze schwarze Kleid, das mit einigen weiteren Outfits für das Resort, in ihrem Zimmer gelegen hatte, war wunderschön. Die Kleider waren allesamt erlesen und mussten unglaublich teuer gewesen sein. Ihre schiere Anzahl sorgte dafür, dass sie sich fragte, wie lange sie wohl hier blieben würden. Das Kleid passte ihr so perfekt, als wäre es ihr auf den Leib geschneidert worden. Ihr war nicht klar gewesen, dass zu Mrs. Beasleys Stärken auch ein gutes Gespür für Kleidergrößen und ein tadelloser Geschmack gehörten.

Amber hatte sich gezwungen, ihr Haar offen zu tragen, obwohl sie es normalerweise bei der Arbeit zu einem straffen Knoten im Nacken zurückkämmte. Nachdem sie zu Beginn ihrer Karriere eine unangenehme Erfahrung mit einem ihrer Chefs gemacht hatte, war es für sie zu einer Sicherheitsmaßnahme geworden, so schlicht wie möglich auszusehen. Sie fühlte sich verletzlicher, wenn sie ihr Haar offen trug. Nach dieser schlechten Erfahrung hatte Amber immer sehr genau darauf geachtet, wohin sie ihre Lebensläufe schickte und mit wem sie würde arbeiten müssen. Alles war in Ordnung gewesen, bis sie von dieser ungesunden Bewunderung für ihren Chef überrumpelt worden war.

Er ist mein Chef.

Die Stimme in ihrem Kopf schrie diese Warnung geradezu, aber sie blickte sich selbst im Spiegel an und fühlte sich überhaupt nicht wie jemand, der für Morgan McCoy arbeitete.

Sie fühlte sich wie Aschenputtel, das sich in eine Prinzessin verwandelt hatte und nun zum Ball gehen würde.

Und das war ein äußerst gefährliches Gefühl.

Sie erinnerte sich selbst daran, dass dies nur ein Abendessen war... ein Arbeitsessen und nichts weiter. Sie drehte sich um und ging auf wackligen Beinen zur Tür. *Das durfte sie auf keinen Fall vergessen.* Sie holte tief Luft, legte sich eine Hand auf den Bauch und beschwor die Schmetterlinge, *bitte*, einfach davonzufliegen. Und dann griff sie nach der Tür und öffnete diese.

Beinahe wäre ihr ein Keuchen entronnen, aber zum Glück gelang es ihr, dieses hinunterzuschlucken.

Morgan war ein Mann, den man nicht

unterschätzen durfte. Makellos, so wie sie ihn sich vorgestellt hatte, stand er in einem dunklen Sportsakko und einem schneeweißen, am Hals geöffneten Hemd im Flur. Eine rauchgraue Hose und teuer aussehende Lederslipper, die zu dem lässigen Effekt seiner eleganten Kleidung passten, rundeten den Look ab. Dieser Mann hatte sie erneut überrascht. Mrs. Beasley hatte Amber Kleidung geschickt, die zu seiner passte.

Oh, was für ein Abend. Sie schluckte wieder und traf seinen plötzlich dunklen Blick. Ein Blick, der für einen Moment warm und hungrig aussah. *Hungrig nach ihr?*

Nein, sie musste sich irren, aber die Wärme, die durch sie hindurchströmte, verriet sie.

Was sie in diesen tiefblauen Augen gesehen zu haben glaubte, konnte einfach nicht stimmen. Diesen Mann konnte man nicht einfach so überraschen. Und doch sah er genauso aus.

Sein Blick glitt über ihren ganzen Körper und dann wieder zurück zu ihrem Gesicht und über ihr Haar. Sie spürte, wie seine Augen jeden Aspekt von ihr aufnahmen. Sie konnte nicht anders, als sich mit einer Hand übers Haar zu streichen.

„Ist das in Ordnung?", fragte sie, ihre Nerven lagen blank.

„Ja. Du siehst wunderschön aus. Perfekt." Er

räusperte sich und setzte wieder seinen gewohnten, geschäftsmäßigen Gesichtsausdruck auf und der überraschte Ausdruck eines beeindruckten Mannes verschwand. „Wie ich sehe, hat Mrs. B. ganze Arbeit geleistet. Wir werden wie die perfekten Hawaii-Touristen aussehen, die sich hübsch angezogen haben, um einen schönen Abend miteinander zu verbringen."

„Ja, das stimmt. Und darf ich hinzufügen, dass du ebenfalls perfekt aussiehst." *Warum hatte sie das gesagt?*

Es mochte ja stimmen, aber sie hatte kein Recht darauf, so etwas zu sagen.

Als sie zum Aufzug gingen, ließ er sie an sich vorbeigehen und als Erste eintreten. Er folgte ihr und legte besitzergreifend eine Hand auf ihren Rücken. Ihr Puls machte gefährliche Sprünge und sie fühlte sich wie in einem Cabrio, das mit hoher Geschwindigkeit um eine Kurve jagte. Er drückte den Knopf für die oberste Etage und blieb, mit der Hand immer noch auf ihrem Rücken, nahe bei ihr stehen. Sie konnte sein Parfüm riechen, subtile Würze vermischt mit den vollen Aromen eines frischen Meeresduftes... frisch und verführerisch zog es sie an, so als ob die Flut sie mit sich zöge.

Sie staunte immer noch darüber, dass er für diesen einen, kurzen Moment so sprachlos ausgesehen hatte.

War es so verblüffend, sie so zurechtgemacht zu sehen?

Als sie nun ihren Blick auf ihn richtete, ertappte sie ihn dabei, wie er ihr Haar musterte. Er hatte so lange ihr Haar und ihr Gesicht angeschaut, dass sie sich beinahe fragte, ob etwas damit nicht stimmte. Aber sie sollte sich deswegen keine Sorgen machen, sie war zwar nicht die schönste Frau auf Erden, aber sie wusste, dass sie an diesem Abend besonders gut aussah.

Die Türen zum Restaurant öffneten sich. Es war überwältigend, funkelnde, gedimmte Kronleuchter und romantisch flackerndes Kerzenlicht sorgten für eine schöne Atmosphäre. Die umlaufenden Fenster, die dem gesamten Resort mit seinem kreisförmigen Aufbau entsprachen, ermöglichten fast jedem Zimmer einen Blick aufs Meer. Er sprach mit einer Angestellten, die sie hinaus zum Barbereich auf der Terrasse und dort zu einer separaten Zone am Ende der Terrasse führte, wo es Sitzmöglichkeiten um eine Feuerstelle herum gab, aber auch einen Tisch für zwei Personen direkt an der Balustrade mit Blick auf die Bucht. Überall funkelten Lichter, in anderen Bereichen entdeckte sie weitere Feuerstellen – sehr stilvolle Feuerstellen, an denen Paare auf Sofas saßen, von denen einige angeregte Gespräche führten und sich amüsierten und andere miteinander kuschelten. Nicht in ihren wildesten Träumen hätte sie sich jemals erträumt, dass sie sich mit Morgan an einem so romantischen Ort wiederfinden würde. Sie musste sich erneut daran erinnern, dass sie erstens nicht sein Typ war und zweitens, dass es hier ums Geschäft ging. Aber als er seine Hand erneut auf ihren Rücken legte und sie zu einem der Sofas in der Nähe ihres Tisches führte, hätte sie leicht vergessen können, dass dies kein intimes Date war.

Sehr leicht sogar.

KAPITEL SIEBEN

Er bemühte sich sehr, Amber nicht anzustarren, aber es war unmöglich. Sie trug ihr Haar offen und nicht in diesem straff gewundenen Dutt. Das Kleid, das Mrs. B. geschickt hatte, sah umwerfend an ihr aus und obwohl es äußerst geschmackvoll war, so war es doch meilenweit entfernt von der Geschäftskleidung, die sie heute getragen hatte und von dem, was sie sonst im Büro anhatte. Er erinnerte sich jetzt daran, sie ein oder zwei Mal gesehen zu haben. Bis er ihr heute Morgen mit zurückgekämmtem Haar begegnet war, hatte er die Person, die er am Tag zuvor gerettet hatte, nicht einmal mit der Frau aus seinem Büro in Verbindung gebracht. Er sagte sich, dass er kein Recht darauf hatte, irgendetwas an Amber zu mögen. Aber wenn er ihr diesen Vertrag anbieten wollte, und das würde er tun, dann wäre es schön, wenn er sie mochte. Sie brachte ihn zum Lachen und das passierte nicht oft. Und sie hatte ihn in der kurzen Zeit, in der sie sich kannten, herausgefordert – mindestens zweimal.

„Ich bin froh, dass du mitgekommen bist. Es ist schön, dich besser kennenzulernen." Er hatte das Gefühl, dass der Vorschlag, den er ihr an diesem Abend unterbreiten wollte, das Potential hatte, ihre Arbeitsbeziehung und vielleicht auch alles andere, was sich womöglich gerade erst zwischen ihnen zu entwickeln begann, zu ruinieren. Zwischen ihnen würde sich nichts entwickeln – *wo war er nur mit seinen Gedanken*?

„Ja, nun, danke, dass du mich hergebracht hast. Es scheint, dass ich dir auf dieser Reise für vieles zu danken habe. Es ist einfach atemberaubend hier."

„Mir gefällt die Gegend um Princeville, obwohl ich das südliche Ende der Insel bevorzuge. Wenn du das hier atemberaubend findest, dann solltest du zur Schlucht fahren. Du wirst sie lieben. Nimm dir einen Tag lang ein Auto und fahr dort rauf, bevor wir wieder abreisen."

„Ich werde es versuchen, wenn ich Zeit dafür finde." Sie stand auf und ging zum Geländer hinüber.

Er beobachtete sie von dort, wo er saß. Er wollte ihr zum Geländer folgen und seine Hände zu beiden

Seiten neben ihre legen und mit ihr die Aussicht genießen. Er wollte sich vom süßen Duft ihres Haares verführen lassen und die Wärme ihres Körpers nahe seinem spüren. Sie drehte sich um und ertappte ihn erneut dabei, wie er sie beobachtete. Das hatte sie bereits einige Male getan, aber es fiel ihm schwer, seinen Blick von ihr fernzuhalten. Sie neigte den Kopf und musterte ihn.

Ihr Gesichtsausdruck war drollig und brachte ihn zum Lächeln. Mal wieder. „Was ist?", fragte er und fühlte sich plötzlich sonderbar unbeschwert. Morgan konnte sich nicht daran erinnern, wann er das letzte Mal so unbeschwert gewesen war.

„Hast du einen Plan für diesen Besuch oder handelt der Mächtige Morgan McCoy aus dem Bauch heraus? Wenn das der Fall ist, bin ich wirklich fassungslos, aber ehrlich gesagt, kann ich mir nichts anderes vorstellen."

„Vielleicht handele ich tatsächlich aus dem Bauch heraus. Ich kann mich ehrlich gesagt gerade nicht daran erinnern, wann das zuletzt der Fall war, aber eigentlich greife ich oft auf mein Bauchgefühl zurück."

„Ja, ich habe gehört, dass dein Bauch eine Menge deiner Entscheidungen trifft – viele deiner großen Entscheidungen."

Er stand auf und trat vor, um sich neben sie zu

stellen. Er wandte ihr seinen Körper zu. Ihre auf dem Geländer liegenden Hände berührten sich fast. Er verspürte plötzlich den starken Wunsch, ihre Hand in seine zu nehmen, so wie sie es im Hubschrauber getan hatten, nur vielleicht nicht ganz so fest.

„Ich schaue mir die Daten an, nehme sie auf und lasse mir dann von meinem Bauchgefühl sagen, was ich tun soll. Vor allem, wenn die Daten nicht eindeutig sind. Ich bin bekannt dafür, dass ich auf die Daten schaue und meinem Bauchgefühl folge und das sagt mir manchmal etwas anderes als die Daten. Ich habe gelernt, dass Daten trügen können."

„Das gefällt mir an dir. Die Leute versuchen, dich auf diesen sicheren Menschen voller Gewissheit zu reduzieren, aber mir ist klar, dass dir das nicht gerecht wird. Nicht, dass ich auf Büroklatsch höre. Aber manchmal ist es schwer, Dinge nicht zu hören."

Er grinste. „Nun, irgendwie habe ich auch nicht erwartet, dass du jemand bist, der sich um Klatsch und Tratsch schert. Ich sehe dich als die Art von Person, die ihre Arbeit nach bestem Wissen und Gewissen erledigt und während der Arbeit so sehr auf ihren Job fixiert ist, dass sie währenddessen keine Zeit hat, um noch etwas anderes wahrzunehmen."

Sie zögerte. „Wenn du das so sagst, klinge ich unglaublich langweilig." Sie sah nicht gerade glücklich aus.

Er wollte die Kante ihres Kiefers entlangstreichen und ihr sagen, dass er sie alles andere als langweilig fand. Er war von ihr fasziniert und war sich nicht einmal sicher, warum. Aber er wollte mehr erfahren. „Ich kenne dich nicht gut genug, um darüber zu urteilen. Aber ich freue mich darauf, dich besser kennenzulernen. Ich selbst bin ziemlich langweilig, wenn man mein Leben mal genauer betrachtet."

Es stimmte. Er drehte sich um, stützte beide Ellbogen auf das Geländer und verschränkte seine Hände ineinander, als er auf das dunkle Wasser hinabsah.

Sie lehnte sich zu ihm und sagte leise: „Es ist dir gelungen, eine Mauer um dich herum zu errichten. Niemand kann beurteilen, ob du langweilig bist oder nicht. Sie sehen nur einen erfolgreichen, etwas einzelgängerischen Mann."

Er nahm ihren Duft wahr. „Du bist sehr scharfsinnig. Ich habe meine Gründe, Mauern zu errichten."

„Ich bin mir sicher, dass du die hast. Das kann ich mir vorstellen. Ist es schwer, die Leute immer auf Abstand zu halten?"

Diese Frau – sie hatte Verständnis. „Ich lasse Leute an mich heran. Diejenigen, die mir wichtig sind."

„Das ist gut zu wissen. Deine Familie?"

„Ja, meine Brüder Wade und Todd. Außerdem habe ich einige Cousins, die mir nahestehen. Obwohl wir miteinander Kontakt haben, bin ich nicht oft dort. Ich habe sie auf den Hochzeiten meiner Brüder gesehen. Naja, bei Wades Hochzeit. Ich glaube, die meisten von ihnen waren während Todds Hochzeit nicht in der Stadt. Wie auch immer, die meisten kennen mich gut."

„Nun, ich bin froh, dass du jemanden hast, dem du dich öffnen kannst."

„Was ist mit dir? Du hast mich gefragt – jetzt frage ich dich. Hast du jemanden, dem gegenüber du dich öffnest?"

Sie zögerte und das machte ihn neugierig. „I-ich habe einen Freund", sagte sie schließlich.

Seine Stimmung fiel in sich zusammen. „Einen Partner?" Er musste diese Frage stellen. *Warum hatte er nicht schon vorher darüber nachgedacht?*

„Nein, keinen Partner. Mit meinem Partner habe ich vor etwa zwei Jahren Schluss gemacht."

Irgendwas an der Art, wie sie das gesagt hatte, klang nicht gut. „Wirklich? Gab es ein Problem?"

„Das Problem war, das ich erkannt habe, dass ich ihn nicht liebe und ich mich weigere, jemanden zu heiraten, den ich nicht liebe.“

„Das klingt nach einem guten Plan.“

„Ja, das glaube ich auch. Wo wir gerade von Hoffnungen und Träumen sprechen, mich interessiert immer noch, warum du mich das vorhin gefragt hast. Erinnerst du dich, du wolltest mir sagen, warum.“ Ihre Augenbraue hob sich. „Ich bin ganz Ohr, wenn du diese seltsame Aussage weiter ausführen willst.“

„Möchtest du etwas trinken?“

„Jetzt wendest du Ausweichmanöver an. Nun bin ich noch neugieriger. Was hast du zu verbergen, Mr. Morgan McCoy?“

Er winkte mit der Hand und machte eine Kellnerin auf sich aufmerksam. „Ich nehme ein Canada Dry oder ein Ginger Ale mit Limette – egal. Möchtest du auch etwas?“

„Ich nehme dasselbe. Du trinkst nicht?“, fragte sie, als die Kellnerin ging, um ihre Bestellung zu holen.

„Ich trinke nicht. Ich mag es, die Kontrolle zu haben... immer. Ich trinke vielleicht ab und zu mal ein Glas Wein.“ Das Weingut der McCoys stellte dank seines Bruders Todd und seiner Hingabe an das Handwerk preisgekrönte Weine her. „Aber meistens, nein, meistens trinke ich nicht.“ Und jetzt schon gar nicht, er würde alle seine Fähigkeiten für das brauchen, was er vorhatte.

„Ich auch nicht. Auch ich bin ein Kontrollfreak."

Er lachte. „Ich habe mich nicht als Freak bezeichnet und das bist du sicher auch nicht."

Sie lächelte, ihre schönen Augen tanzten. Sein Puls raste und ihm kam der Gedanke, dass es ihm in ihrer Gegenwart wahrscheinlich schwerfallen würde, dauerhaft die Kontrolle zu behalten

„Du hast noch nicht genügend Zeit in meiner Nähe verbracht. Ein Grund dafür, warum ich so gut in meinem Job bin, ist mein Hang zur Kontrolle. Mrs. Beasley und ich sind uns in diesem Punkt sehr ähnlich. Ich glaube, sie hat das erkannt."

Er musterte sie. Sie hatte keine Ahnung, wie abwegig ein Vergleich zwischen ihr und Mrs. B. war. Sie erinnerte ihn nicht im Geringsten an seine sechzigjährige persönliche Assistentin. Über ihren Blick fiel ein Schatten, als sie ihm in die Augen sah. Sie knabberte wieder an ihrer Lippe. Ihm war aufgefallen, dass sie dies gewohnheitsmäßig tat, wenn sie in Gedanken versunken war.

„Du bist tief in Gedanken versunken. Warum sagst du nicht, was dir durch den Kopf geht?"

„Um ehrlich zu sein, mache ich mir langsam Sorgen wegen dieses Angebots, das du mir unterbreiten willst." Sie biss sich erneut auf die Lippe.

Das traf ihn wie ein Vorschlaghammer. Er

runzelte die Stirn. „Du glaubst, ich mache dir ein Angebot? So wie in – ?"

„Ich hoffe nicht." Sie unterbrach ihn, bevor er die anzügliche Aussage in Worte fassen konnte. „Aber es ist mir durch den Kopf gegangen, auch wenn ich niemals geglaubt habe, dass du so etwas tun würdest."

Erleichterung erfüllte ihn. „Das würde ich nie tun." Er hielt ihrem Blick stand, wobei er hoffte, dass sie Aufrichtigkeit und Ehrlichkeit darin sehen konnte. „Ich würde dich oder einen meiner Mitarbeiter niemals so behandeln. Ich hoffe, du weißt das."

Sie nickte. „Ich habe... es hatte damit zu tun, wie du vorhin davon gesprochen hast. Du schienst so zwiegespalten zu sein."

Die Kellnerin brachte ihnen ihre Getränke und ging. Er griff nach seinem und trank einen Schluck. Die Süße und die Kohlensäure brannten in seiner trockenen Kehle.

Die Zeit war gekommen. „Setzen wir uns da drüben hin und ich erzähle dir von der ganzen miserablen Angelegenheit. Aber du musst zustimmen, dass du zu Abend isst, egal wie du über das denkst, was ich sagen werde. Du musst zustimmen, dass du mich vollständig anhörst, dass du dich nicht aufregst und mich nicht allein essen lässt."

Sie ging zu dem gemütlichen Zweiersofa und er

folgte ihr. Sie stellte ihren Drink ab, verschränkte dann ruhig ihre Arme und musterte ihn aufmerksam. „Jetzt hast du mich wirklich neugierig gemacht. Vielleicht sollte ich mir Sorgen machen, aber eigentlich tue ich es nicht."

„Ich bin froh, dass du dir keine Sorgen machst, denn *ich* mache mir Sorgen. Also, es geht um Folgendes."

Amber konnte sich nicht vorstellen, was um alles in der Welt Morgan sagen würde. Sie wartete. Der Mann sah nervös aus.

„Wie ich gesagt habe, ist mein Großvater gestorben und wie ich bereits erwähnt habe, hat er in seinem Testament einige ziemlich seltsame Anforderungen hinterlassen. Es ist nicht gerade leicht, jemandem davon zu erzählen, aber diese Anforderungen machen es nötig, genau das zu tun. Wenn ich nicht die richtige Wahl getroffen habe... dann hab Geduld mit mir. Das ist die unangenehmste und lächerlichste Sache, mit der ich je in meinem Leben zu tun hatte. Ich habe meinen Großvater geliebt, aber wir haben uns ständig gestritten. Er war äußerst stur und ich nehme an, dass ich das auch war. Aber ich verstehe nicht, warum er mir das antut. Wie auch immer, ich komme nicht aus dieser Sache heraus. Also, hier ist der Deal. Bis gestern habe ich dich leider kaum gekannt. Und ich schätze, dass ich dich immer noch nicht wirklich kenne. Aber ich kann Charaktere sehr gut einschätzen und deshalb werde ich dir das hier unterbreiten. Ich habe das Gefühl, dass ich dir vertrauen kann, was die erforderliche Diskretion angeht. Du kannst ablehnen, aber wenn du unvoreingenommen zuhören würdest, könnte es zu deinem Vorteil sein."

Er hielt inne und gab ihr Zeit, zu antworten, wie sie vermutete. Sie war neugierig, wollte endlich wissen, wovon um alles in der Welt er sprach. „Ich höre dir zu."

„Okay, dann los. Mein Großvater hat meine Brüder und mich aufgezogen, nachdem unsere Eltern zusammen mit unserem Onkel und unserer Tante bei einem Flugzeugabsturz ums Leben gekommen waren. Aufgrund meines Großvaters bin ich der Mann, der ich heute bin. Wir sind – waren uns charakterlich sehr ähnlich. Deshalb sind wir in den Jahren vor seinem plötzlichen Tod nicht mehr miteinander ausgekommen."

Sie war von seinen Worten gefesselt, als ein Blitz der Trauer, schnell und lebhaft, sein Gesicht erfüllte und sie sah, wie sehr der Tod seines Großvaters ihn getroffen hatte – und ihm immer noch zusetzte. „Dein Verlust tut mir sehr leid."

„Mir auch. Und obwohl wir uns gestritten haben, habe ich ihn von ganzem Herzen geliebt und möchte sein Andenken ehren. Das einzige Problem dabei ist... wie sich herausgestellt hat, wollte mein Großvater unbedingt Urenkel auf dem Land spielen sehen, das er liebte. Das beinhaltet die Ranch und das Weingut, auf denen Wade und Todd leben. Die Resorts waren für ihn ein Nebenerwerb. Sie waren nicht die Liebe seines Lebens – das war die Ranch. Wir drei Enkel waren damit beschäftigt, das Vermächtnis, das er uns hinterlassen hat, weiter auszubauen. Offensichtlich sah er es als Problem an, dass keiner von uns heiratete. Bis er starb, hat keiner von uns auch nur einen müden Gedanken daran verschwendet. Aber er war ein dickköpfiger Kerl und hat immer seinen Willen bekommen." Er lachte bitter.

Und mit einem Hauch von Traurigkeit, wie Amber bemerkte. Sie spürte den Wunsch, ihre Hand auf seine zu legen, aber all die anderen Dinge, die er gesagt hatte, hielten sie davon ab. Sie würde einfach nur hier sitzen und zuhören.

„Ich werde einfach auf den Punkt kommen müssen. Mein Großvater hat jedem von uns drei Monate Zeit gegeben, um jemanden zum Heiraten zu finden. Anschließend müssen wir drei Monate verheiratet bleiben, ehe wir die Ehe annullieren oder uns scheiden lassen dürfen oder was auch immer. Das hat er in seinem Testament festgelegt. Wade musste die Ranch retten, Todd das Weingut und ich die Resorts. Wenn einer von uns bei seiner Herausforderung scheitern würde, dann würden wir alle unsere Anteile an dieser Abteilung verlieren und sie würde verkauft werden. Nach all der Liebe und der harten Arbeit, die Wade in die Ranch gesteckt hat – sie wäre weg gewesen, aber er hat es geschafft. Todd liebt das Weingut und auch er hat es geschafft, es zu retten. Beide haben Frauen gefunden und ihren Teil der testamentarischen Auflage erfüllt. Jetzt bin ich an der Reihe. Ich habe mich von Anfang an dagegen ausgesprochen und gewusst, was kommen würde. Ich war versucht, es bleiben zu lassen, aber meine Brüder haben ihren Teil getan und wenn ich es nicht durchziehe, werde ich mir das nie verzeihen."

„Du würdest die Resorts verlieren?" Sie konnte es kaum glauben. Sie starrte ihn an, verblüfft darüber, dass sein Großvater dies getan hatte. Er hatte ihr nicht sagen brauchen, dass es in seinem Fall um die Resorts ging, denn sie wusste, dass Morgan mit Haut und Haar an ihnen hing.

„Genau. Ich befinde mich also in folgender

Zwickmühle: Die drei Monate, die ich habe, um eine Frau zu finden, laufen bereits. Großvater hat nicht nur gewollt, dass wir heiraten, sondern er hat auch die Bedingung aufgestellt, dass wir drei Monate verheiratet bleiben müssen, bevor er uns die Möglichkeit zugesteht, uns scheiden zu lassen und unser Leben weiterzuführen. Wir nehmen an, dass er uns nicht zwingen wollte, zu heiraten. Er hat wohl gehofft, dass wir uns dabei verlieben und ihm Urenkel schenken würden. Aber er hat nicht nur diese lächerlichen Bedingungen aufgestellt, er hat uns zumindest auch einen Ausweg nach drei Monaten ermöglicht – was der einzige Grund ist, warum ich das durchziehen werde. Ich werde die Ehe am Ende der drei Monate auflösen. Es handelt sich um eine reine Zweckehe, ein Geschäft, das als solches eingegangen werden sollte."

Sie ließ sein Problem auf sich wirken. Ihr Verstand begann zu rotieren, als sie daran dachte, was sie tun müsste, um ihm zu helfen, diese seltsame Bitte zu erfüllen. „Du möchtest, dass ich dir helfe, eine Frau zu finden? Ich hatte noch nie einen solchen Auftrag, aber ich werde mein Bestes tun. Wir müssen ein Brainstorming über die Art von Frau durchführen, die du suchst, über jede, die dir vorschwebt und über Frauen, die einen Grund haben, aus geschäftlichen

Gründen zu heiraten."

Ihr Verstand hatte in den Geschäftsmodus umgeschaltet und sie setzte sich voll und ganz für die Aufgabe ein. Es war nicht so, wie sie es sich vorgestellt hatte, obwohl sie der Gedanke störte, dass er heiraten würde, selbst wenn es nur eine Zweckehe war. Sie würde jetzt nicht darüber nachdenken. Sie hatte von Anfang an gewusst, dass ihre Schwärmerei für ihn reine Fantasie war und sich nie erfüllen würde. Sie würde niemals eine Chance bei diesem Mann haben. Sie überlegte, was ihre nächsten Schritte sein würden. Sie sah, dass sich Verwirrung auf seinem hübschen Gesicht breitmachte, etwas, was man nicht häufig darauf sah. Er starrte sie an.

„Stimmt etwas nicht?", fragte sie, hob ihr Glas und trank einen Schluck ihres Getränks.

„Ja, Amber. Du hast das falsch verstanden. Ich mache *dir* einen Antrag, mich zu heiraten."

„*Mir*", keuchte Amber, bekam Ginger Ale in ihre Luftröhre und verschluckte sich.

KAPITEL ACHT

„Wie bitte?", krächzte Amber.

Morgan rückte näher zu ihr und klopfte ihr zwischen die Schulterblätter. „Es tut mir leid, ich wollte nicht, dass du dich verschluckst. Geht es dir gut?"

Sie nickte, schluckte dann und wandte sich ihm zu. Ihre Augen verengten sich ungläubig. „Mir geht es gut, aber *was* hat du gesagt?"

Er klopfte ihr sanft auf die Schulter, da er seine Hand nicht wegziehen wollte, tat es dann aber trotzdem. „Ich frage dich, ob du es in Betracht ziehen würdest, mich zu heiraten? Es wäre eine vertragliche Vereinbarung mit einem Ehevertrag, der dich für die drei Monate großzügig entlohnen würde. Wir können die Einzelheiten besprechen, aber du würdest äußerst gut bezahlt werden. Der Haken ist, dass wir nach der

Hochzeit drei Monate lang bei mir zu Hause auf der Ranch in Texas zusammenleben müssten. Es gibt keine Auflagen, dass wir uns auch ein Zimmer teilen müssen, also kannst du dich entspannen, was das angeht. Und am Ende der drei Monate würden wir uns schnell und unkompliziert scheiden lassen."

Sie starrte ihn nur an. Ohne zu blinzeln.

Er sprach weiter, in diesem Moment völlig außerhalb seines Elements. Er hatte sich in seinem ganzen Leben noch nie so bloßgestellt und dumm gefühlt. Sie dachte wahrscheinlich, dass er den Verstand verloren hatte, sie so etwas zu fragen. „Du könntest auch mit einer beträchtlichen Abfindungssumme der Firma deines Weges gehen – du könntest damit tun, was immer du willst. Deshalb habe ich dich gefragt, ob du irgendwelche Hoffnungen oder Wünsche oder Träume hast, irgendwelche Bedürfnisse, denn das ist alles, was ich dir anbieten kann. Ich brauche wirklich deine Hilfe. Und ich stelle mich dabei ungeschickt an, aber um ehrlich zu sein, ist dies der unmöglichste Vertrag, den ich je in meinem Leben aushandeln musste. Es ist äußerst unangenehm. Ich fühle mich überhaupt nicht wohl dabei. Aber mein Großvater hat sich nicht um mein Befinden gekümmert, als er diesen Plan ausgeheckt hat." Er fuhr sich mit der Hand durchs Haar und umfasste dann seinen Nacken, während er sie mit zusammengekniffenen Augen ansah. Diese Frau könnte mit den Besten von Las Vegas pokern. „Okay, bitte sag etwas. Oder gib mir eine Ohrfeige. Aber tu irgendetwas.“

* * *

Amber war sprachlos. Sie atmete tief ein und betete um Gelassenheit, während sie darum kämpfte, ihre Gedanken zu sammeln. Sie musste etwas sagen. „Ich will nicht unhöflich sein, aber war dein Großvater verrückt?“

Seine Lippen zuckten. „Nein, aber ich habe bei der Testamentseröffnung eine ähnliche Frage gestellt. Mir wurde versichert, dass er zum Zeitpunkt seines Todes voll zurechnungsfähig war.“

„Ich denke, das ist gut zu wissen. Trotzdem... ich habe dich gerade erst kennengelernt. Ich meine, ja, ich arbeite für dich, aber wenn es um gemeinsame Gespräche geht – wir sind gerade erst in dieses Gebiet vorgedrungen.“ Sie hielt inne, als ihr etwas klar wurde. „Ach, du meine Güte.“ Mit voller Wucht traf sie der Gedanke, dass Morgan McCoy ihr das Leben gerettet hatte. *Ich schulde ihm etwas.* Sie legte ein Hand an die Stirn, schloss die Augen und ließ die Erkenntnis sacken. „Oh mein Gott, ich schulde dir was. Du forderst den Gefallen ein. Du hast mein Leben gerettet – jetzt muss ich dich heiraten."

„*Nein*." Seine Reaktion war vehement. Er legte eine Hand auf ihre und hielt sie fest. „Keineswegs. Das würde ich niemals tun. Das ist mir nie in den Sinn gekommen." Er sah sie bestimmt an. „Daran habe ich nicht einmal gedacht. Bitte denk das nicht. Amber, ich frage dich das, weil du dich deiner Arbeit verschrieben hast. Du bist offensichtlich vertrauenswürdig und talentiert. Deine Integrität hat sich bereits in dieser kurzen Zeit gezeigt. Du bist ganz und gar darum bemüht, deine Arbeit gut zu machen, auch nach dem, was du gestern durchgemacht hast. Du bist erst heute früh aus dem Krankenhaus entlassen worden, nachdem du gestern fast ertrunken wärst. Und trotzdem hast du dich heute völlig deiner Arbeit gewidmet. Das ist äußerste Hingabe. Aber es macht dir auch nichts aus, mich herauszufordern – um ehrlich zu sein, habe ich es genossen, in deiner Nähe zu sein. Also habe ich gedacht, du würdest es vielleicht tun, um dir anschließend einen Traum erfüllen zu können. Und aus egoistischen Gründen meinerseits denke ich, wenn ich das schon machen muss, dann wäre es schön, die Zeit mit jemandem zu verbringen, den ich mag."

Sie blinzelte heftig, von seiner Erklärung

gleichzeitig gerührt und verstört. *Er forderte nicht, dass sie ihre Schuld beglich.* Aber als sie dort saß und ihn ansah, konnte sie nicht abstreiten, dass sie ihm etwas schuldig war. Wenn er sie nicht gerettet hätte, wäre sie jetzt nicht hier.

Sie wäre tot.

Die Erkenntnis traf sie – sie schuldete ihm etwas und das Mindeste, was sie tun konnte, war, ihm drei Monate ihres Lebens zu schenken. Ein Leben, das sie gar nicht mehr hätte, wenn er nicht gewesen wäre. „Ich muss das erst mal verarbeiten."

„Glaub mir, das verstehe ich. Ich verarbeite es selbst immer noch. Mein Großvater hat gewusst, wie er mir an die Nieren gehen kann. Das wusste er definitiv. Er wusste, dass es für mich am schwersten sein würde. Ich glaube, ich habe wohl die ganze Zeit über gedacht, dass im Kleingedruckten steht, dass wenn einer meiner Brüder heiraten würde, er es nicht mehr von den anderen verlangen würde. Aber nein, eine solche Klausel gibt es nicht in diesem Testament. Er wusste, was er mir damit antun würde."

Sie bemerkte, dass er immer noch ihre Hände hielt und die Schmetterlinge, die vorhin in ihrem Bauch umhergeflattert waren, regten sich erneut und schwärmten aus. „Ich werde eine Nacht darüber nachdenken müssen. Gibt es eine Frist?"

„Ähm, nein, aber morgen wäre gut. Wenn du ablehnst, muss ich mir eine andere suchen, denn ich werde nicht zulassen, dass ich die McCoy Stonewall Hotel and Resort Division verliere. Du kannst dir gern den Vertrag anschauen. Wenn du mehr Geld möchtest, werde ich den Betrag erhöhen.“

„Nein, mir geht es nicht um das Geld. Ich bin mir sicher, dass das, was du hineingeschrieben hast, eine ausreichende Bezahlung darstellt. Ich weiß, wie du arbeitest. Ich muss das nur verdauen.“

„Okay, dann lass uns zu Abend essen. Ich wollte, dass du dich entspannst und dann habe ich dich damit überrumpelt, bevor du überhaupt Zeit zum Essen hattest. Deshalb wollte ich auch, dass du zustimmst, nicht wegzulaufen und zu schreien, dass ich ein Verrückter bin.“

„Ich denke, Abendessen wäre eine gute Idee. Und nachdem ich mich ein klitzekleines bisschen entspannt habe, habe ich vielleicht ein paar Fragen an dich.“ Sie blickte über die kaum beleuchtete Bucht. Auf dem Wasser und den Booten schimmerten Lichter. Ein ruhiger Anblick, der im völligen Gegensatz zu dem Aufruhr stand, der in ihrem Inneren tobte.

Dies war der erste Sonnenuntergang, den sie sah, nachdem sie fast gestorben wäre. Er war wunderschön und erinnerte sie eindringlich daran, dass sie Morgan etwas schuldete, auch wenn er sagte, dass das nicht der

Fall sei.

Und dann war da noch ihre Schwärmerei für ihn. Dieser Teil der Gleichung könnte unangenehm werden. Sehr, sehr unangenehm.

* * *

Sie schafften es, den größten Teil des Essens mit Smalltalk hinter sich zu bringen, auch wenn die Spannung zwischen ihnen spürbar war. Er hatte mit einer schnellen Ablehnung und vielleicht sogar einer Kündigung gerechnet. Stattdessen würde sie darüber nachdenken. Er würde ihr den benötigen Raum dafür geben. Wenn sie soweit war, darüber zu sprechen, würde er ihr alles sagen, was er wusste.

Sie verspeisten ihre köstlichen Mahlzeiten, besprachen das Essen und den Service. Alles war perfekt. Sie waren beide von dem Resort beeindruckt und da sie sich nun auf etwas anderes als auf die offensichtliche Frage, die zwischen ihnen schwebte, konzentrieren konnten, richteten sie ihren Fokus darauf, in Erfahrung zu bringen, wie es den anderen Gästen um sie herum ging. Sie alle schienen es hier zu mögen und ihren Aufenthalt im Restaurant zu lieben.

Während der ganzen Zeit fragte er sich, was Amber wohl dachte. Er konnte sich nicht vorstellen, dass sie es sich überlegen würde, aber sie hatte seine

Frage nach ihren Hoffnungen und Träumen nicht beantwortet und vielleicht würde ihr das Geld dabei behilflich sein, sich einen Wunsch zu erfüllen. Oder ein Bedürfnis.

Nun, da die Sonne untergegangen war, flackerte das Kerzenlicht zwischen ihnen. Der in die Nacht übergehende Abend brachte Schwärze mit sich und die Lichter um sie herum begannen zu schimmern. An jedem anderen Abend wäre es romantisch gewesen. Die Tatsache, dass sie beide in Gedanken bei seinem äußerst unromantischen Vorschlag waren, verhinderte dies, aber er musste immer wieder daran denken, wie schön sie war und wie sehr er sich freute, dass sie sein Angebot in Betracht zog.

„Möchtest du ein Dessert? Vielleicht einen Käsekuchen? Oder die Spezialität des Hauses, die sieht gut aus", fragte er, als die Kellnerin ihre Teller nahm und wissen wollte, ob sie ihnen Desserts bringen solle.

„Nein, danke." Sie machte eine Pause. „Warte, wollten wir nicht alles unter die Lupe nehmen?"

Er lachte, unbeschwert, wie ihm auffiel. „Ja, das wollten wir. Was sagst du, soll ich den Käsekuchen und die Spezialität des Hauses bestellen? Dieses Schokoladen-Ding sieht wirklich gut aus."

„Perfekt. Dann können wir beides probieren. Und schwarzen Kaffee."

„Ich mag es, wie du denkst. Schwarz – ohne

Sahne oder Zucker?"

„Ohne alles." Sie lächelte.

Er winkte der Kellnerin zu, gab die Bestellung auf und bemerkte, dass Amber ihn mit forschenden Augen ansah.

„Ich könnte mich daran gewöhnen, mit diesem Ausprobieren von Resorts meinen Lebensunterhalt zu verdienen", sagte sie. „Reist du normalerweise allein?"

„Du bist gut darin und ja, ich reise normalerweise allein. Mrs. B. war wegen dieses Geschäfts mit auf die Reise gekommen. Aber wie du weißt, ist sie sonst im Büro." Zum ersten Mal überhaupt dachte er darüber nach, wie eine Begleitung das Reisen noch besser machen könnte. „Ich liebe es zu Reisen und habe mir stets die Sehenswürdigkeiten angesehen, wenn ich Orte besucht habe. Aber mittlerweile arbeite ich nur noch." Seine Gedanken schweiften ab und er dachte darüber nach, wie sich sein Leben im Laufe der Jahre gewandelt und verändert hatte. Die Hotelkette war sein Leben und er liebte es. Er hatte sich nie erlaubt, anders über das Leben zu denken, nicht nach Shannon. Er verdrängte den Gedanken an sie aus seinem Kopf. „Ich bin froh, dass du hier bist."

„Ich auch, selbst wenn dies die seltsamste Reise meines Lebens ist. Es hätte die letzte Reise meines Lebens sein können..."

Er griff impulsiv über den Tisch und legte seine

Hand auf ihre, in der Hoffnung, sie zu trösten. „Ich hoffe, dass es am Ende die beste Reise sein wird, die du bisher gemacht hast und dass du dich entscheidest, mir zu helfen."

Ihr Blick fiel auf ihre Hände und sie biss sich auf die Lippe... sein Magen verknotete sich, als er auf ihre Antwort wartete.

„Bitte sehr", sagte die Kellnerin und unterbrach den Moment. Er ließ Ambers Hand los, als sie die Desserts zwischen sie auf den Tisch stellte. Dann trat sie zur Seite und der Kellner, der sie begleitet hatte, stellte ihre beiden Tassen Kaffee vor sie. Nachdem man sich vergewissert hatte, dass sie alles hatten, wurden sie wieder allein gelassen. Aber der Moment war verstrichen.

„Das sieht köstlich aus." Amber zeigte mit der Gabel auf die Schokoladendelikatesse. „Ich kann mir nicht helfen – ich bin eine Frau und das Klischee lautet, dass wir alle Schokolade lieben. Aber ich mag auch Käsekuchen, also werde ich den genießen."

Er sah zu, wie sie ihre Gabel in den reichhaltigen und feucht aussehenden Kuchen stach, der mit Schokoladenraspeln überzogen war. Er sah wirklich köstlich aus. Sie steckte sich die Gabel in den Mund und zog sie dann langsam wieder heraus. Er dachte, dass er den Kuchen auch probieren sollte.

„Der ist zum Sterben gut." Sie schloss die Augen

und er nahm an, dass sie sich den Kuchen auf der Zunge zergehen ließ.

Was auch immer sie da tat, er griff nun ebenfalls nach seiner Gabel. Er brauchte etwas Kuchen, um die seltsamen Kapriolen, die sein Inneres veranstaltete, zu beruhigen.

„Na dann probiere ich mal das hier." Er tauchte seine Gabel in die Schokolade, erwischte eine gute Portion und nahm einen Bissen zu sich. *Oh, ja.* „Ähm, ich würde allein wegen dieses Desserts sagen, dass dieser Ort fünf Sterne bekommt." Es schmeckte großartig. Genauso gut, wie es bei ihr ausgesehen hatte.

„Ich habe das Gefühl, dass wir uns nicht an das halten werden, was wir gesagt haben."

Er führte seine Gabel zum zweiten Mal zum Mund. „Und das wäre?"

„Wir werden nicht nach einem Bissen aufhören können." Sie stach ihre Gabel in das Ende des Kuchenstücks, dorthin, wo noch mehr von der Schokoladenglasur war und schob sich das Stück in den Mund.

Er schloss die Augen nicht, weil er zu sehr damit beschäftigt war, sie zu beobachten. Das Einzige, was noch besser war als das Dessert, war, ihr dabei zuzusehen, wie gut es ihr schmeckte. Sie könnte einen Werbespot davon drehen, wie sie diesen Kuchen aß und Schiffsladungen von dem Zeug verkaufen.

Wahrscheinlich könnte sie ihm momentan alles verkaufen.

Sie öffnete ihre Augen und er grinste sie an. Er fühlte sich unbeschwert – ein seltsames Gefühl. Ein schönes Gefühl. „Ich glaube, das war eine gute Idee und ich für meinen Teil denke, wir sollten die Sache mit den Regeln beiseitelassen und das hier einfach nur genießen. Was du offensichtlich auch tust."

Sie lachte. Ihre Augen funkelten. „Nun, weißt du, deshalb bin ich ja hier – um die Dinge zu testen. Und das ist himmlisch."

Sie aßen beide noch ein paar Bissen, dann legte sie ihre Gabel hin, hob ihre Kaffeetasse an und trank einen langen, langsamen Schluck. „Sie machen auch guten Kaffee. Ich liebe schwarzen Kaffee nach süßem Kuchen."

„Ich muss sagen, dass ich noch nicht viele Frauen getroffen habe, die schwarzen Kaffee mögen."

„Ich weiß, ich weiß. Das höre ich andauernd. Ich mag ihn nur schwarz. Ich muss sagen, ich trinke nicht allzu viel Kaffee, im Gegensatz zu vielen meiner Freunde. Aber wenn ich ihn trinke, dann mag ich ihn zu etwas Süßem. Ich finde, beides passt hervorragend zusammen; wenn ich also nicht gerade eine Menge Dessert verspeise, dann trinke ich auch nicht viel Kaffee – eine Tasse am Morgen, vielleicht eine am

Nachmittag. Und dann vielleicht noch eine am Abend, falls ich mir etwas Süßes gönne, weil es etwas zu feiern gibt oder ich meine Arbeit mache. Apropos, falls das hier zu meinem Job gehört, dann werde ich ihn mit Freuden behalten, solange du mich haben willst."

„In Ordnung."

Sie beobachtete ihn über den Rand der Kaffeetasse hinweg. Ihre hübschen Augen wurden ernst. „Hast du – naja, ich glaube, ich werde jetzt ein bisschen persönlich, aber du hast mich schließlich gebeten, dich zu heiraten. Reist du mit jemandem? Hast du eine Freundin, eine Partnerin, die mit dir reist? Ich nehme an, du hast keine, sonst würdest du wohl sie heiraten. Oder hattest eine Freundin, die dir einen Korb gegeben hat? Wenn es so war, dann tut es mir leid."

„Ich muss das noch einmal sagen, ich mag das an dir – du bist direkt, so gar nicht zurückhaltend. Ich mag das sehr. Nein, ich habe keine Partnerin. Ich habe keine Freundin, es gibt niemanden, der mit mir reist. Normalerweise reise ich allein, vor allem seit dem Tod meiner Frau. Das ist einfach die Art, wie ich es am liebsten mag. Gelegentlich verabrede ich mich mit jemandem. Ich habe Freunde auf der ganzen Welt. Aber seit meiner Ehe war nichts Ernsthaftes mehr dabei und ich schätze, man könnte sagen, dass ich jetzt mit meiner Arbeit verheiratet bin."

Ihr Gesichtsausdruck wurde nachdenklich, so als

ob sie Fragen hätte, sich aber nicht sicher war, ob sie sie stellen sollte. Wenn es um seine Ehe ging, wollte er nicht weiter darauf eingehen.

Sie atmete tief durch. „Und gefällt dir das so? Du bist nicht einsam?"

„Wie ich schon gesagt habe, esse ich oft mit Freundinnen zu Abend. Ich habe überall Geschäftsfreunde. Ab und zu fahre ich nach Hause. Ich spreche einmal in der Woche mit meinen Brüdern, wenn es möglich ist und einmal im Monat halten wir eine Online-Konferenzsitzung ab. Ich mag meine Arbeit." Er fang, dass er etwas defensiv klang, sogar für seine eigenen Ohren. Und das war er wohl auch.

Sie trank einen Schluck ihres Kaffees. „Wenn ich dich heiraten würde, wann würden wir uns sehen? Würde ich weiterhin im Büro arbeiten, während wir diese Vereinbarung haben? Ich bin etwas verwirrt. Dein Großvater wusste doch, wie du arbeitest, welchen Sinn machen die Bestimmungen dann? Was sollen diese drei Monate für einen Unterschied machen?"

„Da kommt die Ranch ins Spiel. Großvater ist, war..." Er hielt inne, da er es immer noch kaum glauben konnte, dass er nicht mehr da war. „J.D. war ein sehr gerissener und scharfsinniger Geschäftsmann und ein Mann im Allgemeinen, der wusste, was er wollte und wie er es am besten bekam. Der Deal sieht vor, dass ich für die drei Monate, die ich, wir, verheiratet sind, zu meinem Haus auf der Ranch ziehen und dort leben. Nicht nur auf einen Besuch dort vorbeischauen."

„Du hast ein Haus auf der Ranch?"

„Das habe ich. Ich habe es vor einigen Jahren gebaut. Es ist nicht oben beim Haupthaus, sondern weiter hinten auf dem Grundstück. Ich bin nicht oft dort. Aber in den drei Monaten, in denen ich verheiratet bin, muss ich in meinem Haus auf dem Grundstück wohnen. Ich darf nicht länger als eine Woche in den drei Monaten abwesend sein. Meine Brüder hatten die Bedingung, dass sie jeden Monat eine Woche weg durften, aber mein Großvater hat die Bedingungen für mich geändert. Er will, dass meine zeitweilige Frau und ich quasi in Vollzeit in Stonewall leben. Ich würde also von zu Hause aus arbeiten und wenn du mich heiratest, könntest du mir von zu Hause aus assistieren. Wenn du mir nicht assistierst, steht es dir frei, Stonewall zu erkunden und es dir gutgehen zu lassen. Es liegt in der Nähe von Fredericksburg." Er ging nicht näher darauf ein. Sie kam aus Texas und wusste, dass die Gegend um Texas' Hill Country auf ihre eigene raue Art hinreißend war. „Die Ranch ist wunderschön und das Weingut auch. Ich bin mir sicher, dass Allie und Ginny, die Ehefrauen meiner Brüder, sich freuen würden, Zeit mit dir zu verbringen."

„Und was ist mit dir? Wirst du dich auch freuen, Zeit mit deiner Braut zu verbringen?“

Ja. Er runzelte die Stirn, ihre Frage machte ihn nervös. „Nun, es ist eine geschäftliche Vereinbarung. Ich möchte, dass du mit diesem Gedanken an die Sache herangehst.“

Ihr zartes Kinn hob sich. „Okay. Hör zu, ich weiß, ich bin nicht dein Typ. Du hast gesagt, dass du mit Frauen aus der ganzen Welt zu Abend isst und ich bin mir sicher, dass es wunderschöne, beeindruckende Frauen sind. Aber du bittest mich, dich zu heiraten, weil ich effizient und unkompliziert bin und ich denke, das sind die Voraussetzungen für die Position und du denkst, ich sei integer. Ich schätze, die benötigte Integrität besteht darin, dass ich die Bedingungen der Vereinbarung akzeptiere und am Ende ohne jedes Aufsehen wieder gehe. Habe ich recht?“

Er fühlte sich unbehaglich bei dem, was sie sagte. „Das trifft es nicht ganz. Ja, das mit der Effizienz und Integrität stimmt, aber du bist wunderschön. Warum solltest du denken, dass du nicht schön bist? Aber ich stütze das hier nicht auf das Aussehen – sondern auf die Person.“

Sie blickte nach unten und er wollte ihr sagen, dass sie so schön war wie jede andere Frau, die er je getroffen, geschweige denn zum Essen eingeladen hatte. Aber er tat es nicht.

Sie schaute genau in diesem Augenblick auf und erwischte ihn dabei, wie er sie anstarrte. „Ich war nicht auf ein Kompliment aus, das verspreche ich dir. Ich versuche nur, ein Gefühl dafür zu bekommen, worauf ich mich einlasse. Und ich frage mich, warum du eine solche Vereinbarung überhaupt mit einer Frau eingehst, die nicht die geringste Chance hätte, die echte Mrs. Morgan McCoy zu werden?"

Er gebot ihr Einhalt. „Das ist eine äußerst heikle Situation. Ich glaube, du hast mir gerade eine Frage gestellt, von der ich mir nicht ganz sicher bin, wie ich sie beantworten soll."

„Bitte, nimm dir Zeit. Ich habe es nicht eilig mit der Antwort. Ich probiere den Käsekuchen."

Er erkannte eine gewisse Schärfe in ihrer Stimme. *Hatte er sie verärgert?* Sie trank einen Schluck Kaffee. Da ging es ihm auf, er hatte sie *beleidigt.* „Amber, ich habe dir diese Stelle angeboten, weil ich dir vertraue. Ich habe nicht vor, jemals wieder wirklich jemanden zu heiraten."

„Ich verstehe."

„Ich werde nicht lügen – ja, das was du gesagt ist, ist ein Teil davon. Du bist hervorragend geeignet und bringst alle Qualifikationen mit, die dich zu einer guten Kandidatin für diese Position machen. Ich weiß nicht, woher du weißt, was mein Typ ist, aber darauf lasse ich mich nicht ein. Ich könnte mich sehr gut in dich verlieben." *Was sagte er da?* „Was ich meine ist, dass das hier ganz einfach ist – du weißt, was du bekommst, wenn wir uns trennen und ich weiß, was ich bekomme, wenn wir uns trennen. Keine Komplikationen. Das habe ich gemeint. Das Ganze ist schon kompliziert genug, auch ohne, dass es noch komplizierter wird."

„Ich verstehe. Naja..." Sie nahm einen Bissen von dem Käsekuchen.

Er beobachtete, wie sie ihn mit geschlossenen Lippen genießerisch von der Gabel zog. Nur schloss sie diesmal ihre Augen nicht. Sie beobachtete ihn. Und er beobachtete sie. Und er fragte sich, worauf er sich da einließ. Denn er wusste, dass etwas an ihr anders war, das ihn, ja, anzog. Aber es einfach zu gestalten würde für alle besser sein.

„Morgan, ich könnte das bereuen", sagte sie schließlich. „Aber ich kann nicht anders. Du hörst auf dein Bauchgefühl und ich höre auf meines und ich werde deinen Vorschlag annehmen."

„Du tust es?" Sein Herz pochte und er war sich nicht sicher, ob er sie richtig verstanden hatte. Damit hatte er nicht gerechnet. Sie hatte gesagt, sie würde darüber nachdenken. „Du hast gesagt, du würdest darüber nachdenken", wiederholte er wie ein Idiot. Er war völlig überrumpelt.

„Ich weiß, dass ich das gesagt habe und das habe ich auch gedacht. Aber weißt du, dein Großvater fasziniert mich. Ich möchte deine Ranch sehen und lass uns gleich die Karten offen auf den Tisch legen. Natürlich habe ich Hoffnungen und Träume und das Wissen darum, dass ich keine Person bin, in die du dich verlieben würdest, hält mir den Kopf frei. Ich meine, wenn ich am Ende weggehe – ohne Aufruhr, ohne Streit und ohne irgendein Feuerwerk – dann werde ich ein wunderbares finanzielles Polster haben, mit dem ich mir mein eigenes Unternehmen aufbauen kann."

„Was für eins wäre das?"

Sie lächelte sanft und richtete ihren Blick mit einem Mal weit in die Ferne. „Ich würde gern eine gemeinnützige Organisation gründen, die Menschen hilft, deren Unternehmen in Schwierigkeiten stecken. Ich würde sie mit erfolgreichen Geschäftsinhabern der gleichen Sparte zusammenbringen, damit die sie beraten können. Mein Spezialgebiet wäre Marketing, aber ich könnte Frauen und Männer aus allen Bereichen miteinbeziehen, um ihre Dienste anzubieten. Ich habe nie wirklich daran geglaubt, dass ich einen Weg finden könnte, es tatsächlich anzugehen. Ich denke, ich wäre eine Idiotin, wenn ich dein Angebot nicht annehmen würde."

Und das war es – sauber, prägnant, genau wie er es gewollt hatte... *Warum fühlte es sich dann so falsch an?*

KAPITEL NEUN

Als Amber am nächsten Morgen erwachte, konnte sie kaum glauben, worauf sie sich eingelassen hatte. Aber sie war nicht in der Lage gewesen, es nicht zu tun. Sie war zu neugierig, auch wenn sie etwas beleidigt war, dass er im Grunde genommen gesagt hatte, dass er sich nicht in sie verlieben wollte oder sich nicht in sie verlieben konnte. *War sie denn des Wahnsinns?* Sie hatte es trotzdem getan und nun sagte sie sich selbst, dass man sie besser einweisen solle, wenn sie wirklich gedacht hatte, dass sie ihn vom Gegenteil überzeugen und dafür sorgen könnte, dass er sich in sie verliebte.

Aber sie mochte ihn. Sie war schon vor dieser Reise in ihn verknallt gewesen, aber sie mochte es, wie er mit dieser verrückten Idee seines Großvaters umging. Sie kam nicht umhin, zu denken, dass sein

Großvater ihn sehr geliebt haben musste, nicht dass Morgan das im Moment erkannt hätte. Aber sie dachte, dass sein Großvater sich sehr um ihn gesorgt haben musste, denn sie sah genau das, was sein Großvater gesehen hatte: einen Mann, der ständig arbeitete, der nicht den Eindruck erweckte, als hätte er, abgesehen von seinen Brüdern, enge Freunde und der das auf Dauer nicht würde durchhalten können Sein Großvater hatte versucht, ihm eine Chance zu geben, auch wenn die Chance natürlich gering war, auf diese seltsame Idee hin jemanden zu finden, der einen heiratete und in den man sich dann auch noch verliebte.

Während sie dort gesessen hatten, hatte sie beschlossen, dass dies ihre Chance war. Sie konnte ihm dabei zusehen, wie er eine andere heiratete, oder sie könnte die Gelegenheit beim Schopf ergreifen und sehen, was daraus wurde. Es war ihre beste Chance und wenn sie es nicht riskierte, dann würde sie das wahrscheinlich für den Rest ihres Lebens bereuen. Sie konnte einfach nicht Nein sagen. Sie würde ihr Glück herausfordern und sehen, was als Nächstes kommen würde.

Sie war nicht auf sein Geld aus, das Geld war ihr egal. Stattdessen war sie von ihm fasziniert. Morgan war ehrgeizig, aber er war einsam, dachte sie. Er war beeindruckend, faszinierte sie und sie wollte ihn besser kennenlernen. Sie wollte sehen, wer er auf dieser Ranch war, auf der er ein Haus gebaut hatte, zu dem er nie fuhr.

Sie streckte sich im Bett aus, als es an ihrer Tür klopfte. Sie nahm den weißen Morgenmantel am Ende ihres Bettes, zog ihn an und ging zur Tür und fragte sich, wer das wohl sein mochte. Es war sieben Uhr. Oh, meine Güte, sie musste aufstehen und sich anziehen. Beim Abendessen gestern war es spät geworden und er hatte ihr gesagt, dass er heute Morgen noch etwas zu erledigen habe und sie sich bis neun Uhr keine Gedanken über ein Treffen mit ihm machen müsse. Sie öffnete die Tür und erblickte einen Kellner mit einem Rollwagen. Sie blinzelte.

„Zimmerservice."

„Ich habe keinen Zimmerservice bestellt."

Er sah auf seiner Liste nach. „Mr. Morgan hat es getan."

Sie trat lächelnd zurück. „Danke. Dann bringen Sie es auf jeden Fall herein." Er brachte das Essen herein und sie nahm ihre Handtasche auf, um ihm ein Trinkgeld zu geben.

Er hielt seine Hand hoch. „Nein, Ma'am, darum wurde sich bereits gekümmert. Aber genießen Sie Ihre Mahlzeit." Und dann ging er weg.

Der Gedanke daran, im Grunde genommen im

Bett frühstücken zu können, begeisterte sie und sie hob die Deckel der Tabletts an. Es gab eine Auswahl an Gebäck, Speck und Eier und Obst und Kaffee und Orangensaft. Und es gab Käsekuchen. Lächelnd hob sie den letzten Deckel an und fand darunter ein riesiges Stück Schokoladenkuchen. Der Mann hatte Sinn für Humor.

Sie brachte den Kaffee zum Nachttisch und goss sich eine Tasse ein. Dann nahm sie den Teller mit dem Schokoladenkuchen darauf und eine Gabel und kletterte wieder ins Bett. Sie nahm einen großen Bissen von dem Kuchen und einen Schluck Kaffee... *Oh ja, das war himmlisch.*

Sie stand in Begriff, sich auf eine verrückte Sache einzulassen und in diesem Moment war sie nicht einmal besorgt, dass sie ein Problem haben könnte. Ihr Telefon klingelte und sie nahm ab. „Hallo."

„Guten Morgen, Amber. Hier ist Mrs. Beasley. Wie ich höre, sind Glückwünsche angebracht."

„Guten Morgen. Haben Sie mit Mr. McCoy gesprochen, ich meine mit Morgan?"

Ein Kichern ertönte am anderen Ende der Leitung. „Das habe ich in der Tat. Ich werde für morgen Abend eine Hochzeit am Strand arrangieren. Nur etwas Kleines, aber ich denke, wir sollten nett zusammenkommen. Möchten Sie morgen früh vielleicht einkaufen gehen, um etwas zum Anziehen zu besorgen?"

„Mrs. Beasley, es—" Sie hielt inne und wusste nicht, ob sie ihr sagen sollte, dass das Ganze nicht echt war. *Oder kannte Mrs. Beasley die Wahrheit?* „Das klingt super. Ja, danke. Ich werde frühstücken und bereit sein, wenn Sie es auch sind. Fühlen Sie sich dem gewachsen?"

„Ich fühle mich fantastisch. Ich habe mich noch nie besser gefühlt. Ich schätze, was auch immer mit mir los war, ist gestern Abend besser geworden. Ich freue mich darauf. Wissen Sie, ich habe keine eigenen Kinder, daher wird es mir ein Vergnügen sein, mit Ihnen ein Brautkleid zu kaufen."

„Danke."

„Ich treffe Sie morgen früh um neun Uhr am Auto."

„Perfekt." Sie legte auf und stellte den Schokoladenkuchen ab. Worauf hatte sie sich da nur eingelassen? Mrs. Beasley hatte überhaupt nicht überrascht geklungen. Das war seltsam. Äußerst seltsam.

Ihr Telefon klingelte erneut. Sie griff danach und sah, dass es Morgan war. Ihr Herz klopfte, als sie seinen Anruf entgegennahm. „Guten Morgen", sagte sie und erhielt ein Schmunzeln als Antwort. Dieses

Geräusch sandte Wellen der Erregung durch ihren Körper. Sie steckte in Schwierigkeiten und sie wusste es. Jetzt war es zu spät.

„Guten Morgen", sagte er. „Hast du das Frühstück genossen?"

Sie lächelte. „Ich habe Schokoladenkuchen gegessen und er war heute Morgen noch genauso gut wie gestern Abend. Danke."

Er lachte. „Ich glaube, du hast damit vielleicht einen Stein ins Rollen gebracht, zukünftige Mrs. McCoy."

Seine Worte drangen in ihr Bewusstsein. „Es ist immer noch schwer zu glauben. Apropos, ich habe gerade einen Anruf von Mrs. Beasley erhalten und sie hat mich gefragt, ob ich ein Brautkleid kaufen gehen will. Oder etwas Passendes für eine Strandhochzeit. Hast du gewusst, dass wir morgen Abend am Strand heiraten werden?"

„Ich habe sie sogar gebeten, das zu arrangieren. Ich weiß, dass es nur für drei Monate ist, aber wir müssen ein wenig auf den Putz hauen. Die Leute im Büro werden sich sonst wundern."

„Ja, das verstehe ich. Hat sich Mrs. Beasley heute Morgen überhaupt überrascht angehört, als du sie angerufen hast?"

„Nein, gar nicht. Sie hat mir gesagt, dass sie

denkt, du wärst die perfekte Person, um mich zu heiraten. Schau, sie weiß, was im Testament meines Großvaters steht. Und sie hat das offensichtlich geplant.“

„Machst du Witze? *Mrs. Beasley?*“

„Sie hat gedacht, wenn ich dich kennenlernen würde, würde ich sehen, was sie in dir sieht. Sie hält sehr viel von dir. Ich kann das nicht oft genug sagen – das tut sie wirklich. Und so wurdest du im Grunde von Mrs. B. handverlesen.“

„Das ist einfach zu merkwürdig.“

„Ich hoffe, du ziehst dich jetzt nicht zurück, nur weil sie vor uns erkannt hat, was passieren könnte.“

„Nein, ich werde keinen Rückzieher machen. Ich habe dir mein Wort gegeben und bereits zugestimmt. Es müsste etwas sehr Schreckliches geschehen, um mich zum Rückzug zu zwingen.“

„Ich habe gedacht, das du genau das sagen würdest.“

„Ich werde also nach einem Kleid suchen müssen, denn ich habe keine Outfits für romantische Abende mitgebracht, an denen mich mein Chef bittet, seine Frau zu werden und auch keines, in dem ich ihn heiraten kann. Stell dir das mal vor.“

„Wie sieht es mit Jeans oder Shorts aus?“

„Ich habe welche mitgebracht. Und Mrs. Beasley

hat auch welche geschickt, als sie mir dieses schöne Kleid hat bringen lassen. Sie hat an alles gedacht."

„Das tut sie immer. Bist du bereit, demnächst aufzubrechen?"

„Sicher, auf jeden Fall. Hast du hier alles erreicht, weswegen du hergekommen bist?"

Er machte eine Pause. „Ich habe eigentlich alles, was ich brauche. Wir werden morgen damit beschäftigt sein, uns auf die Hochzeit vorzubereiten, die klein und vertraut sein wird. Ich möchte, dass du dich noch etwas verwöhnen lässt und dir das gewünschte Kleid aussuchst. Heute möchte ich dir etwas zeigen. Wenn du denn heute einen Flug zurück ins Resort verkraften kannst."

„Das kann ich." Sie würde es tun, auch wenn es sie umbringen würde.

„Gut. Wir treffen uns um zehn Uhr unten."

Nachdem sie zugestimmt hatte, legte sie voller Neugierde auf.

„Wo fahren wir hin?" Amber starrte den schwarzen Jeep am Straßenrand an, als sich der Hubschrauber auf ein trockenes Feld am südlichen Ende von Kauai herabsenkte.

„Das wirst du bald herausfinden." Er drückte ihre

Hand und lächelte sie an. Sie hatte den Flug ganz gut überstanden, nachdem er ihr seine Hand angeboten hatte. Sie hatte sie erneut umklammert. Er musste zugeben, dass er es genoss, wenn sie seine Hand hielt. Er sagte sich, dass es in Ordnung sei, sie zu mögen. Es war leicht, sie zu mögen.

Ihre Augen glänzten hell, als sie seinen Blick erwiderte. „Du magst es, Leute zu überraschen."

„Ich schätze, ich mag es, dich zu überraschen. Schließlich rettest du im Grunde genommen meinen Traum." Das tat sie wirklich. Sie hatte beim Abendessen am Vorabend gesagt, dass sie ihm etwas schuldig sei. Aber die Wahrheit war, dass er ihr etwas schuldete und weil er das wusste, wollte er ihr eine Freude bereiten. Er wusste, dass sie die herrliche Fahrt hinauf zum Waimea Canyon genießen würde.

Als der Hubschrauber gelandet war und die Rotoren abgeschaltet worden waren, half er ihr hinaus und führte sie dann, weiterhin ihre Hand haltend, über das trockene Land zu dem bereitstehenden Jeep. Morgan öffnete die Tür und half ihr beim Einsteigen, dann ging er herum und setzte sich hinter das Steuer.

„Schnall dich an. Jetzt geht's los."

Sie schaute sich in dem wüstenartigen Gebiet um, in dem sie abgesetzt worden waren. „Das sieht nicht aus wie Princeville mit seinem üppigen Grün. Ich bin beeindruckt wegen der unterschiedlichen Landschaften dieser Insel."

Er bog auf die Straße ein. „Es ist umwerfend. Und wir sind auf dem Weg zur Schlucht. Die ist wieder anders. Die Wände der Schlucht bestehen aus kräftigen Rot- und Goldtönen und die Erde ist so rot, dass sie wie Cayennepfeffer aussieht."

„Ich bin aufgeregt. Ich wollte wirklich herkommen, nachdem du mir davon erzählt hast, aber die Vorstellung, es allein zu tun, hat mir nicht allzu sehr zugesagt."

Er war noch nie mit jemandem hergekommen und es war schon eine Weile her, dass er hierher gefahren war. Er bog auf die Straße ein, die sich bis zu den Aussichtspunkten hinaufschlängelte und genoss es, zu ihr zu blicken und zu sehen, wie ihr der Wind ihr hübsches dunkles Haar ums Gesicht wehte.

Sie hielten mehrmals an, weil sie aussteigen und sich die Erde anschauen wollte, die sich am Straßenrand auftürmte und aus der an einigen Stellen Wildblumen hervorschauten.

Als sie es bis zum Aussichtspunkt über der Schlucht geschafft hatten, überspannte ein Regenbogen die Schlucht. Es war perfekt.

„Es ist wunderschön." Sie wirbelte herum, um ihn anzuschauen und Verzückung machte sich auf ihrem

Gesicht breit, während ihre Augen gefühlvoll blitzten. Sie hielt ihr Telefon hoch. „Wir müssen ein Foto von uns beiden mit der Schlucht und dem Regenbogen hinter uns machen. Sie trat nahe an ihn heran und stellte sich ein wenig vor ihn. Er legte eine Hand um ihre Taille und fühlte ihren Hüftknochen. Sie hielt ihre Arme hoch und richtete das Telefon auf sie. Sie stellte sich auf ihre Zehenspitzen, um ihr Gesicht näher an seins zu bringen und die Schlucht hinter ihnen zu erwischen. Er legte seinen Arm um sie und hielt sie fest, damit sie die Aufnahme machen konnte.

Sie roch nach süßer Vanille und er musste an Kekse denken.

„Schau in die Kamera und lächle." Sie lachte, als er tat, was ihm gesagt wurde und sie schoss das Selfie.

„Soll ich noch eins von Ihnen machen?", fragte eine junge Frau, als sie mit einer Gruppe vorbeikam.

„Würden Sie das tun? Das wäre toll." Amber reichte ihr die Kamera und dann drehte sie sich zu seiner Überraschung zu ihm um und legte ihre Hand auf sein Herz. „Lächle noch einmal", sagte sie und er tat es.

Aber dann schaute sie zu ihm auf und er konnte nur noch daran denken, sie zu küssen. Er hatte einen Arm um sie gelegt und wehrte den Wunsch ab, auch noch den anderen um sie zu schlingen und sie lange und eindringlich zu küssen. Für einen Augenblick starrten sie einander in die Augen und eine Spannung erfasste sie und fesselte sie an Ort und Stelle.

Sie blinzelte und dann trat dann einen Schritt zurück, so als ob sie über Kräfte verfügte, zu denen er keinen Zugang hatte und nahm dann das Telefon von der jungen Frau entgegen und dankte ihr für das Foto.

Morgan musste sich schütteln, um seine Gedanken wieder auf sichereren Boden zu bringen.

Denn er begann zu begreifen, dass diese Ehe vielleicht nicht so einfach werden würde, wie er geglaubt hatte.

KAPITEL ZEHN

Amber hatte nicht gewusst, dass es auf der kleinen Insel so viele gehobene Geschäfte für Kleidung gab, aber hier in Princeville gab es jede Menge hochpreisige Läden und elegante Hotels. Zu ihrer Überraschung wusste Mrs. Beasley genau, wohin es sich zu gehen lohnte. Ihr wurde klar, dass Mrs. Beasley über eine wahre Fülle an Informationen verfügte. Diese Frau wusste im Büro genau, was sie tat, genau wie außerhalb davon. Wenn ihr Chef sie um etwas bat, dann recherchierte sie gründlich. Diese Frau war erstaunlich. Sie gingen in zwei sehr teure Geschäfte und obwohl Mrs. Beasley ihr immer wieder versicherte, dass es in Ordnung sei – dass sie Morgans exklusive Platin-Kreditkarte und seine Versicherung habe, dass es keine Grenze gäbe – konnte sie das einfach nicht tun. So war sie nicht.

Schließlich bat sie Mrs. Beasley, sie zumindest zu einem Laden im mittleren Preissegment zu bringen und so landeten sie in einem kleinen, entzückenden Geschäft. Es befand sich in einer äußerst touristischen Gegend, führte aber schöne Abendkleidung für jeden, insbesondere für Touristen, die vielleicht zum Heiraten auf die Insel gekommen waren. Er war perfekt und sie erspähte bereits in dem Moment, als sie zur Tür hereinkam, mehrere weiße Kleider.

„Mrs. Beasley, dies ist der richtige Laden. Ich weiß nicht, wie hoch die Preise sind, aber die Kleider sind wunderschön und leicht. Es sind keine richtigen Hochzeitskleider, eher Insel-Abendkleider. Auch wenn wir nicht darüber gesprochen haben, seit wir uns getroffen haben: Morgan hat mir gesagt, dass Sie von der Vereinbarung wissen.“

Mrs. Beasley zwinkerte. „Ja, ich weiß davon und ich habe Grund zu der Annahme, dass Sie perfekt zueinander passen. Oder irre ich mich da?“

Ihr stockte der Atem. „Nein, das tun Sie nicht. Aber ich werde mich daran erinnern müssen, dass dies eine geschäftliche Abmachung ist.“

„Ja, Liebes, das müssen Sie sich merken, sonst könnte Ihnen das Herz gebrochen werden, richtig?“

Sie starrte Mrs. Beasley an. Die Frau sah aus, als könne sie Ambers verborgenste Gedanken lesen und ihr direkt bis ins Herz blicken. Sicher konnte sie das nicht. Amber durchforstete ihre Erinnerungen und überlegte, ob sie jemals in irgendeiner Weise verraten haben konnte, dass sie für ihren Chef schwärmte. *Schwärmte,* nicht verliebt war. Im Büro hatte sie nur wenig Kontakt mit ihm, wenn überhaupt, aber sie sahen sich manchmal. Er hatte sie einfach nie bemerkt. Und dafür gab es Gründe, denn sie trug ihr Haar in einem strengen Knoten und hatte immer eine sehr professionelle, große Brille auf, hinter der sie sich stets aus irgendeinem Grund versteckt hatte. Und sie trug sehr konservative, gedämpfte Farbtöne. Von allen Frauen im Büro fiel sie am wenigsten auf.

Nicht, dass Morgan im Büro jemals wirklich etwas aus dem Geschäftlichen bemerkt hätte. Hatte sie irgendwie verraten, dass sie verrückt nach ihrem Chef war? Das glaubte sie nicht. Mrs. Beasley stellte nur gewagte Vermutungen an. „Mein Herz wird nicht gebrochen werden."

Mrs. Beasley neigte ihren Kopf zur Seite und musterte sie mit ernstem Blick. „Nun, ich hoffe, dass Sie das nicht leichtfertig sagen, es aber andererseits auch nicht zu ernst nehmen. Ich fand es schon immer klug, offen für verschiedene Möglichkeiten zu sein. Die Welt dort draußen ist voller Möglichkeiten, sogar für die, dass eine Assistentin ihren Chef aus seltsamen und merkwürdigen Gründen heiratet und daraus eine märchenhafte Romanze und wahre Liebe hervorgeht."

„Mrs. Beasley, wissen Sie überhaupt, was Sie da von mir verlangen?"

„Oh ja, ich weiß sehr gut, worüber ich Sie zum Nachdenken anregen möchte. Ich bin seit Jahren bei Morgan McCoy. Ich würde ihm das nie sagen, außer er fragte mich direkt danach, aber ich bete ihn an. Ich halte ihn für einen äußerst fabelhaften Mann und genauso wie sein Großvater, den ich schon kannte, bevor er geboren wurde, wünsche ich ihm nur das Beste. Ich möchte, dass Sie wissen, dass ich sie für eine ausgezeichnete Wahl halte, sein Großvater würde das gleiche sagen. Ich denke, dass Sie ihm auf lange Sicht eine fantastische Ehefrau sein könnten. Und ich möchte nicht, dass Sie diese Möglichkeit völlig ausschließen."

Ein Wirbelsturm an Gefühlen bahnte sich seinen Weg durch Ambers Inneres. Ihre Knie wurden bei dem Gedanken schwach, dass Mrs. Beasley wirklich glaubte, sie sei die Richtige für diese Position. Und dass die Frau sie sehr sorgfältig ausgewählt hatte.

„Mrs. Beasley, ich möchte Sie nicht enttäuschen, aber ich möchte Sie warnen, sich keine allzu großen Hoffnungen zu machen. Morgan hat deutlich gemacht, dass es sich um ein rein geschäftliches Abkommen handelt. Ich denke, das sollten Sie wissen. Und ich werde mich sehr bemühen, diese Grenze nicht zu überschreiten. Nach all dem werde ich wieder allein sein. Nach drei Monaten werde ich ohne Umstände gehen, so wie wir es gemeinsam besprochen haben. Kein Konflikt, keine Probleme für ihn oder sein Unternehmen. Kein Herzschmerz gehört auch in diese Aufzählung und ich glaube, das ist ihm besonders wichtig. Er mag keine Komplikationen."

„Nun, wir werden sehen. Aber jetzt müssen wir erst einmal ein Kleid für Sie finden, damit Sie zurückgehen und all diesen albernen Papierkram unterschreiben können, den ich heute Morgen in aller Eile zusammengestellt habe, während Sie dieses köstliche Frühstück verspeist haben."

Er hatte ihr an diesem Morgen erneut Frühstück aufs Zimmer geschickt. „Oh, haben Sie heute Morgen und gestern mein Frühstück bestellt?"

„Ja, war es nicht fabelhaft? Morgan hat mich gestern früh direkt angerufen und mir aufgetragen, ich solle Frühstück für Sie bestellen. Ich solle mich bemühen und vor allem Käsekuchen und Schokoladengenuss oder Schokoladentraum oder wie auch immer dieses Schokoladendessert heißt, für Sie bestellen. Und schwarzen Kaffee."

Enttäuschung machte sich in ihr breit. Sie hatte geglaubt, er habe ihr Frühstück bestellt. Es war eine dumme Enttäuschung, aber sie war dennoch da. „Ich verstehe. Ich dachte, Morgan hätte für mich bestellt."

Mrs. Beasley zwinkerte erneut. „Ach, wirklich? Und Ihnen gefiel die Idee, dass er das getan hat?"

Was hatte sie gerade getan? Sie hatte sich selbst verraten. *Verflixt, was war nur mit ihr los?* „Nun ja, aber machen Sie sich keine falschen Vorstellungen davon. Es war einfach nett, dass er daran gedacht hat und es war eine nette Geste. Danke, dass Sie es bestellt haben."

„Ich habe nur meine Arbeit getan. Hätte er mich nicht angerufen und mich gebeten, die Bestellung aufzugeben, wäre das nicht passiert. Vor allem hätten Sie keinen Käse- und Schokoladenkuchen zum Frühstück bekommen."

Das war richtig. Aber sie musste sich dennoch eingestehen, dass sie sich besonderer gefühlt hätte, wenn er tatsächlich selbst zum Telefon gegriffen und die Bestellung an der Rezeption aufgegeben hätte. *Warum musste sie unbedingt etwas Besonderes sein?* Sie musste einen klaren Kopf behalten. Und sich nicht zu sehr hinreißen lassen, schon gar nicht wegen eines Zimmerservice-Frühstücks. Sie musste wirklich auf sich achtgeben, denn für Lächerlichkeiten gab es in dieser Beziehung keinen Platz. Sie musste ihren Kopf und ihr Herz unter Kontrolle behalten.

Und damit konnte sie auf der Stelle beginnen. „Ich denke, ich probiere dieses Kleid hier zuerst an", sagte sie, als eine Verkäuferin mit einem großen Lächeln auf sie zukam.

„Ah, das ist eine großartige Wahl.“

Sie liefen durch den Raum und entschieden sich rasch für mehrere schöne weiße Kleider im tropischen Stil. Aber das Kleid, das sie zuerst ausgewählt hatte, gefiel ihr am besten und als sie es anprobierte, hatte sie das Gefühl, dass es das richtige war. Das gerade geschnittene Oberteil war schulterfrei und fächerte sich zu einem fließenden Rock auf, der ihr bis knapp unter die Mitte der Wade reichte. Auf der einen Seite zog sich ein weißer Träger über ihre Schulter. Es sah gediegen und geschmackvoll aus und war doch auch irgendwie wallend und sexy. Sie war vernarrt in dieses Kleid.

Sie probierte noch ein paar andere an – einige waren etwas mehr für Partys geeignet, andere äußerst gediegen – aber sie kam immer wieder auf das erste zurück. Das Zwinkern in Mrs. Beasleys Augen verriet ihr, dass es auch ihr Favorit war. Sie verließ die Umkleide ein letztes Mal in diesem Kleid. „Was denken Sie? Das ist mein Lieblingskleid.“

„Ich bin so froh, dass Sie sich dafür entschieden haben. Es ist auch mein Lieblingskleid. Und ich glaube, Morgan wird es auch lieben, was ebenso wichtig ist.“

Sie wollte Mrs. Beasley daran erinnern, dass sie

sich nicht allzu sehr in diese Idee verrennen sollte, aber die Frau hatte bereits entschieden, dass sie voller Begeisterung all der Dinge harren würde, die die Zukunft für Morgan und Amber bereithalten mochte. Amber dachte an die Bilder auf ihrem Telefon, die die junge Frau am Tag zuvor aufgenommen hatte. Sie hatte diesen magischen Moment eingefangen, als Amber in seinen Armen lag, die Waimea-Schlucht und der Regenbogen in ihrem Rücken. Aber sie hatte sie auch dabei fotografiert, als sie sich gegenseitig angestarrt hatten, in diesem kurzen, wahnsinnigen Moment der Hoffnung, in dem sie es für möglich gehalten hatte, dass auch er dachte, dass sie sich vielleicht ineinander verlieben würden.

Sie hatte sich sofort aus seiner Umarmung gelöst, aber die Kamera hatte den Moment für immer festgehalten.

* * *

Morgan hielt Ambers Hände und sah sie an, während der Prediger die traditionellen Hochzeitsgelübde rezitierte. *Warum hatte er sie nicht ändern lassen?* Im Grunde war das eigentlich egal. Und doch war ihm die Situation unangenehm, als der Prediger ihn fragte, ob er sie *in Krankheit und Gesundheit lieben und ehren würde, bis das der Tod euch scheidet.* Er zog es trotzdem durch.

Aber als er den vertrauensvollen Blick in ihren Augen sah, fühlte er einen Beschützerinstinkt in sich aufwallen, der ihn erschreckte. Er versuchte, all die Emotionen zu unterdrücken, die ihn plötzlich aus der Ruhe brachten und knirschte mit den Zähnen, um keine weiteren emotionalen Verbindungen zu dieser Hochzeit aufzubauen.

Eine Stunde vor der Zeremonie hatten sie die Papiere unterzeichnet, in denen alles festgehalten worden war und die dafür sorgen würden, dass diese Angelegenheit legal und gerecht über die Bühne ging. In drei Monaten würden sie diese Ehe wieder auflösen, schnell und einfach. Und sie würden getrennter Wege gehen.

Und dann würde er von vorne anfangen und wenn er sich später erneut für eine Heirat entscheiden würde, dann würde er die wahren Gelübde ablegen. Aber als sie ihre Gelübde sprach, da konnte er sich plötzlich vorstellen, den Rest seines Lebens mit Amber zu verbringen. Er hatte nicht gedacht, dass er jemals wieder in eine solche Situation geraten würde. Er war glücklich mit seinem Leben, so wie es war, wenn es auch ab und zu ein wenig Unzufriedenheit und Reue gegeben haben mochte. Er erinnerte sich in solchen Augenblicken daran, dass nicht viele Menschen eine solche Gelegenheit bekamen. Er liebte seine Arbeit.

Dass er sich keine Sorgen darum machen musste, ob ihn seine Frau aus Liebe oder des Geldes wegen heiratete, bereitete ihm Seelenfrieden. Das würde er nicht vergessen.

Als sie zu ihm aufblickte, legte sich für einen Moment ein Schatten über Ambers Gesicht, bevor er wieder verflog. Wenn sie auch für einen Moment emotional oder romantisch über diese Situation nachgedacht hatte, dann tat sie das jetzt nicht mehr. Das war auch besser so. Er drückte ihre Hände leicht, aber sie drückte seine nicht zurück. Ein kleines Lächeln schlich sich auf ihre Lippen, aber es erreichte ihre Augen nicht.

Das beunruhigte ihn, aber dann erklärte der Prediger sie zu Mann und Frau.

„Sie dürfen Ihre Braut jetzt küssen."

Morgan sah den Prediger an, der nickte und ermutigend lächelte. Mrs. B., die ihre einzige Zeugin war, klatschte einmal in die Hände und er dachte, sie hätte vielleicht „oh" oder etwas in der Art gemurmelt. Aber vor allem dachte er, dass er Amber jetzt küssen musste. Etwas in seinem Inneren warnte ihn, dass er sich in eine Gefahrenzone begab, wenn er Amber küsste.

„Küssen Sie Ihre Braut", drängte der Prediger.

Mit rasendem Puls zog er Amber sanft zu sich heran. Sie zögerte und in ihren Augen blitzte kurz

Panik auf, bevor sie heftig blinzelte und diese wieder verschwand. Er schloss seine Arme um sie und senkte dann seine Lippen auf ihre.

Die Welt begann, um ihn herum zu wirbeln. Er verstärkte den Griff seiner Arme und vergaß alles, als ihre zitternden Lippen auf seine trafen und ihre Arme um seinen Hals glitten, als er sie nach hinten beugte, um ihr so nahe wie möglich zu kommen. Er fühlte, wie sich ihre Hände zu Fäusten verkrampften und sein Hemd fest packten. Vernunft drang in seine Gedanken und er hob seine Lippen eine Winzigkeit von ihren. Aber ihre Hände ließen ihn nicht los. Ihre Augen waren geschlossen und ihre dunklen Wimpern lagen schwarz auf ihrer weichen, goldenen Haut.

Angezogen von einem Verlangen, das er noch nie zuvor empfunden hatte, küsste er sie wieder, lange und genüsslich. Ihre Lippen waren warm und entgegenkommend und sie hatte vielleicht kurz gekeucht, als er sich ihr zum zweiten Mal genähert hatte. Schließlich zog er sich mit einer Kraft, um die er kämpfen musste, zurück. Ihre Blicke trafen sich und in ihren Augen lagen unverstellte Emotionen, sie waren lebendig und voll verschiedener Blautöne, in die er sich versenken wollte... im Handumdrehen verschwand der Glanz aus ihren Augen und sie verschlossen sich ihm. Sie ließ ihn los und er tat dasselbe, so als ob gerade etwas Kostbares erloschen wäre.

KAPITEL ELF

Sie flogen mit dem Jet nach Hause. Morgan legte eine merkwürdige Kombination aus Geschäftstüchtigkeit und Freundlichkeit an den Tag und ihr fiel auf, dass er sich sehr darum bemühte, nett zu ihr zu sein und sie gleichzeitig auf Distanz zu halten. Sie verstand das. Die Zeremonie hatte sie umgehauen. Da waren Gefühle hochgekommen, die sie lieber auf Abstand gehalten hätte und wider Erwarten war sie von der Zeremonie völlig überwältigt gewesen. Und der Kuss hatte ihre Welt durcheinandergewirbelt.

Sie erinnerte sich wieder einmal daran, dass sie ihn kaum kannte. Sie hatte sich nicht in den Mann verliebt. Sie setzte lediglich Gefühle der Dankbarkeit dafür, dass er ihr Leben gerettet hatte, in den falschen Kontext.

Das war alles.

Mrs. Beasley hatte sich entschieden, mit einem anderen Flugzeug nach Hause zu fliegen – erster Klasse natürlich, auf Kosten von Mr. Morgan McCoy und seiner Platin-Kreditkarte. Sie hatte darauf bestanden, dass er und Amber Zeit allein miteinander verbringen sollten, gerade so als ob dies eine echte Hochzeit gewesen wäre. Amber wusste nicht, was sie gegen Mrs. Beasleys unangebrachte Freude über ihre Ehe tun sollte.

Sie saß im cremefarbenen Ledersitz des Flugzeugs und blickte auf die Wolken, die vorbeizogen, als sie über den Ozean in Richtung Texas flogen. Morgan arbeitete an seinem Computer. Sie hatte auch Arbeit zu erledigen und verbrachte einige Zeit an ihrem Laptop, um ein paar Akten fertigzustellen, an denen sie vor der Reise gearbeitet hatte. Sie sprachen ab und zu, arbeiteten aber meist im Stillen.

Es war ein langer Flug, glücklicherweise würden sie einen Teil davon schlafend verbringen.

Sie klappte ihren Computer zu und musterte ihn. Er tat dasselbe und sie lächelten einander an. Betretenes Schweigen füllte den Raum zwischen ihnen.

Sie hatten sich beide etwas entspannteres angezogen. In seinen eher lässige Hosen und Stiefeln – mal wieder – sah er gut aus. Sie fragte sich, ob er jemals Jeans trug. Und wie er wohl ausgesehen hatte, als er als Cowboy auf einer Ranch aufgewachsen war. Sie erkannte, dass sie sich auf diese Seite von ihm freute. Das war einer der Gründe, warum sie sich in dieser Situation befand.

„Meine Familie wird dir gefallen. Ich hoffe, du machst dir keine allzu großen Sorgen deswegen", sagte er.

Sie war dankbar für den Gesprächsbeginn. „Ich freue mich darauf, sie kennenzulernen. Ich bin sicher, dass alles in Ordnung sein wird. Sie wissen genau, was wir tun. Sie haben es selbst durchgemacht. Es wird also schön sein, bei zwei Frauen zu sein, die das verstehen. Das macht schon zwei – naja, mit deinen Brüdern vier – Leute, bei denen ich mich nicht völlig verstellen muss. Es könnte schwer werden, ein Doppelleben zu führen." Sie versuchte es mit Humor, in der Hoffnung, etwas von der Spannung abbauen zu können, die zwischen ihnen in der Luft hing.

Nach dem wunderbaren Kuss war sie völlig verwirrt gewesen. Sie fühlte eine große Spannung von ihm ausgehen, er hatte sie länger küssen wollen, hatte sich dann aber schließlich von ihr gelöst, was sie bedauert hatte. In seinen Armen zu liegen hatte sich angefühlt, wie auf Wolken zu schweben. Der Kuss war mit nichts zu vergleichen gewesen, was sie zuvor erlebt hatte. Sie hatte sich gefragt, wie es wohl wäre, wenn er sie ohne Vorbehalte küssen würde, voller Gefühle und Liebe. Oder Leidenschaft. Wahrscheinlich dachte sie besser nicht allzu viel über Leidenschaft nach. Denn, um ehrlich zu sein, bräuchte es nicht viel, sich diese vorzustellen. Sie verscheuchte diese Gedanken.

„Du hast heute wunderschön ausgesehen, falls ich dir das noch nicht gesagt habe."

„Danke. Ich weiß, dass es nicht echt war, aber dieses Kleid ist einfach wundervoll. Was für ein Tag, vom Kleiderkauf über die Zeremonie bis hin zu diesem Flug. Ich bin erschöpft."

„Es tut mir leid, wenn du dich abhetzen musstest. Du solltest dir etwas Zeit für dich selbst nehmen und dir einen Wellnesstag gönnen. Das Hill Country ist für seine ausgedehnte Wellnesslandschaft bekannt. Ich glaube, es gibt überall in dieser Gegend versteckte Spas. Ich werde dafür sorgen, dass du, Allie und Ginny euch die Zeit für einen gemeinsamem Tag nehmt. Das wird dir eine gute Möglichkeit bieten, die beiden kennenzulernen. Okay?"

„Ich bin sicher, es wird schön."

Er schaute aus dem Fenster in die vorbeiziehende Nacht hinaus. „Es ist schon eine Weile her, dass ich auf der Ranch war, um ehrlich zu sein."

Sie wollte unbedingt neben ihm sitzen. Sie merkte, dass sie ihn wirklich berühren wollte, aber nein, das würde sie nicht tun. Stattdessen beobachtete sie seinen Gesichtsausdruck. *War er besorgt?*

„Ich bin mir sicher, dass es dir gefallen wird. Ich weiß, dass du ein bisschen arbeiten wirst, aber glaubst du nicht, dass es schön sein wird, zu deinen Wurzeln zurückzukehren und dich in den drei Monaten etwas zu entspannen? Das ist die Forderung deines Großvaters, nicht wahr? Ich meine, wann hast du dir das letzte Mal eine Auszeit genommen?"

„Es ist schon so lange her, dass ich mich kaum noch daran erinnern kann. Ich bin deswegen etwas zwiegespalten. Ich liebe meine Brüder und sie lieben das Land. Aber wie ich schon gesagt habe, ist in der Hotelbranche viel los und sie ist stark umkämpft und das liebe ich."

„Ich habe eine Frage und bitte werde nicht sauer. Hast du die Ranch jemals geliebt? Deine Stimme wird immer etwas sanfter, wenn du sie erwähnst."

„Ich liebe die Ranch. Ich habe es geliebt, dort aufzuwachsen und fühle mich dort stark verwurzelt. Ich trage meine Stiefel noch immer, so oft ich kann. Sie passen zu meinem Lebensstil, aber auf der Ranch habe ich immer einen gewissen Druck verspürt, zumindest als Großvater noch am Leben war.

Vielleicht ging der von ihm aus, aber vielleicht habe ich ihn mir auch selbst gemacht, weil ich das Gefühl hatte, dass ich eigentlich dort sein sollte. Ein nicht unerheblicher Teil ist sicherlich auf meine Rebellion zurückzuführen. Ich habe mich immer dazu angetrieben gefühlt, meine eigenen Entscheidungen zu treffen. Ehrlich gesagt kann ich es nicht sehr leiden, wenn mir jemand sagt, was ich tun soll. Das ist der Grund, warum es mir so schwergefallen ist, diese Ehe zu schließen. Aber danke, dass du mir geholfen hast, die Situation für mich leichter zu machen."

„Ich bin froh, dass ich dir helfen konnte. Das wird für uns beide in gewisser Weise irgendwann schwierig werden. Ich bin sicher, dass wir an bestimmten Punkten aneinandergeraten werden und ich hoffe, dass wir zumindest Freunde werden oder Freunde bleiben können. Ich weiß, ich verlange viel – schließlich bin ich nur deine persönliche Assistentin."

„Du bist nicht mehr nur meine persönliche Assistentin. Diese Ehe hat uns auf eine andere Ebene gebracht. Und das lässt sich nicht leugnen. Du wirst nie wieder *nur* meine persönliche Assistentin sein." Er schaute auf seine Uhr. „Nun, wir haben noch etwa fünf Stunden vor uns. Ich denke, wir sollten versuchen, etwas zu schlafen."

Sie war müde. Sie hatten mit dem Abflug bis zum

Abend gewartet, damit sie in der Nacht fliegen konnten, was bei dem langen Heimflug half. Sie war zu nervös gewesen, um zu schlafen. „Das wird wahrscheinlich eine gute Idee sein."

„Hinter dieser Tür dort befindet sich ein Schlafzimmer. Du kannst auf dem Bett schlafen oder, wenn du möchtest, auch die Sitze in ein Bett verwandeln. Aber du wirst dich im Bett wohler fühlen."

„Es kommt mir nicht richtig vor, das Bett zu nehmen." Sie hatte noch nie in einem Flugzeug geschlafen, insbesondere nicht in einem Bett im Flugzeug. Der Gedanke war ihr fremd.

„Mach schon, dein Gepäck befindet sich darin. Und wenn es Turbulenzen geben sollte, dann wirst du benachrichtigt. Also entspann dich."

Sie stellte fest, dass ihre Taschen tatsächlich in diesem Raum verstaut worden waren. Als sie in das Flugzeug gestiegen waren, hatte der Chauffeur sie hineingetragen. „Okay, ehrlich gesagt glaube ich, dass ich die vollen drei Monate brauchen werde, um mich an diesen luxuriösen Lebensstil zu gewöhnen."

„Dort drinnen ist alles, was du dir an Getränken wünschen kannst und auch ein paar Snacks, falls du hungrig wirst. Wenn du nicht schlafen kannst, entspann dich einfach. Du wirst morgen schlafen können, wenn du wieder festen Boden unter den Füßen hast. Manche Leute können in Flugzeugen einfach nicht schlafen."

„Naja, normalerweise tue ich das nicht. Normalerweise arbeite ich an meinem Computer, wenn ich in einem Flugzeug sitze, also ist das eine neue Erfahrung für mich. Aber ich denke, ich werde es versuchen."

Er lachte. „Mir gefällt die Tatsache, dass du bereit bist, das Positive zu sehen und neue Dinge zu erleben. Viel Spaß."

„Ich bin sicher, dass ich den haben werde. Mit etwas Glück schließe ich die Augen und bin in fünf Sekunden weg."

„Das wäre schön. Gute Nacht, Amber."

Sie ging zur Tür und blickte über ihre Schulter zurück. „Gute Nacht, Morgan." Und dann ging sie hinein und schloss die Tür hinter sich. Das Zimmer lag im hinteren Teil des Flugzeugs und es gab ausreichend viel Platz für ein Bett an der Wand. Auf der anderen Seite stand ein kleiner Kühlschrank, zu dem sie ging und eine Flasche Ginger Ale herausholte. Sie wollte nichts mit zu viel Koffein trinken, aber etwas, das ihr ein wenig Energie gab. Sie sollte sich ausruhen , aber wahrscheinlich würde sie nicht schlafen können. Sie ging auf die Toilette und betrachtete sich im Spiegel.

„Was machst du da bloß?"

Sie warf sich einen letzten warnenden Blick zu, der sie daran erinnern sollte, immer einen klaren Kopf zu bewahren. Dann ging sie zurück ins Schlafzimmer, holte ihr Ginger Ale, nahm einen Schluck und legte sich dann zwischen die weichen, teuren Laken und Decken auf dem Bett. Entgegen ihrer Vermutung, sie würde nicht schlafen können, tat sie es doch und träumte von Morgan...

* * *

Sie wachte auf, als die Sonne durch die Fenster des Schlafzimmers hereinschien. Amber setzte sich mit einem Ruck im Bett auf. *Wie spät war es*? Ein Blick auf die Uhr verriet ihr, dass es fast sieben Uhr war. Sie sollten um halb acht landen. Amber sprang aus dem Bett und beeilte sich, ihre Zähne zu putzen und ihr Make-up aufzufrischen. Sie konnte seine Familie nicht treffen, wenn sie nicht perfekt aussah. Sie stand offiziell unter Druck.

Als sie in die Kabine ging, lächelte er aus dem Küchenbereich herüber. „Guten Morgen. Ich wollte gerade nach dir sehen. Wie wäre es mit einer Tasse Kaffee?"

In Anbetracht der Uhrzeit war er viel zu munter.

„Perfekt. Ich scheine etwas desorientiert zu sein.“

„Das passiert beim Fliegen manchmal. Ich habe deinen Kaffee in einen Pappbecher mit Deckel gefüllt, da wir jeden Moment landen werden.“

Sie nahm Platz und schnallte sich an.

Er reichte ihr den Kaffee und schob sich dann auf den Sitz neben ihr. „Ich hoffe, du hast gut geschlafen.“

Sie atmete den Kaffeeduft ein, der durch die Öffnung des Deckels strömte, nahm dann einen Schluck und ließ davon ihre Sinne wecken. *Besser das, als sich an die Küsse des Mannes vom letzten Abend zu erinnern.* „Das habe ich.“

Sie nippte weiter an ihrem Kaffee und dann meldete sich der Pilot auch schon über die Sprechanlage und teilte ihnen mit, dass sie in fünf Minuten landen würden.

„Was ist mit dir?“, fragte sie. Er sah unverschämt faltenfrei aus. *Wie machte er das nur?*

„Ich auch. Ich fühle mich im Flugzeug ungefähr so wohl wie zu Hause.“

Sie schüttelte den Kopf. „Das ist eigentlich ein bisschen traurig.“

Er lachte. „Findest du?“

„Eigentlich schon. Ich denke, das bedeutet, dass du vergessen hast, wie das normale Leben sein kann.“

„Vielleicht. Aber ich beschwere mich nicht.“

Nein, das tat er nicht und das sollte sie nicht vergessen. Die Landebahn kam unter ihnen in Sicht und innerhalb weniger Augenblicke kam das Flugzeug am Ende der Landebahn der Rocking M Ranch zum Stehen. Vier Leute warteten neben einem Geländewagen.

Sie sah zu Morgan hinüber. „Ich nehme an, das sind deine Brüder und Allie und Ginny."

„Ja, das sind sie. Sie sind begierig darauf, dich kennenzulernen. Ginny hat gesagt, sie sei sehr gespannt darauf, dich im Club willkommen zu heißen. Du wirst merken, dass Allie und Ginny sehr unterschiedlich sind, aber sie sind beste Freundinnen. Es hat für sie wunderbar gepasst, dass sie sich beide in meine Brüder verliebt haben."

Bei ihr würde das nicht passieren erinnerte sie sich. „Na gut, dann schätze ich, können wir wohl gleich mit der Party beginnen."

Er sah leicht amüsiert aus. „Ich hoffe nur, dass du am Ende der drei Monate immer noch so positiv denkst."

„Ich glaube, wir werden das schaffen. Wir haben eine Vereinbarung. Richtig?"

„Richtig."

Als sie die Treppe hinuntergingen, standen sie alle da und warteten auf sie.

Morgan hatte seine Schwägerinnen beschrieben und es war nicht schwer, Ginny zu erkennen. Sie trug einen knallroten, verbeulten Stroh-Cowboyhut mit einem großen lilafarbenen Stein in der Mitte, der von kleinen Federn umgeben war. Sie trug Stiefel und Jeans und ein Hemd mit Fransen; sie hatte eine Hand in die Hüfte gestemmt und musterte Amber, als sie die Treppe hinunterkam. Allie hingegen sah ungefähr so süß wie Honig aus, genau wie Morgan sie beschrieben hatte und auch sie trug Jeans und eine hübsche Bluse.

Wade und Todd waren beide hinreißend gutaussehende Männer. Morgan hatte sie nicht so beschrieben, aber sie waren genauso attraktiv wie er und sahen ihm ähnlich, wenn auch mit deutlichen Unterschieden. Morgan sah eleganter aus, während Wade mit seinem Hut und seinem kantigen Kiefer sehr nach Cowboy aussah. Todd war schlanker und hatte welliges Haar, das die anderen nicht hatten.

Mr. J.D. hatte offensichtlich drei Enkel gezeugt, die sich in vielerlei Hinsicht ähnelten und sie dachte, dass sein Sohn, ihr Vater, ihnen sehr ähnlich gesehen haben musste.

„Darf ich vorstellen, das ist meine Braut Amber", sagte Morgan, sobald sie die unterste Stufe erreicht hatten.

Alle begrüßten sie mit einem Lächeln und Hallos.

Ginny grinste. „Willkommen im Club. Ich wusste, dass der alte Morgan eine Braut finden würde. Und du siehst aus, als könntest du dich behaupten."

Allie lächelte. „Wir sind wirklich froh, dass du hier bist. Und wir werden dir helfen, das durchzustehen. Oh", keuchte sie. „Nicht, dass es eine schreckliche Sache wäre. Was ich gemeint habe, ist, dass wir dir helfen werden."

Wade legte einen Arm um seine Frau und küsste ihre Schläfe.

Ginny kicherte. „Manchmal können diese McCoy-Männer sturköpfig sein und wir werden dir auf jede erdenkliche Art und Weise helfen, das durchzustehen. Morgan meint, wir sollten in ein Spa gehen und ich habe gestern mit Caroline gesprochen – das ist Morgans Cousine – und sie wird sich uns anschließen. Wir werden etwas von diesem ganzen McCoy-Geld ausgeben und dich in das beste Spa der Gegend bringen. Wie klingt das?"

Morgan lachte. „Ich glaube, du machst es meinem Bruder nicht leicht, habe ich recht?"

Todd grinste. „Das tut sie, aber ich genieße es, ihr dabei zuzusehen. Ich habe in meinem Leben noch nie so viel gelächelt. Es ist eine gute Sache, Morgan. Vielleicht hast du beim Erfüllen von Großvaters Bedingungen auch Glück."

Morgans Blick traf ihren, aber der Ausdruck in seinen Augen konnte Amber nicht davon überzeugen, dass er das in Betracht zog.

Sie stiegen in den SUV. Todd fuhr und Wade nahm auf dem Beifahrersitz Platz. Allie und Ginny kletterten auf die hintere Sitzbank und überließen Morgan und Amber die Mitte. Seine Brüder drehten sich um und sahen Morgan an. Beide grinsten.

Todd sprach zuerst. „Bruder, wir sind froh, dass du zu Hause bist. Ich weiß, ich weiß – du freust dich nicht über Großvaters Testament, aber du warst so lange nicht mehr zu Hause, dass wir uns freuen, dich hier zu haben. Ich habe mich bei Großvater für das Geschenk bedankt, dich nach Hause gebracht zu haben. Ich habe neulich am Grab mit ihm gesprochen, als Ginny und ich ihm ein paar Blumen gebracht haben.“

„Ich hasse es, dass er mich gezwungen hat, nach Hause zu kommen, aber ich bin schon so lange nicht mehr hier gewesen. Es hat etwas gedauert, bis ich mich an den Gedanken gewöhnt habe. Aber wir haben einen Plan und ich werde arbeiten, während ich hier bin. Da Amber meine Assistentin ist, wird sie mir helfen, während wir von zu Hause aus arbeiten. Aber ich werde mir die Ranch und das Weingut ansehen, während ich hier bin. Nicht nur so, als wäre ich zu

Besuch; stattdessen würde ich gern tiefer graben und mir anschauen, wie es um die Gesundheit des Unternehmens als Ganzes steht."

Wade rollte mit den Augen. „Ich wusste, dass du das sagen würdest." Wade schaute zu Amber. „Er glaubt, er sei der beste Geschäftsmann von uns dreien. Wir müssen ihm immer wieder vorsichtig beibringen, dass er das nicht ist. Du verstehst schon – er denkt, er wäre der King."

„Ich kann eure brüderliche Liebe spüren." Sie lachte. Sie zogen Morgan auf und sie konnte sehen, dass er es gutmütig aufnahm. Sie fragte sich, ob sie immer so waren. Aber sie merkte, dass sie sich darüber freuten, ihn hier zu haben. Sie war beeindruckt von den Hintergedanken seines Großvaters bei alldem, was er getan hatte. Sie war sich nicht ganz sicher, was sein langfristiges Ziel gewesen sein mochte, aber wenn es darum gegangen war, Morgan ganz nach Hause zu bringen, dann würde er scheitern. Die Möglichkeit, dass Morgan das Leben aufgab, das er momentan führte, bestand ganz einfach nicht.

KAPITEL ZWÖLF

Für einen Mann, der nicht auf dieser Ranch lebte, hatte er ein schönes Haus gebaut. Es kam ihr riesig vor, doch es gab sicher größere Häuser als dieses. Aber für einen Mann, der so viel Geld besaß wie er, war es wahrscheinlich ein bescheidenes Heim. Trotzdem war es wunderschön, gebaut aus riesigen Steinen und weiteren rustikalen Komponenten. Am Eingang ragten Balken empor und es gab zwei Stockwerke mit riesigen Fenstern. Sie freute sich darauf, herauszufinden, was sich drinnen befand. Als sie die Einfahrt hinauffuhren, konnte sie in der Ferne den Fluss erkennen, was zur Schönheit des Geländes und der malerischen Weiden beitrug, auf denen das Vieh jenseits des Zauns weidete, der das Haus umgab,.

Sie fragte sich, wie es wohl sein würde, hier mit Morgan zu leben. Sie erinnerte sich schnell daran, dass sie nicht lange hier sein würde.

Sie erwartete, dass alle aussteigen würden, aber das taten sie nicht. Stattdessen zogen Todd und Wade ihr Gepäck aus dem Kofferraum des Fahrzeugs und trugen es zur Vordertür. Allie und Ginny lächelten ihr von der Rückbank aus zu.

„Wir werden nicht bleiben", erklärte Allie. „Ihr braucht Zeit, um euch einzugewöhnen. Wir wollten euch nur auf der Ranch willkommen heißen. Wir haben unsere Nummern drinnen hinterlassen, zusammen mit dem Mittagessen, also ruf einfach eine von uns an, dann kommen wir herbeigeeilt und machen unseren Wellness-Tag."

„Und lass dich von diesem Kerl nicht überwältigen", warnte Ginny. „Es gibt Regeln und Vorschriften für dieses Arrangement. Halte dich an sie. Sei vorsichtig mit deinem Herzen. Aber du bist ein großes Mädchen, also viel Glück." Sie grinste. „Jedenfalls sind wir froh, dich an Bord zu haben. Viel Glück mit diesem attraktiven Mann. Es ist ein großes Abenteuer, auf das du dich da eingelassen hast."

Beinahe hätte Amber über Ginnys Späße gelacht. Auf eine sarkastische Art und Weise. Sie mochte sie sehr und Allie war einfach nur süß. Sie wusste nicht, wie Wade auf sie gestoßen war, aber er hatte ein Juwel gefunden und Todd war über Allie auf Ginny aufmerksam geworden. Sie war erpicht darauf, sie alle kennenzulernen und ihre Geschichten im Detail zu erfahren. Sie war fasziniert, so fasziniert von allem.

Ginny hatte sie daran erinnert, dass dies ein großes Abenteuer war und so würde sie es von nun an betrachten. Wenn sie das nicht täte, wäre nicht abzusehen, was passieren würde, wenn sie sich zu ernsthaft auf das alles einlassen würde. Besonders auf Morgan.

Er hielt ihr die Tür auf. „Ich nehme an, wir können darauf verzichten, dass ich dich über die Schwelle trage."

Sie zögerte. „Ja. Heb dir das für den Fall auf, dass du noch einmal richtig heiratest." Sie trat mit einem Ziehen in ihrem Herzen über die Schwelle, weil sie wusste, dass sie es gemocht hätte, wenn er sie darüber getragen hätte. Aber wenn sie sich solche Dinge wünschte, bewegte sie sich auf dünnem Eis. Es war besser, dass er sie nicht über die Schwelle getragen hatte, er war im Moment der Vernünftige und auch sie musste vernünftig bleiben.

Der Eingangsbereich war wunderschön, wie aus einer Zeitschrift. Der Boden war auf Hochglanz poliert und bestand aus großen, unregelmäßigen Quadern, die in einem goldgelben Ton gehalten waren. Es sah hinreißend aus. „Wenn der Rest des Hauses so schön ist wie dieser Fußboden, dann hast du einen sehr guten Geschmack, Mr. McCoy."

Er lachte. „Ich hatte Hilfe von einem Innenarchitekten, aber ich liebe diesen Boden. Ich habe ihn nicht durchgehend verlegt, weil ich dachte, dass das vielleicht ein bisschen zu viel wäre. Normalerweise komme ich durch die Garage rein. Das ist jedoch eines meiner Lieblingsdinge am Haus."

Er führte sie in den großen Raum. Eine Treppe auf der rechten Seite führte in den ersten Stock und ein langer Bereich überblickte von dort den schönen Wohnraum. Riesige Rundhölzer, die von Hand poliert oder lackiert worden waren und hoch oben an der Decke schimmerten, sahen atemberaubend aus. Alles war etwas wuchtig, wie in einer Skihütte. Weitere riesige Fenster überblickten das Land und sie konnte den Fluss sehen, wo die Sonne wie gesponnenes Gold schimmerte.

„Auch das ist wunderschön."

„Die Küche ist dort um die Ecke. Sie ist nicht Teil des Wohnbereichs, sondern ist in einem eigenen Raum untergebracht, der sich zu diesem Bereich hin öffnet."
Sie folgte ihm und ja, da war eine Küche. Ein Chefkoch hätte an ihr seine reine Freude gehabt. Erneut fragte sie sich, wie oft irgendetwas darin benutzt worden war. Auf der riesigen Theke stand ein

Tablett mit etwas, das wie Fajita-Fleisch aussah. Und Beilagen für Fajitas. Daneben stand ein Krug mit Tee, wie sie vermutete, und ein Tablett mit Gemüse und Keksen.

„Sie haben uns ein Festmahl hinterlassen. Wir können es in der Mikrowelle aufwärmen. Eine Mahlzeit für später. Bist du hungrig?"

„Noch nicht. Ich würde gerne den Rest des Hauses sehen. Und dann vielleicht auspacken."

„So machen wir es."

„Okay, auf geht's."

Er ging durch den Wohnraum und den Flur und zeigte ihr zunächst das Spielzimmer, in dem sich auch ein Billardtisch befand. Der würde ihr nichts nützen, denn sie wusste nicht, wie man Billard spielte, aber in dem großen rustikalen Raum mit den Gewölbedecken sah er toll aus. An den Wänden hingen wunderschöne Western-Ölgemälde. *Western – war er ein großer Westernfan?* Das war ein Teil von ihm, den sie nicht kannte. Das einzige, was sie über ihn wusste, war, dass er aus Texas stammte und manchmal Cowboystiefel trug. Sie hatte ihn nie Jeans tragen sehen.

Sie ging zu einem der Bilder und sah den Namen eines berühmten texanischen Künstlers. „Die sind wunderschön."

„Danke. Ich kann mir nicht vorstellen, wie es ist,

ein solches Talent zu haben." Er lächelte und drehte sich im Kreis und betrachtete die Bilder, die die Wände schmückten. Es waren insgesamt fünf und alle waren hinreißend.

Morgan faszinierte sie. Viele Männer hätten einen Elch oder ein Reh oder etwas, das sie gejagt hatten, an diesen Wänden hängen, aber er war ein Jäger schöner Kunst. *Wann sollte er auch Zeit zum Jagen haben?* Was nichts war, woran sie etwas auszusetzen hatte.

„Ja, ich liebe diesen Raum. Ich habe überall im Haus Gemälde hängen, aber dieser Thomas Moran dort, vom Grand Canyon, ist mein Lieblingsbild."

„Ich verstehe absolut, warum."

Sie betrachteten es einen Moment lang, es war wunderbar, sie alle waren es und sie genoss es, sie anzusehen und dann gingen sie zusammen die Treppe hinauf, wobei er ihre Taschen trug. Er führte sie zu ihrem Zimmer.

„Warte, nein – das ist dein Zimmer", sagte sie und schaute in die Suite, die ganz offensichtlich das Hauptschlafzimmer war. Auch in diesem Raum gab es riesige Fenster, die sich zu einem Balkon im ersten Stock öffneten. „Wow, du magst große Fenster."

„Ich nehme das kleinere Zimmer auf der anderen Seite des Flurs. Ich habe meine Sachen bereits dorthin gebracht. Ich möchte, dass du dich wohlfühlst, solange du hier bist. Es ist ein großartiges Zimmer und ich mag große Fenster. Ich lasse gerne die Natur herein."

Er war ihr gegenüber so zuvorkommend. „Ich fühle mich nicht wohl dabei, dein Zimmer zu besetzen."

„Schau, ich bin fast nie hier. Im Grunde musste ich nur ein paar Hosen und etwas Rasierschaum nach nebenan tragen. Ehrlich gesagt ist es etwas traurig, wie wenig Zeit ich hier verbringe."

Sie betrachtete ihn. „Das ist wirklich traurig. Warum hast du dieses wunderbare Haus gebaut, wenn du nie Zeit darin verbringst?"

Er zuckte mit den Schultern, ging zu den Fenstern hinüber und starrte auf die Weiden, die den Fluss überblickten. „Mein Wunsch nach Unabhängigkeit und danach, meinen eigenen Weg zu gehen, hat es mir schwer gemacht, nach Hause zu kommen."

Sie verschränkte ihre Arme. „Warum habe ich das Gefühl, dass das nur eine Ausrede ist?"

Er legte den Kopf zur Seite. „Warum glaubst du, dass das eine Ausrede ist?"

„Weil du mit diesem Flugzeug um die ganze Welt fliegst und im Gegensatz zu mir kaum Jetlag bekommst, so sehr bist du daran gewöhnt. Wie lange braucht man von Houston hierher? Dreißig Minuten? Nein, ich glaube nicht, dass du nur deshalb nicht hierhergekommen bist, weil es Umstände macht. Du und dein Großvater, habt ihr euch überhaupt nicht verstanden?"

„Schau, so einfach ist das nicht. Mein Großvater und ich sind oft aneinandergeraten. Nicht auf allzu schreckliche Art, aber wir sind getrennt einfach besser miteinander ausgekommen. Immer, wenn wir zusammen waren, haben wir uns gestritten. J.D. McCoy konnte sehr eigensinnig sein."

Sie starrte ihn mit bohrendem Blick an. „Und du bist das nicht?"

„Er hat nicht verstanden, warum ich mich nicht einfach von diesem Flugzeug ein- und ausfliegen lassen habe, wie du es vorgeschlagen hast. Er hat gedacht, dass dies mein Hauptsitz sein sollte und ich nicht einmal die Wohnung in Houston haben sollte. Aber ich hatte es satt, immer über die gleiche Sache mit ihm zu streiten. Wenn ich hier gewohnt hätte, hätte ich nie Frieden gehabt."

„Es gefällt dir also nicht hier?"

„Das tut es, aber ich bin mir nicht sicher, ob ich jetzt hier in Vollzeit leben kann. Du hast wirklich viele Fragen."

„Ich schätze, dass ich gern wissen möchte, wie du tickst, schließlich werde ich drei Monate lang mit dir verheiratet sein. Ich kann nicht anders."

„Richtig. Ich verstehe das. Aber wie ich schon gesagt habe, wirst du die Beziehung von mir und meinem Großvater oder warum ich nicht hierherkomme nicht wirklich verstehen."

„Hast du Angst, dass du, wenn du für einen längeren Zeitraum hierher zurückkommst, merken könntest, dass du es vermisst und öfter hier sein willst?"

Er zögerte. „Vielleicht. Du bist sehr scharfsinnig. Und ich glaube, du bist eine Unruhestifterin."

Sie lachte. „Vielleicht, aber jetzt hast du mich drei Monate lang am Hals."

„Und ich habe das Gefühl, dass du mich so oft wie möglich quälen wirst."

„Vielleicht. Das könnte Spaß machen. Aber ernsthaft, ich denke, dass es vielleicht gut für dich ist, nach Hause zu kommen. Deine Familie freut sich sicher darüber."

Er nickte nachdenklich. „Das tut sie und ich werde es genießen, Zeit mit ihnen zu verbringen. Also, bist du glücklich?"

Sie lachte. „Das bin ich. Ich glaube, ich lasse dich jetzt gehen und werde diesen riesigen Raum genießen, den du mir überlassen hast."

Er ging zur Tür. „Ich lasse dich dann allein. Und Amber..." Er hielt inne, bevor er die Tür schloss. „Ich bin froh, dass du hier bist.“

Noch lange nachdem er sie geschlossen hatte, starrte sie die Tür an. *Er war froh, dass sie hier war. Und sie war es auch.*

* * *

Morgan hätte gern gewusst, ob sich sein Großvater jemals gefragt hatte, ob er mitverantwortlich dafür gewesen war, dass Morgan nicht nach Hause kam. Morgan fragte sich, ob er, wie Amber angedeutet hatte, seine Beziehung zu seinem Großvater als Ausrede dafür benutzt hatte, nicht nach Hause zu kommen.

Als er sein Hemd wechselte und eine Jeans herauszog, die er schon eine Weile nicht mehr getragen hatte, konnte er nicht verhindern, an Amber und die Tatsache zu denken, dass sie ihn über Dinge nachdenken ließ, die er normalerweise aus seinen Gedanken verbannt hätte. Und sie hatte kein Problem damit. Das war eine weitere Sache, über die er sich wunderte. *Hatte das damit zu tun, dass er sie so sehr mochte wie er das tat?* Sie forderte ihn regelmäßig heraus und schien sich nicht daran zu stören, dass sie das tat. Merkwürdigerweise kam es ihm so vor, als ob die Leute ihn immer weniger herausforderten, umso erfolgreicher er geworden war. Geld schien das zu bewirken. Und, offen gesagt, hatte ihn das zu langweilen begonnen. Noch bevor sein Großvater gestorben und er von dem Testament erfahren hatte, war er unruhig geworden. Nicht, dass er es jemandem erzählt hätte. Es war eine von Morgans großen Schwächen, dass er niemandem sagte, was er dachte.

Amber schien wissen zu wollen, was er dachte und sie stupste ihn mit jedem Tag, den er sie kannte, offener an und versuchte herauszufinden, was ihn antrieb und was er dachte. Er hatte das begriffen. Er grinste und dachte darüber nach. Natürlich wollte er auch mehr über sie erfahren. Diese Neugierde war nur natürlich, wenn man bedachte, dass sie nun verheiratet waren. Zumindest redete er sich das selbst ein. Aber in Wahrheit würde er auch dann mehr über Amber wissen wollen, wenn sie nicht verheiratet wären.

KAPITEL DREIZEHN

„Ich kann nicht glauben, dass nun alle meine drei Cousins verheiratet sind." Caroline McCoy saß auf einem der vier Stühle im Ruheraum des Spas.

Sie alle hatten grüne Masken und Gurkenscheiben auf den Augen. Caroline hatte sie am frühen Morgen abgeholt und war mit ihnen auf winzigen Seitenstraßen, die ins Nichts zu führen schienen, durchs Hill Country gefahren, bis sie auf ein schickes elektrisches Tor zwischen zwei großen weißen Säulen gestoßen waren.

Caroline hatte einen Code eingegeben; daraufhin hatte sich das Tor geöffnet und sie waren hindurch und einen kurvenreichen Berghang hinauf zu diesem Spa gefahren. Es ähnelte einem anderen Spa in der Nähe von Scottsdale, das sie besucht hatte, als sie in Arizona gewesen war und eines der McCoy-Resorts unter die

Lupe genommen hatte. Bei diesem handelte es sich um eine mit fünf Sternen bewertete Einrichtung. Sie hatten alle eine Massage genossen und entspannten nun während einer Gesichtsbehandlung, bevor sie anschließend eine Pediküre und Maniküre bekämen.

Amber musste zugeben, dass sie meist zu beschäftigt war und dies war eines der Dinge, die sie sich nur selten gönnte. So wie in äußerst selten. Sie hatte in ihrem ganzen Leben vielleicht zwei Massagen gebucht und eine Pediküre hatte sie noch nie in Anspruch genommen. Eigentlich war sie an den Füßen kitzelig, aber sie würde das durchstehen, ohne zu lachen. Maniküren gönnte sie sich hingegen von Zeit zu Zeit. Das Ganze war also reinstes Vergnügen für sie. Caroline hingegen schien das häufig zu machen.

„Glaub es ruhig, Caroline", sagte Ginny langsam unter ihrer grünen Maske und den Gurken hervor. „Weil ich Todd McCoy liebe und diesen gutaussehenden Mann nicht mehr gehen lasse."

Caroline johlte und auch Amber lachte und hob eine Gurke hoch, um einen Blick auf ihre neuen grün maskierten Freunde zu werfen.

„Ginny", sagte Caroline, grinste und sorgte so dafür, dass ihre Maske Falten warf. „Ich liebe dich, liebe Freundin. Ich liebe euch alle. Ich bin begeistert, dass es jetzt mehr Frauen im McCoy-Clan gibt."

„Ich liebe Wade so sehr. Er ist mein Ritter in glänzender Rüstung und wird es immer bleiben. Und jetzt ist auch noch Amber zu uns gestoßen." Allie hob ihre Gurkenscheibe an und erwischte Amber beim Schmulen. Sie lächelte. „Wie aufregend." Dann senkte sie ihre Gurke wieder und lehnte sich zurück.

Nun hob Ginny eine ihrer Gurkenscheiben hoch, so als ob ihr klar war, dass sie beobachtet wurde und zwinkerte Amber zu. „Ich glaube, es war Liebe auf den ersten Blick." Dann legte sie ihre Gurke wieder zurück und kicherte.

Amber tat das Gleiche und war sich nicht sicher, was sie sagen sollte.

„Ich finde es wunderbar, dass Amber sich in Morgan verliebt hat", sagte Caroline. „Mein älterer Cousin kann ganz schön abgebrüht sein, insbesondere seit das mit Shannon geschehen ist. Aber jeder braucht Liebe und ich bin begeistert, dass er wieder geheiratet hat und dann auch noch jemanden wie dich."

Amber fühlte sich beobachtet und als sie ihre Gurken anhob, bemerkte sie, dass die drei anderen sie ansahen. Amber legte die Gurkenscheiben beiseite, da sie nicht in der Lage war, dieses Gespräch mit geschlossenen Augen zu führen. Die anderen taten dasselbe.

„Danke", sagte sie. Was hätte sie auch sonst sagen

sollen?

„Vielleicht gelingt es dir, dass er etwas ausgeglichener wird. Hoffentlich kommt er jetzt öfter nach Hause. Ich meine, Denton tourt mit seiner Band durch die Gegend und schafft es trotzdem, nach Hause zu kommen und mit den Rindern zu arbeiten. Morgan tut bei den wenigen Malen, die er nach Hause kommt, stets so, als könne er es kaum erwarten, wieder abzureisen."

Allie meldete sich zu Wort: „Ich habe ihn bisher nur ein paar Mal getroffen, daher kann ich nicht viel dazu sagen, aber ich habe das Gefühl, dass es da etwas zwischen ihm und seinem Großvater gab, das ihn ferngehalten hat. Wade sagt, dass sie sich zu ähnlich waren. Aber es wäre schön, ihn und dich, Amber, öfter zu sehen."

Amber war von der Aufrichtigkeit in Allies Worten und ihrem Gesichtsausdruck gerührt.

Caroline runzelte die Stirn und sorgte dafür, dass sich ihre grüne Maske an den Rändern kräuselte. „Er hat jemanden gebraucht, den er lieben kann. Und Amber, ich glaube, du bist perfekt für ihn. Aber da war etwas zwischen den beiden. Er hat dieses riesige Unternehmen aufgebaut und ich glaube nicht, dass sein Großvater ihm dafür genug Anerkennung gezollt hat. Ich glaube, J.D. hat die Distanz zwischen ihnen und ihre Meinungsverschiedenheiten bedauert. Mein Großvater tut das auch."

Amber wusste, dass Carolines Großvater J.D.s Bruder war. Die beiden Brüder hatten ihre Enkelkinder großgezogen, nachdem deren Eltern beim Absturz eines Kleinflugzeugs ums Leben gekommen waren. Es war eine schreckliche Geschichte, aber beide Großväter waren für ihre Enkelkinder dagewesen.

„Da wir alle unsere Eltern bei demselben Unfall verloren haben, haben unsere Großväter uns einfach irgendwie zusammen aufgezogen. Wir stehen uns sehr nahe. Morgan ist fast wie mein älterer Bruder. Obwohl er und Ash sich in ihrer Kindheit immer unerbittliche Auseinandersetzungen geliefert haben. Sie haben sich nicht immer allzu gut verstanden, weil sie beide sehr starrköpfig sind. Aber jetzt stehen wir uns alle nahe – ja, manchmal liegen zwar ganz schöne Entfernungen zwischen uns, besonders wenn es um Morgan und Denton geht und manchmal auch um Beck mit seinem Flugplan. Aber wir alle freuen uns immer sehr, wenn wir zusammenkommen."

Amber gewann so langsam den Eindruck – nicht, dass sie ihr das nicht wieder und wieder gesagt hatten – dass sie sich alle wünschen würden, dass Morgan wieder häufiger bei ihnen wäre. Sie mochte Morgan so, wie er war. Sie würde Morgan mögen, wie auch immer er war, aber im Gegensatz zu ihnen konnte sie ihn sich nicht als Cowboy vorstellen. Er hatte seit ihrer Ankunft Jeans und Stiefel getragen, aber sie hatte sich noch immer nicht daran gewöhnt. Oh, er sah gut aus, genaugenommen großartig, aber sie hatte sich immer noch nicht an seinen Anblick ohne die Anzughosen und gebügelten Hemden gewöhnt. Die Vorstellung, dass Morgan die ganze Zeit auf der Ranch war... ergab für sie nicht wirklich Sinn, trotz der Fragen, die sie ihm am ersten Tag gestellt hatte. Sie hatte ihn an diesem Tag unter Druck gesetzt und nur versucht, ihm auf den Zahn zu fühlen.

Sie war sich nicht ganz sicher, warum sie das getan hatte, aber sie konnte scheinbar nicht anders. Er hatte eine Energie an sich, wenn er arbeitete – er war äußerst zielstrebig und strahlte eine besondere Intensität aus. Diese Intensität zog sie an. Sie fand sie attraktiv. Nichtsdestotrotz war sie begierig darauf, ihn auf der Ranch zu erleben. Sie hatte so eine Ahnung, dass es ihm guttun würde, mal wieder eine Weile auf der Ranch zu sein.

Sie freute sich darauf, mit ihm auszureiten und eine Seite von ihm kennenzulernen, die sie noch nicht kannte. Sie hatten sich vorgenommen, am Folgetag oder dem Tag danach reiten zu gehen, je nachdem, wie viel zu tun wäre. Sie freute sich sehr darauf.

„Er ist sehr angespannt und bei der Arbeit kommen nur bestimmte Leute in seine Nähe." Sie spielte mit der Gurkenscheibe in ihrer Hand. *Sollte sie sagen, dass er ihr einsam vorkam?*

„Ach, wirklich?", fragte Ginny. „Hält er die Leute von sich fern?"

„Ja, ich habe ihn immer nur aus der Ferne gesehen. Bis Mrs. Beasley, seine persönliche Assistentin, mich auf die Reise nach Hawaii geschickt hat, hatte ich eigentlich nie direkten Kontakt zu ihm. Ich wurde geschickt, um ihm zu helfen und dann bin ich schwimmen gegangen und wäre fast ertrunken. Er hat mich gerettet. Und so haben wir uns kennengelernt."

„Er hat dich gerettet?", wiederholte Caroline und sah entsetzt drein. „Es tut mir so leid, dass du beinahe ertrunken bist. Wie schrecklich."

„Ist das nicht romantisch?", sagte Allie.

„Es scheint, dass es so hat kommen sollen", sagte Ginny und war sichtlich erfreut.

Caroline klatschte sich aufs Bein. „Er hat dir buchstäblich das Leben gerettet. Wie viel romantischer kann es denn sein? Und dann hat er dir einen Heiratsantrag gemacht? Es muss Liebe auf den ersten Blick gewesen sein."

„Ja." Amber fühlte sich schrecklich. Es war

schlicht und einfach eine Täuschung.

„Du hast nicht gezögert, oder?“ Carolines Brauen wölbten sich über wissenden Augen.

„Naja, nein, ich—“

„Ich denke“, sagte Ginny langsam und zwinkerte wieder, „dass es ein glücklicher Zufall ist, dass er derjenige war, der dich gerettet hat. Dass die Liebe immer siegt.“

Okay, das traf es recht genau. Es war, als ob Ginny ihre Gedanken gelesen hatte. „Ja, natürlich. Aber ich bin wirklich etwas durcheinander, seit ich beinahe ertrunken wäre und ich liebe es, hier in diesem Spa zu sein. Es war eine tolle Idee, hierherzukommen. Seit diesem Tag war alles in Aufruhr und ich genieße die Zeit mit euch Mädels wirklich. Und all die Einblicke in das Leben meines Chefs... meines Ehemanns.“

Caroline grinste. „Tja, Freundin, ich werde dir jederzeit über ihn berichten, wenn du es willst. Du brauchst nur eine von uns anrufen und eine Frage stellen und wir werden dich informieren. Ich bin sicher, Ginny und Allie denken genauso, denn wir mögen dich und freuen uns darüber, dass du nun ein Teil dieser Familie bist.“

„Wir mögen dich sehr.“ Allie lächelte.

„Dito.“ Ginny grinste.

Ambers Herz pochte. „Und ich mag euch alle auch. Sehr sogar." Sie könnte sich leicht an diese Gruppe, die im Moment ihre Familie war, gewöhnen. Etwas, das sie schon so lange nicht mehr gehabt hatte. Jedenfalls keine enge Familie. Sie dachte an ihre Mom und ihren Dad und den schrecklichen Tag, an dem sie bei einem Autounfall gestorben waren, als sie in der siebten Klasse gewesen war. Nichts war je wieder so gewesen wie vorher, seit sie sie verloren hatte. Es fühlte sich gut an, dazuzugehören, aber es würde umso mehr wehtun, wenn der Vertrag auslief.

Morgan ritt tief über sein Pferd geduckt schnell über das Land, das er aus seinem Leben verbannt hatte. Wade und Todd ritten neben ihm und flankierten ihn auf beiden Seiten. Wie in ihrer Kindheit galoppierten sie zu der alten Eiche am äußersten Rand dieser Weide. Ihre trittsicheren Hengste waren einander beinahe ebenbürtig und sie hatten Münzen geworfen, wer welches Pferd reiten durfte. Er hatte Pepe Jack bekommen, ein Pferd, das beinahe zu fliegen schien.

Er hatte vergessen wie es war, dieses Gefühl der Freiheit, das mit dem Rauschen des Windes und dem Gefühl des kräftigen Tieres einherging, das den Boden unter ihm aufwühlte, als sie über das weite, offene

Land preschten.

„Heute nicht!", rief Wade nur knapp hinter ihm und reckte seinen Hut mit einer Hand nach oben, während er mit der Geschicklichkeit und Leichtigkeit eines Mannes ritt, der auf diesem Land geboren worden war. Er grinste, als sein Pferd nach vorn preschte und die Führung übernahm.

Morgan lachte und es fühlte sich gut an.

„Lass dich nicht von ihm schlagen", rief Todd, der noch eine halbe Pferdelänge hinter ihm war. Er hatte das Pferd mit den geringsten Chancen gezogen und wusste das.

„Los, Pepe, los!" Morgan gab dem Pferd mehr Raum und so wie er gedacht hatte, hatte auch Pepe keine Lust zu verlieren. Aber er hatte einen Moment zu lange gezögert und Wade war nicht mehr einzuholen. Sein Bruder lachte, als er den Baum mit nur einer Schrittlänge Abstand zu Morgan erreichte.

„Fast hättest du mich gehabt", grinste Wade.

„Du Schwindler. Nichts ändert sich jemals." Morgan hatte zu spät daran gedacht, dass Wade sein Pferd immer bis ganz zum Schluss noch ein wenig zurückhielt.

„Ich wusste, dass dies meine einzige Chance ist, dich zu schlagen."

„Ich hätte dich warnen sollen", lachte Todd, als er neben ihnen auftauchte. „Aber ich und Stampede, das langsamste Ross von allen, waren viel zu beschäftigt damit, zu euch aufzuschließen."

Morgan starrte ihn neugierig an. „Bist du unter die Dichter gegangen?"

Todd grunzte. „Kaum. Das war einfach offensichtlich."

„Nicht für mich. Mann, das hat Spaß gemacht, Jungs."

Seine Brüder legten ihre Hände über ihre Sattelhörner, entspannten sich und sahen ihn an, als wäre er ein Idiot.

Wade setzte seinen Hut auf und schaute sich um. „Ja, es ist zum Kotzen, in der Großstadt gefangen zu sein und Dinge wie diese zu vergessen."

„Zuhause ist kein schrecklicher Ort", sagte Todd. „Man kann hier mehr genießen, als man es für möglich hält, wenn man nur für einen Tag einfliegt, wenn ein Fest stattfindet und dann wieder nach Hause fliegt. Großvater hatte recht, als er meinte, dass du für eine Weile nach Hause kommen solltest."

Morgan schaute sich um, atmete die frische Morgenluft ein und versuchte, sich vom Ärger darüber, dass er gezwungen worden war, nach Hause zurückzukehren, nicht die Freude dieses Augenblicks verderben zu lassen. „Ja, ich verstehe, was ihr meint. Ich war zu lange weg. Wie oft wollt ihr mich noch darauf hinweisen?"

Seine Brüder lächelten. „Bis in alle Ewigkeit“, sagten sie unisono, so als würden sie gegenseitig ihre Gedanken lesen.

„Ihr macht das ja immer noch“, lachte Morgan. Das war etwas, das die beiden schon als kleine Jungen getan hatten.

Sie lachten alle, als sie sich daran erinnerten.

Wade wurde als erster wieder ernst. „Großvater hatte immer seine helle Freude daran.“

„Ja, das hatte er.“ Morgans Herz schmerzte plötzlich, als die Vergangenheit sich in seine Erinnerungen schlich.

„Ich vermisse ihn“, sagte Todd. „Der Ort ist nicht mehr derselbe ohne ihn.“

„Und wird es nie mehr sein“, seufzte Wade. „Aber Mann, wir waren gesegnet, ihn zu kennen, auch wenn er ein halsstarriger, altmodischer Mann war, der manchmal seine Grenzen überschritten hat.“

„Du hast recht.“ Todd nahm seinen Hut ab und schlug ihn auf seinen Oberschenkel. „Nachdem Mom und Dad gestorben waren, haben er und Grandma uns aufgenommen und ihre eigene Trauer unterdrückt, um uns mit Liebe zu überschütten und uns alles zu geben. Gram vermisse ich auch. Ginny und ich bringen einmal im Monat Blumen zu ihren Gräbern. Sie hat damit angefangen – sie hat gesagt, er habe uns zusammengebracht und sie habe ihn nie gekannt, aber sie würde sich immer an ihn erinnern, weil er mit seinem Testament seine Liebe gezeigt hat."

Morgan runzelte die Stirn. „Das hat sie gesagt?"

„Ja, Ginny ist nicht immer so hartgesotten, wie es den Anschein hat. Sie ist eigentlich viel mehr wie ein großer, schaumiger Marshmallow, der in einer kratzbürstigen Hülle steckt."

„Sie hat recht, glaube ich." Wade sah nachdenklich aus. „Morgan, ich hoffe, du findest einen Weg, mit ihm Frieden zu schließen. Ich denke, auf seine Art und Weise ist es das, worum es hier geht."

„Ich sage nicht, dass wir nicht gesegnet waren, ihn und Gram zu haben. Wir waren es und ich bin ihnen auf ewig dafür dankbar. Aber gleichzeitig bin ich noch nicht bereit, mich über das, was er getan hat, zu freuen. Uns zur Heirat zu zwingen, um das zu behalten, in das wir all unsere Energie und Träume gesteckt haben, war nicht richtig. So sehe ich das und daran wird sich auch nichts ändern. Und jetzt reiten wir."

Er hatte kaum ein Knie ins Pepes Flanke gedrückt, als das Pferd auch schon lostrabte, so als ob es es nicht erwarten konnte, endlich weiterzukommen. Morgan wusste, dass es ihm selbst genauso ging. Seine Brüder hatten ihre Meinung und er hatte seine. Er hatte schon vor langer Zeit gelernt, dass sie alle ihre eigenen Meinungen hatten und dass das in Ordnung war.

Auch dafür konnten sie sich bei J.D. bedanken.

KAPITEL VIERZEHN

Der Nachmittag war wunderschön und Amber konnte nicht glauben, wie sehr sie die Zeit hier genoss. Sie und Morgan hatten es geschafft, die erste Woche gut zu überstehen. Sie waren beide damit beschäftigt gewesen, der Anziehung auszuweichen, die zwischen ihnen aufkam, wenn sich ihre Blicke trafen. Sie hatten gearbeitet und ihr gemeinsamer Ausritt war immer wieder verschoben worden, bis heute. Uns bisher lief es ganz gut. Immerhin war sie noch nicht vom Pferd gefallen.

Gott sei Dank fühlte sie sich im Sattel nicht völlig fehl am Platz. Sie war ein paarmal geritten – bevor ihre Eltern gestorben waren und ihr Leben aus den Fugen geraten war. Aber das war schon lange her. Soweit ging es ihr ganz gut dabei, zumindest saß sie immer noch im Sattel.

Jedenfalls für den Moment.

„Was ist das?" Sie brachte das äußerst sanfte Pferd, auf das Morgan sie gesetzt hatte, zum Stehen. Es half ihr dabei, mit so viel Würde zu reiten, wie sie nach so langer Zeit aufbringen konnte.

Morgan war vorausgeritten, um etwas zu überprüfen, das er in der Nähe eines Busches gesehen hatte. Er dachte, es sei vielleicht ein Kälbchen. Sie hatte ihn bewundert, als er von ihr weg galoppiert war, aufrecht im Sattel stehend und mit der Leichtigkeit eines Cowboys, der im Sattel aufgewachsen war. Und das war er auch. Hier kam er her, war zunächst ein Cowboy gewesen, der auf einer Ranch arbeitete. Kein lässiger CEO eines milliardenschweren Hotelkonzerns.

„Es ist ein Hund." Er trat vom Steigbügel auf den Boden.

„*Was*? Ganz allein hier draußen?" Sie begann abzusteigen.

Morgan hob eine Hand. „Warte, lass mich nur schauen, ob es sicher ist. Sie sieht nicht gerade glücklich aus, uns zu sehen. Ich frage mich, ob sie verletzt oder dehydriert ist."

Er ging vorsichtig zu dem Busch hinüber. Dann blieb er stehen und schaute über seine Schulter zurück. „Sie hat vier Welpen. Und sie sieht gar nicht gut aus."

„Oh, nein, armes Mädchen." Amber kletterte

bereits von ihrem Pferd herunter, obwohl er sie gebeten hatte, das nicht zu tun. Sie eilte zu ihm hinüber und kniete sich neben ihn. Eine mittelgroße Hündin beäugte sie aus müden Augen. Sie war zottelig und schmutzig und vier säugende Welpen schmiegten sich an sie. Der Schwanz der Hündin wedelte zur Begrüßung. „Ich denke nicht, dass sie gefährlich ist. Aber ich glaube, sie braucht Hilfe.“

„Ich denke, du hast recht.“ Er hielt der Hündin seine Hand zum Schnuppern hin. Als sie sie ableckte, sah Morgan zu Amber hinüber. „Ich glaube, wir haben hier eine neue Freundin. Ich werde versuchen, sie hochzuheben. Glaubst du, dass du die Welpen tragen kannst? Ich werde sehen, ob ich sie mit mir auf den Sattel bekomme.“

„Ich denke, ich komme mit vier Welpen zurecht, wenn du mit ihr zurechtkommst. Sie ist ganz schön groß.“

„Ich habe schon Kälber auf dem Sattel mit mir herumgetragen, die größer waren als sie.“

Amber schaute ihn ungläubig an. „Es will mir einfach nicht in den Kopf, dass du früher als Cowboy gearbeitet hast.“

Er lachte. „Höchstpersönlich. Mein Großvater hat uns arbeiten lassen, wie er all seine Angestellten hat arbeiten lassen. Er hat uns bei Sonnenaufgang geweckt und an den meisten Sommerabenden sind wir erst nach Sonnenuntergang zurück ins Haus gekommen. Ich habe mit Kühen gerungen, Kälber gebrandmarkt und Heu gebündelt. Ich verspreche dir, ich habe mehr zu bieten als nur ein hübsches Gesicht." Er zwinkerte ihr zu und ging dann mit der kraftlosen Hündin an ihr vorbei.

„Pff, ja, da hast du wohl recht", murmelte Amber vor sich hin und sah ihm dabei zu, wie er sich entfernte. „Und du rettest Hunde", rief sie ihm nach und spürte, wie sie ganz neuer Respekt für diesen Mann erfüllte, den sie gerade erst begonnen hatte, kennenzulernen. Dann keuchte sie und drehte sich zu den wimmernden Welpen herum. „Es tut mir so leid, ihr kleinen Hündchen. Kommt her. Bringen wir euch nach Hause." Sie trug ein Tank-Top unter ihrer Bluse, also zog sie ihre Baumwollbluse aus und legte die Hundekinder sanft hinein. Dann nahm sie sie in ihre Arme und ging auf ihr Pferd zu. Sie bewunderte die Art und Weise, wie Morgans Jeans sich über – okay, sie würde jetzt nicht seinen Hintern bewundern.

Ihre Wangen röteten sich und sie ging an ihm vorbei, gerade als er sich mit dem Hund vor sich in den Sattel setzte.

„Warum bist du so rot?" Er musterte ihr Gesicht und sein Blick glitt zu ihren Armen, wo die Welpen sich aneinander kuschelten.

„Weil... es hier draußen heiß ist."

Sein Blick traf ihren. „Ja, das stimmt. Dann werden wir uns mal um Hilfe für diese Familie kümmern. Ich denke, sie muss schnell zu einem Arzt. Wir bringen sie direkt zum Tierarzt, wenn wir wieder beim Haus sind."

Amber freute sich darüber, dass Morgan in Bezug auf die Hunde nicht einen Augenblick gezögert hatte. Es gelang ihr, mit einem Arm in den Sattel zu steigen, während sie im anderen die Welpen hielt. „Ich bin soweit. Ich werde dir folgen."

„Du könntest selbst ein Cowgirl werden", sagte Morgan, als er an ihr vorbeiritt. „Gut gemacht."

Sie schluckte und ein unglaubliches Glücksgefühl erfüllte sie bei diesem Kompliment. „Danke. Du auch."

Sobald sie wieder beim Haus waren, legte Morgan die Hündin auf die Rückbank seines Pick-ups. Amber legte die Welpen vorsichtig auf den Sitz neben ihr, als er ins Haus ging, um ein paar Handtücher als Unterlage zu holen. Als er wieder nach draußen kam, sah er, wie sie die Hündin streichelte und mit ihr sprach, wobei sie versuchte, sie mit ihrer Stimme und dem Druck ihrer Hände zu beruhigen. Er hatte eine

Schüssel mit Wasser und ein wenig Fleisch aus dem Kühlschrank mitgebracht, da er kein Hundefutter hatte. Er stellte den Napf auf den Sitz neben die Hündin und sie trank sofort daraus, wobei sie sehr dankbar aussah. Dann hielt er ihr seine Handfläche mit Brustfleischstücken hin.

„Werden wir sie zu deinem Cousin, dem Tierarzt, bringen?"

Er hatte ihr auf dem Ritt erzählt, dass sein Cousin Ash, Carolines Bruder, der Tierarzt der Stadt war und er die Hunde zur Untersuchung dorthin bringen würde. „Ja, sobald sie etwas mehr von dem Fleisch gegessen und etwas mehr von dem Wasser getrunken hat, machen wir uns auf den Weg. Sie kommt mir nicht so vor, als wäre sie ihn schrecklich schlechter Verfassung, aber sie könnte dehydriert sein. Ich denke, wir haben sie gerade noch rechtzeitig gefunden, auch wenn ich nicht genau weiß, warum ihr das Bein wehtut. Das wird er uns sagen müssen."

Ein paar Augenblicke später waren sie auf dem Weg in die Stadt. Stonewall war kein großer Ort. Ash hatte seine Klinik an einer für alle umliegenden Ranches gut zu erreichenden Stelle errichtet, so dass er eigentlich zu keiner der Städte der Gegend gehörte. Stattdessen befand sich die Klinik eine kurze Fahrt von Stonewall entfernt auf dem Land, auf einem Grundstück, das zu Talberts Teil der McCoy-Ranch gehörte.

Als sie ankamen, eilte Lynette, Ashs Praxisleiterin, hinter dem Tresen hervor. Morgan hatte zuvor angerufen und gesagt, dass er die Hündin und ihre Welpen, die in schlechter Verfassung waren, mitbringen würde. Lynette war ein Wirbelwind, etwa fünfundsechzig Jahre alt und liebte Tiere und Menschen. Sie hatte ein ganzes Haus voller Tiere sowie einen Haufen Enkelkinder.

Sie warf ihm einen kurzen Blick zu. „Morgan McCoy, es ist so schön, dich zu sehen. Jetzt lass mal sehen, was du da hast. Oh, was ist denn das für ein armes Ding."

„Ja, das ist sie, Lynette. Und es ist auch schön, dich zu sehen. Amber, meine... Frau, hat den ganzen Arm voller Hundebabys."

Lynette keuchte: „Du hast geheiratet? Was ist nur in euch Jungs gefahren? Euer Großvater wäre begeistert. Weiß Talbert schon davon? Oh, tut mir leid, Amber. Es ist wunderbar, dich kennenzulernen." Sie schaute Amber ungläubig an und lächelte dann. „Das ist einfach wunderbar. Ich kann gar nicht glauben, dass wir nicht wussten, dass du heiraten würdest. Wie auch immer, kommt nach hinten und wir kümmern uns um die Süßen, die ihr beide gerettet habt."

Er folgte ihr durch einen Flur in ein Behandlungszimmer und legte den Hund sanft auf den

Untersuchungstisch. „Es ist okay." Er rieb sanft ihren Hals, als Amber die Welpen mitsamt dem Hemd neben ihr absetzte. Sie kuschelten sich sofort an ihre Mutter, die den Kopf hob und versuchte, sie anzusehen, aber sie schien nicht die Kraft dazu zu haben.

Amber sah beunruhigt aus. „Ich mache mir Sorgen."

Morgan konnte dem Drang nicht widerstehen und rieb ihren Arm. „Ash wird sich gut um sie kümmern."

Sie nickte, sah aber nicht überzeugt aus.

„Das wird er", versicherte ihr Lynette. „Er ist ein sehr guter Tierarzt. Wir sind stolz darauf, dass er seine Träume verwirklicht hat und hierher zurückgekehrt ist, um diese Praxis zu eröffnen. Es gibt keinen besseren Tierarzt in Texas, das kann ich dir versichern."

Das schien Amber etwas zu erleichtern und darüber war er froh.

„Ich hoffe, er kann ihnen helfen."

„Du bist ein Schatz. Und Morgans Frau. Ich freue mich so. Ich wusste immer, dass dieser Junge sich mit einer liebevollen Frau niederlassen würde, die Tiere liebt. Dein Mann hat früher Tiere gerettet. Ich habe für Doc Mason gearbeitet, bevor er in Rente ging und Morgan hat immer alle möglichen Tiere hergebracht."

„Wirklich?" Amber schaute ihn an. „Ich lerne jeden Tag etwas Neues über dich."

„Ich schätze, das habe ich wohl getan." Daran

hatte er schon lange Zeit nicht mehr gedacht. „Wo ist Ash?“

Lynette zeigte auf die Tür. „Er wird in einer Minute hier sein. Er ist draußen – er hat gerade ein Kalb entbunden.“

„Ich werde mal nach ihm sehen. Vielleicht kann ich ihn etwas antreiben.“

Lynette legte ihre Hände auf die Hündin und streichelte sie sanft, dann nahm sie seinen Platz ein, als er nach draußen ging.

Er sah Amber an. „Ich bin gleich zurück. Kommst du klar?“ Amber hatte ihn damit beeindruckt, wie sie ihm bei der Rettung der Hunde zur Hand gegangen war. Sie hatte einfach mitgemacht und bereitwillig ihre Pläne für den restlichen Nachmittag geopfert, um dafür zu sorgen, dass diese Tiere Hilfe bekamen.

Sie sah ihn mit Augen an, die etwas ihn ihm zu schmelzen brachten. „Es geht mir gut. Hilf deinem Cousin, damit er kommen und sich um die Hunde kümmern kann.“

Ohne darüber nachzudenken, was er tat, sondern aus dem Wunsch heraus, sie zu trösten, beugte er sich vor und drückte ihr einen flüchtigen Kuss auf die Stirn. „Ich bin gleich wieder da.“

Erst als sich die Tür bereits hinter ihm geschlossen hatte, erkannte er, wie selbstverständlich ihm diese Zurschaustellung von Zuneigung vorgekommen war.

KAPITEL FÜNFZEHN

Ash betrat den Raum und Amber wusste sofort, dass dies Morgans Cousin war. Ihre Gesichtszüge waren unverwechselbar: der starke Kiefer, die dunklen Augen, das dunkle Haar und dann diese Männlichkeit, an die sie sich bereits gewöhnt hatte, da sie auch Morgan zu eigen war. Sie wusste, dass er Carolines Bruder war und dass alle ihre Brüder ledig waren. Sie fühlte sich kein bisschen zu ihm hingezogen, auch wenn sie zugeben musste, dass er ebenso gut aussah wie Morgan. Nein, sie fühlte sich zu Morgan hingezogen. Und die Tatsache, dass er so nett zu dieser Hündin gewesen war, machte ihn in ihren Augen nur noch attraktiver.

„Hi." Er lächelte Amber an, bevor er sich auf den Hund konzentrierte. Er nahm ihr Gesicht in seine Hände und schaute ihr in die Augen, dann in die Ohren und ins Maul. Dann fuhr er mit den Händen am Körper der Hündin entlang und durch ihr verfilztes Haar. Als er ihr linkes Bein berührte, zuckte die Hündin. „Entschuldige, kleine Dame", sagte er sanft.

Amber blieb in der Nähe der Welpen, um sicherzustellen, dass sie nicht vom Untersuchungstisch fielen. Sie mochte seine sanfte Art und schaute zu Morgan und bemerkte, dass er sie ansah. Er hatte sie vorhin auf die Stirn geküsst und ihre Haut fühlte sich dort, wo seine Lippen sie berührt hatten, noch immer wunderbar warm an. „Er ist gut", sagte sie lautlos.

„Hab ich dir doch gesagt", gab er ebenso lautlos zurück, hielt ihren Blick und sorgte so dafür, dass ihr Herz zu rasen begann.

Sie atmete ein und versuchte, ihre Hoffnungen und Träume unter Kontrolle zu behalten. *Sie könnte diesen Mann lieben, wenn sie es dieser Schwärmerei gestattete, die Oberhand zu gewinnen.*

„Ich glaube, sie hat sich die Hüfte verletzt, vielleicht ist sie irgendwo herausgesprungen. Ich weiß nicht genau, ob sie einen Schlag abbekommen hat, aber es scheint einfach nur weh zu tun. Das ist soweit gut. Außerdem ist sie dehydriert. Sie hatte nichts zu fressen und hat diese Kleinen zur Welt gebracht. Ich denke, wenn wir ihnen etwas Flüssigkeit und Nahrung verabreichen und ihnen ein paar Spritzen geben, dann werdet ihr in ein paar Tagen einen sehr schönen Golden Retriever-Mischling besitzen. Und einen Wurf Welpen. Werdet ihr euch um sie kümmern können?"

Amber wartete ab, sie wusste nicht, was sie sagen sollte.

„Wir nehmen sie. Es ist schon eine Weile her, dass ich einen Hund hatte, aber ich erinnere mich noch daran, wie man sich um sie kümmert. Gib ihr einfach, was immer sie braucht und wir kommen zurück und holen sie ab, sobald du sagst, dass es in Ordnung ist. Und sag mir Bescheid, was ich besorgen muss – wir werden uns darum kümmern und es wird für sie bereitstehen. Ich hasse es, wenn Leute Hunde aussetzen – du denkst doch auch, dass das hier wahrscheinlich passiert ist, oder?"

Ash nickte. „Es ist traurig, aber es passiert häufig. Oder sie ist weggelaufen. Manchmal rennen Hündinnen weg, wenn sie trächtig sind. Es wäre vielleicht eine gute Idee, ein paar Bilder aufzuhängen und abzuwarten, ob jemand eine trächtige Hündin vermisst. Ich habe keinen Chip in ihrem Ohr gespürt. Eine Marke trägt sie auch nicht, aber es ist trotzdem möglich, dass sie einen Besitzer hat. Schau sie dir an – sie so süß, ruhig und nett. Wenn du mit deinem Handy ein Foto von ihr machst, dann lasse ich es ausdrucken und hänge es hier in der Klinik auf. Vielleicht kannst du ein paar davon an Freunde und Geschäfte in der Gegend schicken und dafür sorgen, dass sie verteilt werden. Es gibt auch Onlineforen für vermisste Hunde. Vielleicht solltest du es da mal versuchen. Wenn man einen solchen Hund findet, ist es nicht ungewöhnlich, dass ihn jemand sucht, dem er abhandengekommen ist, also wirst du am Ende vielleicht doch keinen Hund haben."

„Ich hoffe, dass sie gefunden und mit ihrem Besitzer vereint wird, falls sie jemand sucht." Amber hasste die Vorstellung, dass jemand die Hündin vermisste, der sie liebte. Wenn sie selbst einen Hund besäße, würde sie die Vorstellung verabscheuen, dass ihm etwas geschehen sein konnte. „Danke, dass du dich so gut um sie gekümmert hast. Und es war schön, dich kennenzulernen. Dein Cousin ist ein guter Kerl. Ich habe immer gern für ihn gearbeitet."

Ash musterte sie. „Nun, ich hoffe, es macht dir mehr Spaß, mit ihm verheiratet zu sein, als für ihn zu arbeiten. Es ist ziemlich cool, dass ihr eine gute Arbeitsbeziehung habt. Ich für meinen Teil glaube nicht, dass Lynette mich heiraten würde. Ich habe sie mehrmals gefragt, aber sie will einfach nicht und ihrem Mann Harvey würde es wohl auch nicht besonders gefallen, also sitze ich hier fest – ein einsamer Junggeselle, ganz allein. Auch wenn sich mein

Großvater in letzter Zeit etwas verdächtig verhalten hat. Ich bin mir nicht sicher, was los ist. Aber er hat deine Brüder beobachtet und jetzt heiratet ihr alle... Ich habe den leisen Verdacht, dass ihn das auf eine Idee gebracht hat. Ich hoffe nicht. Ich denke, ich werde eben heiraten, wenn ich heirate und ich will nicht, dass mein Großvater mich dazu drängt. Oder Penny. An den Hochzeitsempfängen, die Penny für Wade und dann für Todd veranstaltet hat, kann man ganz klar erkennen, dass sie ihren Spaß daran hat. Apropos, wann feiert ihr euren?"

Amber wusste, dass Penny eine alte Freundin seines Großvaters war, die angerufen hatte, um einen Empfang zu organisieren, aber Morgan hatte ihr bisher noch keine Antwort gegeben.

„Penny hat angerufen, aber ich habe ihr noch kein Datum genannt." Er sah sie an. „Wir sollten uns wohl besser für ein Datum entscheiden. Wenn wir uns keins aussuchen, wird sie es trotzdem tun. Also wahrscheinlich in ein paar Wochen."

„Mir ist jedes Datum recht." *Eine Feier.* Es würde getanzt werden und sie würden vorgeben, glücklich verheiratet zu sein. *Und sie würde sich wieder in seine Arme schmiegen.* Der Gedanke sandte einen Schauer der Vorfreude durch sie hindurch. „Ash, bitte kümmere dich gut um diese kleine Familie und ich werde anschließend alles tun, was du mir aufträgst."

„Du bist großartig. Ich weiß, dass sie in guten Händen sein werden, wenn ich sie entlasse."

Nachdem sie die Tierklinik verlassen hatten, fuhren sie zum Futtermittelladen und suchten ein Hundebett und das von Ash empfohlene Futter aus. Es war das erste Mal, dass sie zusammen unterwegs waren und es hatte sich offensichtlich herumgesprochen, dass Morgan geheiratet hatte. Alle waren neugierig auf die Frau, die Morgan McCoys Herz gestohlen hatte. Sie war gerührt und sie und Morgan ließen sich einfach von der allgemeinen Neugierde mitreißen. Zum ersten Mal seit Beginn ihrer Ehe fühlte sie sich ein wenig betrügerisch. Sowohl Allie als auch Ginny hatten sie gewarnt, dass es diese Momente geben würde. Sie hatten gesagt, dass es schwer sei, aber nicht zu ändern wäre und Teil dieser ganzen Sache sei. Trotzdem war Amber nicht klargewesen, *wie* betrügerisch sie sich fühlen würde.

Sie konnte sich zumindest damit trösten, dass sie wirklich verrückt nach ihm war. Und je länger sie in seiner Nähe war, desto stärker wurde ihr klar, dass sie sich ernsthaft in ihn verlieben konnte. Sie musste sich nur noch überlegen, wie sie ihn dazu bringen konnte, nicht mehr auf ihrem Weggang am Ende der dreimonatigen Frist zu beharren. Sie hatte keine

Ahnung, wie sie ihn dazu bringen konnte, sie als seine Ehefrau für immer zu betrachten und nicht nur als eine Art Zwischenlösung.

Sie durfte nicht vorschnell handeln. Das war es, was sie sich sagte, als sie wieder zu Hause ankamen und die Küche betraten. Er hielt ihr die Tür auf und sie berührte ihn beim Vorübergehen leicht. Ihre Haut kribbelte, als er sie beim Schließen der Tür am Arm packte und sie hielt inne, um ihn anzusehen.

„Das war ein Tag, nicht wahr?" Seine Hand verweilte auf ihrem Arm und sie wurde von einem Kribbeln erfüllt. „Du warst dort draußen eine echte Heldin." Sein Blick hielt ihren fest.

Ihr Herz klopfte und sie kämpfte gegen den Drang an, sich ihm zu nähern. „Du warst auch großartig." Sie ermahnte sich selbst zur Ruhe. „Ich habe den Tag mit dir genossen."

„Und ich habe den Tag mit dir genossen. Du bist sehr gut mit den Hunden umgegangen."

„Du auch. Du hast also früher Tiere gerettet und hattest einen Hund?"

Er zog seine Hand von ihrem Arm weg und sie wünschte sich, er würde sie wieder zurücklegen. Er ging in die Küche und sie folgte ihm.

„Ich hatte einen Hund. Ich habe diesen Hund wirklich geliebt. Soll ich Kaffee machen?"

„Ich hätte gern einen." Sie nahm an der Bar Platz und brachte somit eine Barriere zwischen sie, damit sie nicht in Versuchung geriet, sich neben ihn zu stellen. Sie beobachtete, wie er sich in der Küche bewegte. Sie dachte nicht, dass sie es jemals leid werden würde, ihn zu beobachten. Er bewegte sich mit einer Agilität und Eleganz, die sowohl männlich als auch sexy war. *Wem wollte sie etwas vormachen – der Mann war einfach nur sexy.*

Morgan wusste, dass er seine E-Mails abrufen oder sein Zimmer aufräumen sollte oder etwas in der Art, alles außer mit Amber einen Kaffee zu trinken. Nachdem sie die Hündin und ihre Welpen gerettet hatten und er Amber dabei beobachtet hatte, wie sie sich ganz der Rettung der Hunde verschrieben hatte, war er nicht bei vollem Verstand. So sehr er sich auch bemühte, er bekam ein bestimmtes Bild von ihr einfach nicht aus dem Kopf: wie sie die Welpen in ihre Bluse gewickelt in ihren Armen hielt und sie an sich drückte, während sie mit diesen wunderschönen Augen zu ihm aufsah.

Er füllte zwei Tassen mit Kaffee und als er sich umdrehte, ertappte er sie dabei, wie sie ihn beobachtete. Sein Herz fühlte sich leicht an, als er ihr die Tasse entgegenhielt. „Lass uns raus auf die Terrasse gehen."

„Geh voran und ich folge dir." Als sie ihm die Tasse abnahm, berührten sich ihre Finger leicht und er spürte, wie ihn Hitze durchfuhr.

Er hielt ihr die Tür auf, führte sie dann an den Sofas und Stühlen vorbei und ging zum hinteren Ende der großen Terrasse zu einer altmodischen Hollywoodschaukel. Er hätte bei den Stühlen anhalten sollen, aber er wollte nicht. Er würde es vielleicht bereuen, aber heute Abend wollte er, dass sie mit ihm auf der Schaukel saß. Er setzte sich hin und stellte seine Kaffeetasse auf den Beistelltisch. Dann tätschelte er den Sitz neben sich. „Schaukelst du mit mir?"

Sie atmete tief ein und nickte, wobei sie so nervös aussah wie er sich fühlte. Sie ließ sich vorsichtig nieder und umklammerte mit beiden Händen ihre Kaffeetasse. Sie saß steif da und nippte an ihrem Kaffee.

„Du warst heute wirklich gut."

Sie schaute zu ihm hinüber. „Du warst selbst ziemlich unglaublich, Cowboy."

Er lachte. „Cowboy, hm?"

„Du warst heute sehr beeindruckend."

„Du warst selbst recht beeindruckend. Wir... waren heute ein gutes Team."

Sie biss sich auf die Lippen und ihr Blick wurde weicher und alles woran er denken konnte, war, dass er sie erneut küssen wollte. Er hatte sich gezwungen, nicht daran zu denken, wie sie bei der Hochzeit auf seinen Kuss reagiert hatte. Jetzt überdeckte der Kuss alle anderen Gedanken.

„Morgan", flüsterte sie ihm zu. „W-woran denkst du?"

Sie sah ihn besorgt an. „An nichts Bestimmtes. Warum siehst du so besorgt aus?"

„Weil du so tief in Gedanken versunken warst und ich dir nicht glaube."

„Was nicht glaubst?"

„Ich glaube nicht, dass du mir die Wahrheit sagst. Ich glaube, du hast an etwas sehr Beunruhigendes gedacht. Du, Morgan McCoy, sprichst nicht gern über Dinge, die dich beunruhigen. Du bist ein Problemlöser – du bringst Dinge in Ordnung. Und wenn du ein Problem hast, denkst du konzentriert darüber nach. Wie gerade eben."

Er konnte vor dieser Frau nichts verbergen. Wie war es möglich, dass sie ihn so gut lesen konnte? Es war, als ob sie von dem Moment an, in dem er sie gerettet hatte, auf einer anderen Ebene mit ihm verbunden war. Einer Ebene, auf der noch nie jemand mit ihm verbunden gewesen war. „Ich weiß nicht, wie ich auf das, was du gerade gesagt hast, antworten soll."

„Das liegt daran, dass du es nicht gewohnt bist, dass Leute dich unter Druck setzen. Das habe ich schon einmal gesagt. Du bist es gewohnt, Leuten eine Antwort zu geben und dass sie dich dann damit in Ruhe lassen. Ich bin neugierig, drängen dich deine Brüder nicht zu echten Antworten?"

„Meine Brüder kennen mich. Sie wissen, wann sie mich nicht drängen dürfen, im Gegensatz zu jemandem auf dieser Terrasse."

„Schreib es einfach der Tatsache zu, dass ich dich nicht sehr gut kenne. Deshalb dränge ich dich."

„So beunruhigend es auch ist, ich fange an zu glauben, dass du mich besser kennst als viele andere."

Sie starrten einander an und hielten den Blickkontakt aufrecht, als sich die Dämmerung über sie legte. Ihre Lippen kräuselten sich leicht. „Vielleicht liegt es daran, dass du mich gerettet hast. Weil ich weiß, dass ich tot wäre, wenn du nicht gewesen wärst."

„Du musst mir nicht für immer dankbar deswegen sein." Es ärgerte ihn jedes Mal mehr, wenn sie ihm für ihre Rettung dankte und ihn daran erinnerte, dass sie ohne ihn nicht hier wäre.

Sie stellte ihre Tasse auf den Tisch auf ihrer Seite der Schaukel und wandte sich um, um ihn anzusehen. „Aber genauso fühle ich mich. Und ich sehe dich an und möchte mehr wissen. Ich weiß, ich weiß – wir werden getrennte Wege gehen, aber ich kann nicht lügen. Ich möchte wissen, wie du tickst, was du denkst und was dich stört. Und ich werde dich drängen, weil mein Bauchgefühl mir sagt, dass du das vielleicht brauchst."

Ihm gefiel nicht, worauf das hinauslief. „Du musst mich nicht… drängen", stellte er klar. Er konnte nicht ehrlichen Gewissens sagen, dass er sie nicht brauchte, denn wenn er sie so ansah, dann hatte er sogar ein großes Bedürfnis nach ihr. Er wollte oder *musste* sie mehr als je zuvor in seine Arme ziehen und küssen. Er wollte oder musste einfach sehen, ob sie sich in seinen Armen so gut anfühlte wie an dem Tag, an dem sie geheiratet hatten und er sie geküsst hatte. Aber dieses Mal wollte er sie lang und tief und langsam küssen und er wollte, dass sie seinen Kuss erwiderte. Das brauchte er – obwohl er sich dagegen wehrte. Vielleicht war es nur Verlangen, aber was auch immer es war, es machte ihn verrückt. Normalerweise drängte er jeden, der ihn zu etwas drängen wollte, beiseite. Aber so wie sie ihn im Moment drängte, spürte er nur den Wunsch, ihr noch näher zu kommen. Das war eine wirklich seltsame und ungewohnte Situation für ihn.

„Du tust es schon wieder – du bist tief in Gedanken versunken, beunruhigt. An was denkst du?"

Da er nicht länger sitzen konnte, stand er auf. „Was ist, wenn ich dir nicht sagen will, was ich denke? Ich bin es nicht gewohnt, anderen Leuten Rede und Antwort zu stehen." Er presste die Worte hervor und war irritiert, dass er es überhaupt in Erwägung zog, ihre Frage zu beantworten. Er war es nicht gewohnt, die Fragen der Leute zu beantworten. Leute beantworteten seine Fragen, Leute taten, was er wollte – vor allem die Leute, die für ihn arbeiteten. Und genau da lag das Problem: sie arbeitete für ihn, aber sie war auch seine Frau, egal ob vorübergehend oder nicht. Er fuhr sich mit den Händen durchs Haar. „Ich wollte dich nicht anschnauzen."

Sie stand auf. „Es ist okay." Sie ging zum Rand der Veranda hinüber, legte ihre Hände auf das Geländer und blickte zum Fluss in der Ferne. „Weißt du", sagte sie, als er ihr nicht antwortete oder etwas anderes sagte – da er zu beschäftigt damit war, sie anzusehen, „ich habe kein Recht, dir diese Fragen zu stellen, aber ich habe dir bereits gesagt, warum ich es tue." Sie drehte sich zu ihm um, lehnte sich mit dem Rücken an das Geländer und legte die Hände hinter sich.

Er trat auf sie zu, unfähig, sich selbst zurückzuhalten. „Willst du wissen, worüber ich nachgedacht habe?" Er nahm eine Strähne ihres Haares von ihrer Schulter und rieb die seidene Strähne zwischen seinen Fingerspitzen. „Ich versuche, mir auszureden, dass ich dich küssen will."

„Oh." Kaum hörbar entwich das Wort ihren Lippen.

Er trat näher. „Ja, du hast gefragt und das ist die Antwort. Du machst mich verrückt." Er lehnte sich nach vorn und zögerte, kurz bevor seine Lippen auf ihre trafen. „Ich denke die ganze Zeit daran", murmelte er.

„Ich auch", flüsterte sie. „Aber... Morgan, ich kann nicht anders. Ich will mehr als das, worauf wir uns geeinigt haben. Ich möchte dich besser kennen lernen. Ich muss gestehen, dass ich gerne Zeit mit deiner Familie verbringe. Deine Schwägerinnen sind wunderbar und Caroline ist so lustig, wir haben viel Spaß zusammen. Und all diese Leute glauben wirklich, dass wir aus Liebe geheiratet haben. Sogar Caroline glaubt, dass du mich geheiratet hast, weil wir uns verliebt haben, nachdem du mich gerettet hast. Ich weiß, es ist lächerlich, aber ehrlich gesagt – ich sollte das nicht sagen, weil es unangebracht ist – aber ich wünschte, du hättest dich vielleicht in mich verliebt."

Ihre Worte verblüfften ihn. Sein Bauch verkrampfte sich und er legte eine Hand an ihre Wange. Er hatte die seltsamste Sehnsucht danach, dass es ihm wirklich so ergehen mochte. *Was geschah gerade?* „Warum denkst du oder willst du das?"

„Nun, du bist gutaussehend – ja, das gebe ich zu. Aber ich mag deine Stärke. Ich mag deine Hingabe. Und ja, vielleicht ist das belanglos, aber obwohl ich dich nie kennengelernt habe, habe ich doch deine Stärke bei der Arbeit gesehen. Und die Hingabe, die du an den Tag legst – die bewundere ich. Aber ich habe dich auch mit Mrs. Beasley gesehen. Du hast sie nie schlecht behandelt, du warst so nett zu ihr. Du trittst Frauen gegenüber immer respektvoll auf. In der heutigen Zeit ist das wichtig. Vielleicht habe ich deshalb für dich geschwärmt. Ich habe in Büros gearbeitet, in denen das nicht so war. Und das Wissen darum, dass du deine Frau verloren hast, hat dafür gesorgt, dass ich dazu beitragen wollte, dass du wieder glücklich wirst. Erst nachdem du mich gerettet hast und ich Zeit mit dir verbracht habe, habe ich erkannt, was für ein großartiger Mann du bist. Und heute bist du so nett zu dieser Hündin gewesen und, naja, ich glaube, meine Schwärmerei hat sich noch etwas verfestigt. Du bist ein guter Kerl, Morgan."

„Und was denkst du im Moment über meine Taten?" fragte er und ließ nicht zu, dass der Gedanke an Shannon den Augenblick verdarb.

„Ich kann an nichts anderes denken als daran, dass

wir nicht länger in deinem Büro sind. Und ich würde mich freuen, wenn du mich erneut küssen würdest."

* * *

Amber konnte nicht glauben, dass sie ihn gerade gebeten hatte, sie zu küssen. Aber sie hatte sich daran erinnert, dass sie nur einen Versuch hatte und wollte das Beste daraus machen. Und jetzt, als er ihr in die Augen starrte, begann ihr Puls verrückt zu spielen und ihre Knie wurden schwach.

Und dann senkte er seinen Kopf und küsste sie. Seine Arme umschlangen sie und er zog sie an sich. Sie war verloren in einem Wirbel aus Emotionen, die ihr ebenso den Atem raubten wie das Gefühl seiner Lippen auf ihren. Sie steckte in Schwierigkeiten, das ließ sich nicht leugnen.

Als er sich schließlich zurückzog, war sie atemlos und nervös und stand völlig neben sich. *Was war nur in sie gefahren? Was hatte sie sich dabei gedacht?* Morgan war weitaus erfahrener als jeder andere, den sie zuvor geküsst hatte. Hatte sie sich womöglich gerade von einer Art Klippe gestürzt und sich in große Gefahr gebracht, weil sie sich selbst mehr zumutete, als sie verkraften konnte? Sie starrte in seine Augen und wusste, dass er wahrscheinlich bis in ihr Innerstes blicken konnte. Sie fühlte sich kindisch und verletzlich und fragte sich, was er wohl denken mochte. Er starrte sie an, ohne zu blinzeln, so als ob auch er fassungslos wäre.

„Ich glaube, wir betreten womöglich ein Gebiet, das keiner von uns betreten sollte", sagte er langsam, wich aber nicht zurück. Er hielt sie weiterhin locker fest, so als ob er sie nicht loslassen wollte.

Aber sie wusste, dass er sie loslassen würde. Sie konnte es in seinen Augen lesen. Und sie wusste nicht, warum sie dachte, dass sie ihn gut kannte... denn das tat sie nicht. Sie holte tief Luft. „Ich habe keine Angst." *Warum hatte sie das gesagt, fragte sie sich selbst.* Angst? Sie machte sich beinahe in die Hose. Sie war so lange allein gewesen. Sie erkannte, wie wundervoll es wäre, zu dieser Familie zu gehören, die er so nachlässig zu behandeln schien. Sie fragte sich, warum er dieses Haus gebaut hatte und dann nie hierherkam.

„Ich mag es nicht, wenn man mit mir spielt, Amber. Ich fühle mich übermäßig zu dir hingezogen. Du wirst eines Tages einem Mann eine wunderbare Ehefrau sein. Er wird stolz auf dich sein – stolz auf all die Dinge, die du tust und zu denen du fähig bist. Und du wirst eine wunderbare Familie haben. Ich habe keinen Zweifel, dass du Erfolg haben wirst, bei allem, was du erreichen möchtest. Aber hier, in diesem Moment weiß ich nicht, was ich dir noch anbieten kann. Aber ich werde diese Ehe nach den drei Monaten nicht fortsetzen."

Er warnte sie. Er warnte sie und riet ihr, sich zurückzuziehen. Sagte ihr, dass sie das hier vorantreiben könnten – dass sie diese Ehe ergründen könnten, aber er warnte sie, dass es mehr nicht geben würde. Und das war genau die Art Mann, die er nun einmal war. Das war es, was sie ihm schon vorher zu sagen versucht hatte. Deshalb hatte sie so stark für ihn geschwärmt, eine Schwärmerei, die inzwischen zu mehr geworden war.

Sie richtete sich auf, trat zur Seite und er ließ sie gehen. „Ich glaube, es ist an der Zeit, ins Bett zu gehen. Gute Nacht, Morgan." Dann drehte sie sich um und ging nach drinnen. Sie sagte sich, dass sie seine Warnung ernst nehmen sollte.

Aber sie glaubte nicht, dass sie das konnte.

KAPITEL SECHZEHN

Er schlief nicht gut und als er aufwachte, hatte er zu nichts Lust. Er stand früh auf, verließ das Haus und fuhr zum Stall. *Wie lange war es her, dass er früh morgens einen Ausritt unternommen hatte?* Das hatte er in seiner Jugend immer getan. Wenn er frustriert gewesen war, hatte Reiten immer geholfen. Er konnte sich nicht daran erinnern, wann er das zuletzt getan hatte, er konnte sich nicht daran erinnern, wann er das letzte Mal tatsächlich so aufgeregt gewesen war, dass er auf ein Pferd steigen musste.

Geschäft war Geschäft, er verlor nur sehr selten die Beherrschung oder ärgerte sich über geschäftliche Dinge. Er war diplomatisch in seinen Geschäftsbeziehungen. Er ließ sich nicht von seinen Emotionen leiten. Er konnte von jedem Resort, auf das er ein Gebot abgab, auch wieder ablassen. Aber sobald er es in seinem Portfolio hatte, wurde es Teil des McCoy-Franchise und er ließ es nicht mehr los. Wenn jemand im Geschäftsleben seinen Emotionen das Sagen überließ, wenn es darum ging, ob er eine Immobilie kaufte oder verkaufte, dann war das sein Untergang und so etwas tat er nicht.

Das hier war anders. Es ging nicht ums Geschäft, es ging mal wieder um seinen Großvater. Dieser hatte ihn in eine Situation gebracht, die ihm nicht gefiel. Am vergangenen Abend hatte er mehr als alles andere gewollt, seine Frau noch länger zu küssen und besser kennenzulernen.

Er wollte sich ihr gegenüber öffnen, er wollte sie dazu bringen, sich ihm zu öffnen. Er wollte über ihren Hintergrund Bescheid wissen. Er wollte alles über Amber wissen und das war eine Situation, in der er sich noch nie zuvor befunden hatte, nicht einmal mit Shannon. Er wusste nun, dass das mit Shannon oberflächlich gewesen war und keine Liebe. Jetzt waren mehr als nur seine Hormone im Spiel, auch seine Gefühle waren es, aber er lief Gefahr, sie zu verletzen und das würde er nicht tun. Also würde er sie gehen lassen und lächeln oder ihr sein Wohlwollen vermitteln. Er war nicht zur Ruhe gekommen, seit sie gegangen war, weder in der vergangenen Nacht noch heute früh.

Die Ställe waren nur schwach beleuchtet – die Cowboys standen zwar früh auf, aber um fünf Uhr morgens war es noch relativ leer. Er holte den großen Rappwallach innerhalb weniger Minuten aus dem Stall und sattelte ihn. Als der Hahn irgendwo in der Ferne krähte, ritt er gerade aus dem Stall auf das offene Land zu. Und es fühlte sich gut an.

Eine weitere Erinnerung an Dinge, die er zurückgelassen hatte, Dinge, von denen er sich nicht hierher zurück aufs Land hatte ziehen lassen. Auch das hatte er seinem Großvater zu verdanken. Aber er dachte nicht an seinen Großvater, er dachte an Amber. Und daran, was er tun würde, um all die Wochen zu überstehen, die vor ihnen lagen. *Er würde sie nicht noch einmal küssen.*

Nachdem er eine Weile geritten war, hielt er auf einem Hügel an, legte seinen Arm auf das Sattelhorn und beobachtete den Sonnenaufgang am Horizont. Der Morgen erwachte mit einem rosaroten Hauch der Sonne und legte sanftes blaues und rosafarbenes Morgenlicht über die Weiden und weckte das Vieh, das über das Land verteilt war. Die Tiere bewegten sich langsam, als sie erwachten. Das hatte er vermisst. *Er würde fortan nicht mehr so lange wegbleiben.* Diese Erkenntnis brannte in ihm und sein Magen verknotete sich.

Er hatte seinen Großvater geliebt, aber ihre Sturheit und Entschlossenheit, immer recht zu haben, hatte einen unüberwindbaren Graben zwischen ihnen geschaffen. Als er dort saß und die Sonne aufgehen sah, fraß ihm die Trauer, die er nie vollständig zugelassen hatte, ein Loch in die Eingeweide. Reue, Wut und Gewissensbisse vermischten sich miteinander. Er ließ den Kopf hängen und ließ zum ersten Mal in all den Monaten seit der Beerdigung seines Großvaters zu, dass er sich diesen Gefühlen hingab.

Was für eine Verschwendung die letzten Jahre zwischen ihnen doch gewesen waren.

* * *

Zwei Tage nach dem Kuss, der noch immer wie ein unsichtbarer Elefant zwischen ihnen stand, holten sie die Hunde ab. Die Welpen waren bezaubernd. Sie schienen in den wenigen Tagen, in denen sie sie nicht gesehen hatten, gewachsen zu sein und Amber verlor ihr Herz an sie, als sie ihnen dabei zusah, wie sie sich auf dem Rücksitz an ihre Mutter schmiegten. Ash hatte gesagt, dass es ihnen gut ging und dass ihre Mutter wieder gesund werden würde. Ihrem Bein ging es bereits besser und er glaubte, dass sie bald ohne zu humpeln herumlaufen würde.

Es hatte sich niemand gemeldet, der nach einem vermissten Hund suchte und sie hoffte, dass, falls jemand nach Goldie, wie sie den rotgoldenen Hund nannte, suchen würde, er bald auftauchen würde. Wenn nicht, würde sie in Schwierigkeiten geraten, da es bereits um ihr Herz geschehen war, als sie zu Hause ankamen.

Sie und Morgan gingen sehr vorsichtig miteinander um. Als sie heute aufgewacht war, war er nicht zu Hause gewesen. Sie war in der Küche gewesen, als er etwas zerzaust aussehend hereingekommen war, so als wäre er über die Weiden geritten und wäre mehrmals mit den Händen durch sein Haar gefahren. Sie fragte sich unwillkürlich, ob er überhaupt geschlafen hatte. Aber der Gedanke daran, dass er womöglich wach gewesen war und daran gedacht hatte, sie erneut zu küssen, war wohl Wunschdenken ihrerseits.

Grundgütiger, wie alt war sie bitte? Sie waren beide erwachsen und das hier war lächerlich, vor allem, wenn man bedachte, dass sie den Großteil der Nacht wach gelegen und über den Kuss nachgedacht hatte, wobei sie sich wiederholt gerügt hatte, dass sie ihn zu etwas gedrängt hatte, das wahrscheinlich nie geschehen würde.

„Ich habe in der Waschküche ein Lager für sie vorbereitet. Ich meine, wir werden sie doch noch nicht nach draußen bringen, oder?", fragte sie, als sie mit den Hunden nach Hause kamen.

„Nein, sie bleiben erstmal drinnen. Die Welpen müssen kräftiger werden und die Hündin muss nicht unbedingt nach draußen. Es sind keine Haushunde, sie müssen rennen und toben, aber solange sie hier sind, sollen sie es gemütlich haben. Wenn niemand kommt und Anspruch auf Goldie erhebt, wie du sie nennst, dann müssen wir ein Zuhause für sie finden. So sehr ich sie auch mag, ich bin nicht oft genug hier. Aber vielleicht würden Wade und Allie einen Hund wollen. Ich würde sie gerne sehen, wenn ich nach Hause komme."

„Und ich hätte gern Gewissheit, dass sie einen guten Platz gefunden haben. Allie und Wade wären wunderbar, ich hoffe, das klappt. Ich würde gern wissen, wie es ihr geht und in diesem Fall könnte ich anrufen und nach ihr fragen, falls sie einverstanden sind, sie zu nehmen. Wir werden sie überreden."

Sie glaubte nicht, dass Allie die Welpen abweisen würde, sie wusste, dass Allie sich genauso in sie verlieben würde, wie sie es getan hatte. Sie hielt zwei von ihnen an sich gekuschelt und er legte ihr auch die anderen beiden in die Arme, dann hob er Goldie aus dem Pick-up und setzte sie sanft auf den Boden, damit sie ihr Bein belasten und dann neben ihnen herlaufen konnte. Sie dachte, dass auch er sich freuen würde, wenn er wüsste, wo sie waren.

„Wir werden sie beide unter Druck setzen. Sie werden sie nehmen – da bin ich mir sicher. Sie ist eine süße Hündin.“

„Danke. Lass sie uns nach drinnen bringen.“ Sie betrat das Haus und er ging langsam neben der Hündin her und folgte ihr. Sie legten die Welpen in einen Korb, den sie für sie vorbereitet hatten. Er ergab ein großes, bequemes Lager, das sie im Futterladen gekauft hatten. Sie freute sich, als Goldie sich auf dem Bett zusammenrollte und ihre Welpen sich an sie kuschelten.

Sie schaute zu Morgan auf. „Ich bin so froh, dass wir an diesem Tag reiten gegangen sind. Ich hasse es, daran zu denken, was passiert wäre, wenn wir sie nicht gefunden hätten. Ich glaube nicht, dass sie es geschafft hätten. Es ist ein Wunder, was ein bisschen Flüssigkeit und Futter bewirkt haben, aber bei der Hitze und dem Mangel an Wasser hätte sie es nicht geschafft.“

„Nein, das hätte sie nicht, also hatten wir genau das richtige Timing, nicht wahr?

Die Art und Weise, wie er das sagte, verringerte die Spannung zwischen ihnen. „Ja, das hatten wir. Wir haben es gut gemacht.“

Er lächelte. In ihrem Bauch wirbelten Schmetterlinge durcheinander, was nicht gut war. Das durfte nicht geschehen, sie musste diese Schmetterlinge unter Kontrolle und zurück in ihren Käfig bringen, denn, naja, sie befand sich auf einer Einbahnstraße zu einem gebrochenen Herzen, wenn sie diesen Unsinn fortführen würde.

„Ich glaube, ich werde Allie und Ginny anrufen und fragen, ob sie mit mir zu Mittag essen und shoppen gehen wollen. Ich habe nicht genügend Kleidung dabei. Ich habe erst gestern gewaschen, aber ich bin es irgendwie leid, immer dasselbe zu tragen."

„Ich denke, das ist eine großartige Idee. Ich muss sowieso ein paar Anrufe erledigen und werde wahrscheinlich zu Todd gehen. Er wollte mir auf dem Weingut ein paar Dinge zeigen und mich um Rat fragen."

„Klingt doch nach einem Plan. Okay, dann rufe ich die beiden jetzt an. Wir sehen uns später." Sie drehte sich um und ging die Treppe hinauf in ihr Zimmer, wo sie ihr Telefon in die Hand nahm. Sie rief rasch Allie an und sie machten Pläne, sich am Nachmittag zu treffen und shoppen zu gehen. Vielleicht sollte sie jeden Tag shoppen gehen, sie musste unbedingt etwas finden, um sich von Morgan fernzuhalten.

Zumindest bis sie diese verrückten Gefühle unter

Kontrolle gebracht hatte, die sie verspürte. Wenn ihr das nicht gelänge, würde sie Morgan in den Wahnsinn treiben und er würde sich von ihr scheiden lassen und alles verlieren. Das konnte sie nicht zulassen. Sie fühlte sich verantwortlich. Es war lächerlich. Aber sie würde damit umgehen können, besonders mit der Unterstützung ihrer neuen Freundinnen. Mit ihnen konnte sie reden. Aus diesem Grund hatte sie Caroline nicht angerufen. Was würde Caroline denken, wenn sie die Wahrheit erfuhr? Sie hasste es, darüber nachzudenken. Caroline war unberechenbar und würde wahrscheinlich dafür sorgen, dass sie es nicht durchziehen konnte. Entweder das oder sie könnte Morgan wehtun, wenn sie die Wahrheit erfuhr. Wie auch immer, sie konnte jetzt nicht mit ihr reden, also war es das Beste, Zeit mit Allie und Ginny zu verbringen.

* * *

Morgan starrte seinen Bruder an, als sie durch die Weinberge gingen. Er war nicht mehr hier gewesen, seit er vor einem Monat anlässlich eines Fests hergekommen war. Als Kinder waren sie durch diese Weinberge gelaufen und hatten dabei Verfolgungsjagden veranstaltet, ähnlich wie andere Kinder auf Maisfeldern Verstecken spielten. Wenn sie nicht durch den Weinberg rannten, ritten sie über die Weiden auf der Ranch. Ihr Großvater hatte dafür gesorgt, dass sie eine großartige Kindheit hatten und obwohl sie ihre Eltern verloren hatten, waren sie in einer großartigen Umgebung aufgewachsen. Morgan hatte immer gewusst, dass sein Großvater ihn liebte und auf seine eigene Art und Weise hatte auch er seinen Großvater geliebt. Aber sie waren sich einfach nicht einig geworden, was das Geschäft betraf.

„Du machst einen tollen Job, Todd. Warum brauchst du meinen Rat?"

Todd legte seine Hände auf die Hüften und bedachte ihn mit einem durchdringenden Blick. „Ich bitte dich nicht um deinen Rat. Ich möchte dir eigentlich einen Rat geben. Ich möchte dir sagen, dass du es gut sein lassen solltest."

Morgan runzelte die Stirn. „Was gut sein lassen?"

„Den Ärger, die Wut, die Reue – alles, was in dir steckt, was in all den Jahren zwischen dir und Großvater gebrodelt hat. Lass es los. Großvater war ein toller Kerl. Du weißt, dass er uns aufgezogen hat. Dass wir durch die Freiheit, über die Weiden zu reiten und über die Felder zu rennen zu den Männern wurden, die wir heute sind. Er hatte seine eigene Art und er hat versucht, uns auf die Bahn zu lenken, auf der er uns haben wollte. Aber mir ist klar geworden, wie sehr er uns geliebt hat und so seltsam sein Testament auch ist, es war seine letzte Möglichkeit, uns die Hand zu reichen und zu versuchen, uns eine letzte Chance zu geben, von der er dachte, dass sie uns glücklich machen würde. Und, Morgan, er hatte recht. Und ich weiß nicht, ob du dem zustimmen kannst, weil ihr beide eine eher streitsüchtige Beziehung gehabt habt. Ich kann dir allerdings allein schon wegen Ginny versichern, dass ich Großvater sehr dankbar bin, dass er mir diese Chance aufs Glück gegeben hat."

Morgan starrte seinen Bruder an. *Warum dachte jeder, er müsse über seinen Großvater sprechen? Dass er einen Groll gegen seinen Großvater hegte?* Er konnte sogar bei Amber spüren, dass sie dachte, er müsse mit etwas Frieden schließen. Vielleicht hatte sie es nicht direkt gesagt, aber er konnte es fühlen.

„Hör zu, Todd, du weißt, dass ich Wade immer irgendwie beneidet habe, dass er und Großvater so gut miteinander ausgekommen sind, weil sie sich so ähnlich waren. Wade ist entspannter als wir – er weiß, was er will. Von uns allen war er am zufriedensten und doch war er zu beschäftigt und hatte noch keine Frau gefunden. Und dann ging Großvater hin und tat, was er tat. Wenn Wade Allie nicht gefunden hätte, hätte er alles verloren, wofür er gearbeitet hat. Ich empfinde das nicht als eine gute Sache, die Großvater getan hat. Ja, ich bin froh, dass du und Wade glücklich seid und dass ihr die Liebe eures Lebens gefunden habt, aber glaube ich, dass Großvater nett war, als er das tat oder dass er das Richtige tat? Nein, auf keinen Fall. Er hat uns ein letztes Mal kontrolliert. Es hat für euch einfach nur funktioniert.

Also verzeih mir, wenn ich nicht mit allem einverstanden bin, was du sagst. Ja, ich ärgere mich immer noch über Großvater, aber ich will nicht auf der Couch sitzen und darüber reden. Ich komme darüber hinweg. Und mir und Amber geht es gut. Unsere Vereinbarung wird funktionieren, also ist hier kein Dank an Großvater angebracht, ich werde das behalten, wofür er und ich so hart gearbeitet haben. Ich verstehe es nicht. Ich verstehe nicht, was er getan hat. Und ich will diese Unterhaltung auch nicht weiterführen."

Todd fuhr sich mit einer Hand durchs Haar und schlug sich dann seinen verbeulten Strohhut gegen den Oberschenkel. „Ich werde es nicht wieder erwähnen. Ich hatte nur das Gefühl, dass ich meine Meinung sagen sollte. Amber ist großartig. Ich bin froh, dass ihr euch versteht und ich hoffe, dass es am Ende bei euch klappt. Was auch immer ihr darunter versteht – ob ihr nun getrennter Wege geht oder nicht – ich habe nur gedacht, dass ich dir sagen sollte, wie ich mich fühle. Ich war genauso wütend wie du – oder fast genauso sehr – als ich an der Reihe war. Ich möchte nur, dass du dich entspannst und froh bist, dass du hier bist und deine Zeit hier genießt. Und ich möchte dich bei einigen Dingen um Rat fragen.“

„Welchen?“

„Ich denke darüber nach, das Weingut um einen Gasthof zu erweitern – eine Art Ferienresort. Und ich hätte gerne deine Gedanken dazu gehört, denn das ist dein Fachgebiet. Wade und ich und Ginny und Allie haben ein wenig darüber diskutiert. Wir haben hier dieses wunderschöne Land, auf dem wir aufgewachsen sind und das wir unser ganzes Leben lang genießen konnten – naja, Ginny und Allie fangen erst an, es zu genießen – und eines Tages werden wir alle Kinder haben. Und na ja, eines Abends haben wir um die Feuerstelle herumgesessen und darüber diskutiert und gedacht, dass wir dich um deine Meinung bitten sollten.“

Morgan war, gelinde gesagt, schockiert. „Ein Resort? Du meinst wohl eher eine Art Bed-and-Breakfast in größerem Maßstab – ein paar Zimmer? Kein Resort oder Hotel, denn das halte ich für keine gute Idee. Denk an all das Land, das dafür benötigt würde. Es würde den Charme verderben.“

„Ja, ein Bed-and-Breakfast wäre cool. Vielleicht eine Villa – zehn Zimmer vielleicht?“

„Reden wir über Flitterwochen-Suiten oder Wochenendausflügler oder Kinder? Das solltest du zuerst entscheiden. Alleinstehende Wochenendausflügler werden ihre Zeit nicht damit verbringen wollen, wilden Kindern zuzuhören, wie sie nebenan herumhüpfen. Ich sage nicht, dass ich etwas gegen Kinder habe oder dass sie etwas gegen Kinder haben, aber ich sage nur, dass man das bedenken sollte. Auf so kleinem Raum wie hier, denke ich."

„Aber du denkst, das es möglich wäre und eine gute Idee?"

Morgan atmete tief durch und drehte einmal um sich selbst, als er das riesige Gelände begutachtete. Das Weingut umfasste zweieinhalb Hektar, in der Nähe besaßen sie weiteres Land. Sie hatten genug. Das Grundstück war groß genug, um eine Menge Trauben zu ernten und sich immer noch gemütlich anzufühlen. „An welchen Standort denkst du?"

„Wir haben darüber nachgedacht, in Flussnähe zu bauen. Wie würden einen zusätzlichen visuellen Höhepunkt schaffen – von der hinteren Terrasse würde man auf den Fluss schauen und nach vorn hätte man einen Blick auf die Weinberge. Wir könnten das Gebäude so bauen, dass es private Balkone gäbe und man sich aussuchen könnte, welche Aussicht man bevorzugt. Wir haben darüber nachgedacht, sowohl auf dem Weingut, als auch auf der Ranch zu bauen – auf der Ranch könnten wir Familien unterbringen, die so trotzdem Zugang zum Weingut hätten. Wir könnten jemanden organisieren, der sie hinüberfährt und Führungen veranstaltet, man könnte beim Ernten der

Trauben helfen oder Ausflüge machen oder ein romantisches Abendessen bei Kerzenlicht genießen. Es wäre ein ziemlich großes Unterfangen, aber ich denke – oder vielmehr wir haben uns gedacht – dass es eine gute Idee wäre."

„Mir gefällt es. Ich glaube, du hast recht. Ich kann es mal überschlagen, Amber kann mir dabei helfen – wahrscheinlich können wir im Laufe der Woche etwas für euch ausarbeiten. Vielleicht könnten wir uns dann alle zusammensetzen und es besprechen. Ich denke, wir sollten uns darüber im Klaren sein, was man aufgeben würde, wenn man das tut. Denn das müsste man… du bräuchtest jemanden, der das Geschäft leitet. Das könnte für Kopfschmerzen sorgen. Aber, ja, ich denke, es wäre großartig. Wir haben die Ressourcen, um eine Menge Leute einzustellen – jemanden, der das alles verwaltet, jemanden, der es leitet. Also, ja, ich denke ich wäre dabei. Ich werde die Zahlen durchgehen und mich dann bei dir melden."

Todd grinste. „Gut. Ich weiß nicht – ich glaube irgendwie, dass Großvater glücklich darüber wäre. Er wollte Urenkel. Verstehst du das, Morgan? Ich glaube, er hat erkannt, dass all das hier jemanden erfordert, der es fortführt, der es genießt – nicht nur hier arbeitet, sondern hier lebt und es liebt. Ich glaube, er hat an unsere Kindheit gedacht und die Zeit vermisst – den Klang unserer Stimmen, wenn wir die Weinberge rauf und runter gerannt sind... unser Lachen... unseren Spaß. Ich glaube, ihm hat das gefehlt."

Morgan war sich nicht sicher, was er von diesem Gespräch halten sollte. Er vermisste die Art und Weise, wie es gewesen war, als er aufgewachsen war und er und sein Großvater sich besser zu verstehen schienen. „Vielleicht hast du recht. Aber er hatte trotzdem nicht das Recht, uns dazu zu zwingen."

Todd zuckte mit den Schultern. „Vielleicht nicht, aber was getan ist, ist getan und man muss eben akzeptieren, was man hat und damit arbeiten. Und das ist es eben, was wir haben – was du hast. Jetzt lass es los und lass der Sache ihren Lauf. Finde deinen Weg – ich bin gespannt, was die Zahlen zeigen."

Als Morgan zum Haus zurückkehrte, wusste er, dass er lange vor Amber wieder da wäre. Sie würde den ganzen Abend shoppen sein – zumindest nahm er an, dass sie das tun würde. Als er nach Hause kam, schloss er sich in seinem Büro ein und begann, an den Zahlen zu arbeiten. Er hatte niemals in Betracht gezogen, dass Gäste auf das Grundstück kommen würden. Keine Übernachtungsgäste. Aber er war in der Resort- und Hotelbranche tätig und sah die Möglichkeiten.

Was er allerdings nicht sehen konnte, war, wie es ihm gelingen sollte, die Gefühle in seinem Inneren loszulassen.

KAPITEL SIEBZEHN

Penny rief am nächsten Tag an, während Morgan und Amber die Zahlen für das Weingutprojekt zusammentrugen und beide so taten, als sei alles wieder normal. Morgan nahm den Anruf entgegen.

„Morgan, hier ist Penny. Ich habe den Hochzeitsempfang schon vorbereitet. Ich habe die Einladungen bestellt und sie gehen an alle Freunde und Familienmitglieder in der Umgebung. Es wird eine Party sein, wie wir sie für deine Brüder veranstaltet haben, nur eine kleine Veranstaltung, die wir für euch feiern werden. Wir werden es übernächste Woche machen. Wie klingt das?"

Morgan verstand Penny, sie war jemand, den man ernst nehmen musste und dass diese Frau innerhalb von zwei Wochen einen Empfang mit geladenen Gästen organisieren würde – nun, dazu würde er nicht

Nein sagen. Außerdem wollte er ihn hinter sich bringen, ihn hinter sich haben. Alle an der Nase herumzuführen, mit denen er aufgewachsen war und die er kannte, kam ihm nicht gerade entgegen. Sowohl Todd als auch Wade hatten ihm gesagt, dass auch sie diesen Teil nicht genossen hatten, aber für sie hatte es schließlich auch alles geklappt. Und sie hatten ihre Freunde nicht angelogen.

Morgan wusste, dass es bei ihm nicht so sein würde. Er hoffte nur, dass sie nie hinter den lächerlichen Grund kamen, aus dem er und Amber geheiratet hatten.

Er legte auf, nachdem sie alles besprochen hatten. Er hatte allem zugestimmt, was Penny gesagt hatte, um die alte Frau glücklich zu machen – nicht, dass eine Ablehnung seinerseits einen Unterschied gemacht hätte. Er lachte, als er auflegte. Er mochte Penny, er kannte sie schon lange und das war eben einfach ihre Art. Er wusste auch, dass sie seinen Großvater und seine Großmutter angebetet hatte und dasselbe für Talbert empfand. Sie waren als Kinder zusammen aufgewachsen und obwohl sie nicht blutsverwandt waren, fühlte es sich so an.

Amber beobachtete ihn, als er auflegte. Ihre Lippen waren leicht verzogen und als er sie ansah, lächelte er. Sie trug eine hübsche, weiche, salbeifarbene Bluse, die ihre Augen zum Tanzen und ihre weiblichen Kurven zur Geltung brachte. Obwohl er versuchte, das alles nicht zu bemerken, wurde es jeden Tag schwieriger. Und sie roch wirklich gut, das hatte er bemerkt, als sie sich vorhin vorbeugt hatte, um ihm einige Zahlen zu zeigen. Sie lenkte ihn ab. Er dachte daran, dass er sie lieber irgendwohin bringen würde um ihr etwas zu zeigen, als den ganzen Tag hier mit ihr im Büro zu sitzen. *Er war dabei, den Verstand zu verlieren.*

„Wer auch immer das war, es klang, als hätte er Pläne gemacht."

„Oh, ja, es war Penny. Ob wir wollen oder nicht, in zwei Wochen gibt es einen Hochzeitsempfang. Ist das okay für dich? Aber ich muss dich warnen, ob es das ist oder nicht, es ist beschlossene Sache. Penny ist wie ein Tornado: wenn sie sich etwas in den Kopf gesetzt hat, dann reißt sie alles mit sich, bis sie erreicht hat, was sie will."

„Nun, ich kann nirgendwo anders hin, nichts anderes tun. Ich bin in der Zeit hier, also ist das für mich in Ordnung. Ich glaube, es wird sogar ganz lustig werden. Außerdem langweile ich mich dann nicht."

„Du langweilst dich also? Warst du nicht gestern den ganzen Tag oder zumindest den ganzen Nachmittag shoppen?"

„Habe ich dir nie gesagt, dass Shoppen nicht gerade meine Lieblingsbeschäftigung ist? Ich bin shoppen gegangen, weil ich ein paar Kleider brauchte. Aber ich habe es auch genossen, das Land zu sehen. Das Hill Country ist wunderschön und Fredericksburg ist interessant. Wir haben in einem kleinen deutschen Restaurant gegessen und ich hatte wirklich gutes Essen. Und ich habe einige wirklich süße Klamotten gefunden – es sind ein paar einzigartige Stücke darunter. Ich weiß nicht, ob dir die Jeans aufgefallen ist, die ich anhabe – sie hat unten einen handgefertigten Saum. Handgenäht. Und siehst du die kleine Blume am Rand da unten? Die ist auch handgenäht. So etwas findet man nicht überall, in Fredericksburg aber schon. Ich habe mir sogar ein Paar Schlaghosen mit Quasten am Saum besorgt.“

„Wirklich? Du siehst nicht aus wie ein Mädchen, das Quasten trägt.“

Sie lächelte und ihre Augen wurden etwas schmaler. „Nun, Morgan McCoy, du weißt nicht alles, was es über mich zu wissen gibt. Nur weil du mich aus dem Ozean gefischt hast, heißt das nicht, dass du alles weißt.“

Er verschränkte die Arme und betrachtete sie lächelnd. „Ich glaube, damit hast du wahrscheinlich recht, Mrs. McCoy. Vielleicht muss ich das ändern.

Wie wäre es, wenn du heute Abend diese Schlaghose mit Quasten am Saum, wie du sie genannt hast, anziehst und ich dich ausführe?" *Er hatte definitiv den Verstand verloren.*

„Ernsthaft?" Sie schien unsicher, aber aufgeregt zu sein.

„Ja, wir könnten überall hinfahren. Aber lass uns nach Gruene fahren."

„Gruene? Du meinst Gruene, das kleine Städtchen..."

„Ja, Gruene, das kleine Städtchen mit dem ältesten Tanzsaal in ganz Texas. Wir werden in der alten Getreidemühle zu Abend essen – ein einzigartiges Erlebnis – und dann gehen wir in den Tanzsaal und ich werde dich ein wenig herumwirbeln und vielleicht kannst du mich über ein paar der Dinge aufklären, die ich nicht über dich weiß. Wie zum Beispiel über diese Schlaghose mit den Quasten, nach der du so verrückt bist."

Ihre Augen leuchteten und funkelten und machten sein Herz leichter, wenn er sie nur ansah.

„Nun, ich denke, das ist ein Angebot, das ich nicht ablehnen kann. Ich habe noch nie im ältesten Tingeltangel in Texas getanzt. Oh, warte – es ist kein Tingeltangel. Es ist ein Tanzsaal, richtig?"

„Genau, ein Tanzsaal. Und es mag dich

überraschen, dass ich dort in meiner Jugend oft mit meinen Brüdern getanzt habe. Luckenbach liegt ganz in der Nähe, es ist berühmt für all die alten Größen, die dort herumhängen und du kennst sicher das Lied *Let's Go To Luckenbach, Texas*. Der Ort ist berühmt, liegt aber ein wenig abseits und ist wirklich nur ein kleines Nest. Deswegen fahren wir zum Tanzsaal in Gruene."

„Klingt toll – worauf warten wir noch? Wir wissen beide, dass die Zahlen für das Bed and Breakfast großartig sind. Dieser Ort ist wie geschaffen für Besucher."

„Du hast recht. Wir haben alles für meine Brüder fertig. Um ihnen den Tag zu versüßen. Jetzt lass uns unseren Tag versüßen. Mach dich fertig. Wir treffen uns in einer Stunde wieder hier unten. Ist das genug Zeit oder brauchst du zwei oder drei weitere?"

Sie lachte. „Eine Stunde ist in Ordnung, Kumpel."

„Dann beginnt die Zeit jetzt. Wir treffen uns in einer Stunde."

Sie wandte sich auf der Ferse um und raste auf die Tür zu. Sie schaute über ihre Schulter und zwinkerte ihm zu. „Das wird ein Spaß. Und stell dir vor – du musst mich nicht mal aus dem Wasser retten. Stattdessen musst du mich vielleicht auf der Tanzfläche retten. Ich habe nie gesagt, dass ich eine gute Tänzerin bin."

Er zwinkerte ihr zu. „Darum mach dir mal keine Sorgen, denn ob du es glaubst oder nicht, ich bin es. Auch wenn es schon lange her ist, dass ich den Two Step oder einen Walzer getanzt habe, glaube ich, dass ich mich daran erinnern werde, wie es geht."

„Dann sehen wir uns in fünfundvierzig Minuten." Und damit war sie weg.

Er starrte ihr hinterher, sein Puls raste und sein Herz klopfte etwas schneller. Ihm wurde klar, dass er die fünfundvierzig Minuten bis er Amber wiedersehen würde, kaum abwarten konnte. In ein paar Stunden würde er sie wieder in den Armen halten und über die Tanzfläche wirbeln. Ihm fiel auf, dass noch nie etwas so gut geklungen hatte.

* * *

Die Getreidemühle war hinreißend. Als sie ankamen, war es schon dunkel und in der kleinen Stadt Gruene – eine deutsche Schreibweise, wie sie glaubte – war viel los. Sie war auf jeden Fall eine Touristenattraktion. Überall gab es Läden und Leute standen herum. Aus einem hölzernen Gebäude, das so ziemlich das Kernstück der kleinen Stadt war, ertönte Musik. Sie kamen daran vorbei, als sie den hübschen breiten, von sanftem Licht beleuchteten Ziegelsteinweg entlanggingen, der bis zur Getreidemühle führte, die alt aussah und am Ufer des Flusses lag. Sie wurden begrüßt, als sie den Eingang des Gebäudes erreichten; sie wurden nach ihren Namen gefragt und man sagten ihnen, dass ihre Plätze in wenigen Augenblicken fertig sein würden und bat sie, im Hof zu warten, der sich auf der linken Seite befand.

Leute schwirrten umher, jemand saß auf einer kleinen Bühne, spielte Gitarre und sang. Leute standen oder saßen an Picknicktischen und genossen ein Glas Wein oder Wasser oder Limonade. Die Leute amüsierten sich einfach, plauderten und schienen nicht in Eile zu sein. Es war eine sehr entspannte Atmosphäre und sehr voll. Sie sah sich das Gebäude an. Es war hoch, mit freigelegten Ziegelsteinen und alten Holztüren, die nach innen führten, sie konnte auf der einen Seite des Außenbereichs eine Bar sehen und an der Seite einen Essbereich mit Picknicktischen.

„Was für ein interessanter Ort. Ich kann nicht glauben, dass ich noch nie hier war, obwohl ich, wie gesagt, meist in meiner eigenen kleinen Welt geblieben bin. Ich habe immer davon gehört, bin aber nie hierhergefahren."

„Es ist ein großartiger Ort. Es ist immer so viel los wie jetzt. Ich meine, im Winter wird es etwas weniger. Im Oktober ist es kühler, aber es ist eigentlich eine großartige Zeit, denn du kannst dir vorstellen, wie heiß es im Sommer hier draußen sein kann, wenn man wartet. Jetzt ist es sehr angenehm. Es werden mehr Einheimische kommen, wenn die Touristen weniger werden. Manchmal ist es ein Alptraum hier unten – es gibt nur begrenzt Platz, aber so viele Geschäfte – aber das schreckt die Leute nicht ab. Ich komme nicht mehr sehr oft hierher, aber ich habe gedacht, es würde dir gefallen. Man kann dort drüben an den Picknicktischen sitzen und im Gebäude gibt es unterschiedliche Sitzgelegenheiten – schöne Tische, ein paar lauschige Bereiche – aber manchmal wird es ziemlich voll. Ich habe um einen Tisch in der hinteren Ecke mit Blick auf den Fluss gebeten. Ich denke, er wird dir gefallen."

„Oh, du hast reserviert?"

„Ja, das habe ich. Im Moment wird nur noch einmal überprüft, ob alles bereit ist."

„Du hast dich ins Zeug gelegt, wie ich sehe, Mr. McCoy."

„Nun, ich hatte nicht vor, dich für einen Abend auszuführen und mich dann nicht ins Zeug zu legen. Ich möchte, dass du dich amüsierst. Vor allem, da du mich in alle Geheimnisse deiner Vergangenheit einweihen wirst und mir so ermöglichst, dich besser kennenzulernen."

Sie lachte. „Ich sehe, du hattest Hintergedanken."

„Vielleicht. Du faszinierst mich. Du bist eine Frau, die aus einer Laune heraus beschlossen hat, mich zu heiraten. Das allein ist schon überraschend. Und du bist nicht gierig – das merke ich – also, ja, ich bin neugierig."

Das gefiel ihr. Sie konnte kaum glauben, dass er tatsächlich neugierig auf sie war. Ihr Herz hatte bei dem Gedanken, dass er wirklich etwas über sie wissen wollte, schneller zu schlagen begonnen. Sie versuchte, nicht voreilig zu sein und den Abend einfach nur zu genießen. Und genau das hatte sie auch vor, es war einfach zu schön, um es nicht zu tun.

Die junge Dame kam zurück und brachte sie zu ihrem Platz. Sie schlängelten sich durch das Labyrinth von Tischen und verschiedenen Essbereichen. Ihr Tisch befand sich auf einer Terrasse mit Kerzenlicht und Hängepflanzen und Sträuchern, die ihnen etwas Abgeschiedenheit boten. Das Rauschen des Flusses unter ihnen trug dazu bei, den Klang der Gespräche ringsum zu dämpfen.

„Es ist schön hier. Vielleicht müssen wir noch mal hierherkommen. Ich könnte mich in diesen Ort verlieben."

„Das können wir."

Sie bestellten und hatten einen tollen Abend.

„Du sprichst nie über dich selbst. Erzähl mir von

deinen Eltern. Wo leben sie? Wissen sie, dass du mich geheiratet hast?"

Sie zögerte und sammelte ihre Gedanken. Sie hatte mit anderen über ihre Vergangenheit gesprochen, aber nur wenige wussten davon. Dennoch schien es so persönlich zu sein, mit ihm darüber zu sprechen. „Meine Eltern sind bei einem Autounfall gestorben, als ich in der siebten Klasse war."

Er legte seine Hand auf ihre. „Das tut mir sehr leid. Die ganze Zeit über hast du nichts gesagt und doch weißt du, wie es sich anfühlt, seine Eltern zu verlieren. Geht es dir gut? Wer hat sich um dich gekümmert?"

Sie versuchte zu lächeln, während sie sich darum bemühte, die Tränen zurückzuhalten. Sie wollte nicht emotional werden. „Meine Großtante", sagte sie heiser. Sie sammelte sich. „Leider war ich nicht mit einem Großvater gesegnet, der sich um mich gekümmert hat, so wie es dein Großvater für dich und deine Brüder getan hat. Meine Großtante war Geschäftsführerin eines großen Unternehmens in Dallas und hat nie geheiratet, weil sie sich für ihre Karriere entschieden hat. Sie hat mich fast sofort auf ein Internat geschickt und dort habe ich die nächsten fünf Jahre gelebt. Und dann war ich an der Universität."

„Das tut mir sehr leid. Bist du nie nach Hause

gefahren, zum Beispiel an den Feiertagen?"

„Nicht oft. Ich habe es ein paar Mal getan, aber sie war immer auf Reisen und es hat nie geklappt. Dadurch habe ich Mom und Dad und das Leben, wie es früher war, umso mehr vermisst. Also bin ich in der Schule geblieben und manchmal mit einer Freundin nach Hause gegangen. Aber ich habe gelernt, dankbar zu sein für die kurze Zeit, die ich mit ihnen hatte und für die Zeit, in der das Leben perfekt war und habe mich weiterentwickelt."

Er starrte sie an, die Wärme seiner Hand war so ungemein tröstlich. Zum ersten Mal seit langer Zeit sehnte sich ihr Herz nach ihren Eltern. Aber wenn sie ihn ansah, spürte sie eine kleine Hoffnung auf das, was die Zukunft bereithalten mochte.

Es war töricht, so töricht.

Als sie nach dem Essen das Gebäude verließen, war sie gerührt, als Morgan ihre Hand erneut in seine nahm.

Er lächelte. „Ich hoffe, es macht dir nichts aus."

Ihr Herz klopfte. „Nein, ganz und gar nicht. Schließlich kennst du jetzt alle meine Geheimnisse." Sie konnte nicht anders als ihn zu necken und es half ihr, dieses seltsame Gefühl zu verbergen, dass sie überkommen hatte, so als ob sie nicht in ihrem eigenen Körper steckte.

Sie schlenderten auf dem Ziegelsteinweg in Richtung Tanzsaal. Sie vernahm bereits die alte texanische Countrymusik, die aus aus dem Tanzsaal drang. Jemand spielte Mundharmonika, außerdem hörte sie Gitarren und jemand spielte Klavier. Die Leute standen im Gras und unter den riesigen Bäumen, die auf dem Hof wuchsen und von Scheinwerfern beleuchtet wurden, die in die massiven Baumzweige hinaufstrahlten. Alles in allem war es äußerst romantisch und trotz der vielen Menschen, die umherliefen, war es gemütlich. Sie hielten zusammen mit anderen am Rande der Tanzfläche inne und beobachteten die Tanzenden.

Sie entdeckte eine größere Bühne am einen Ende des Raumes und eine kleinere Bühne am anderen, auf der an diesem Abend die Band spielte. An einer Seite des Tanzsaals stand ein Billardtisch, an dem sich Leute beim Billardspiel amüsierten, während andere am Rande der Tanzfläche an den Tischen saßen und die Musik genossen.

„Diese Band ist nicht so berühmt wie einige der anderen. Garth Brooks hat auf der größeren Bühne dort hinten gespielt. Er war erst neulich hier und der ganze Hof war voll – es gab nur noch Stehplätze, soweit man sehen konnte. Stoney LaRue, George Straight – George Straight war schon oft hier – und natürlich

Willie Nelson – jeder möchte gern hier auftreten. Es ist wirklich etwas Besonderes, denn einige dieser Jungs können riesige Stadien füllen und trotzdem kommen sie hierher an diesen winzigen Ort und lieben es, hier zu spielen, weil Gruene Hall eben einfach Gruene Hall ist."

„Ich liebe es. Und ich bin nicht einmal eine großartige Tänzerin. Ich habe nie viel getanzt, aber ich kann es kaum erwarten, hineinzugehen und zu tanzen. Bist du sicher, dass du gut bist?"

Zu ihrer Überraschung legte er ihr einen Arm um die Schultern und zog sie an seine Seite. „Ich hoffe, dass ich mich an alles erinnern kann, denn ich möchte unbedingt gut mit dir tanzen. Ich möchte dich beeindrucken."

Morgan McCoy brauchte niemanden zu beeindrucken. Doch als sie zu ihm aufblickte, hatte sie fast das Gefühl, dass er meinte, was er sagte.

KAPITEL ACHTZEHN

organ wollte Amber küssen. Er hatte Amber schon den ganzen Abend küssen wollen. Den ganzen Tag über waren seine Gedanken um sie gekreist. Deshalb hatte er sie einfach fragen müssen, ob sie an diesem Abend hierherkommen wollte. Und als er sie nun im sanften Licht der Lichterketten in den Bäumen und im Schein des aus dem Tanzsaal kommenden Lichts ansah, da beugte er seinen Kopf und küsste sie beinahe, bevor er sich wieder zurückzog.

„Vielleicht sollten wir besser reingehen, sonst werde ich dich noch hier auf dem Bürgersteig küssen." Er hatte noch nie mit seinen Gedanken hinterm Berg gehalten. „Und wir beide wissen, dass das nicht gut wäre."

„Oder du küsst mich gleich hier."

Ihre kühnen Worte erschreckten ihn und sorgten dafür, dass sein Herz schneller zu schlagen begann. Das war nichts, an das er gewohnt war. Sie hatte ihn von Anfang an aus dem Gleichgewicht gebracht. Und daran hatte sich seitdem nichts geändert. „Das könnte ich tun, aber ich fürchte, wenn ich erst einmal anfange, dich zu küssen, dann könnte ich nicht mehr damit aufhören und das ist nicht gerade der Ort, an dem ich das tun möchte. Auch wenn es romantisch beleuchtet ist, ist es doch sehr öffentlich.“

„Dann lass uns reingehen und tanzen.“

Er nahm erneut ihre Hand und führte sie den Ziegelsteinweg hinunter und um die Ecke zur anderen Seite des Gebäudes, wo sich der Eingang befand. Als er dort ankam, nannte er seinen Namen; er hatte vorher angerufen und Vorkehrungen getroffen. Sie wurden angelächelt und zu einem Tisch gebracht, der sich links von den Musikern befand. Es war ein guter Tisch – er bot leichten Zugang zur Tanzfläche und war weit genug vorne, um die Musiker gut sehen zu können. In Wahrheit war es jedoch so, dass Gruene Hall nicht sehr groß war und egal, wo man saß, man hatte meist einen leichten Zugang zur Tanzfläche und einen guten Blick auf die Musiker. Er mochte diesen Tisch einfach, er erinnerte sich aus seiner Jugend an ihn, als er und seine Brüder sich um diesen Tisch versammelt und ihn als ihre Kommandozentrale benutzt hatten, als sie diesen Tanzsaal quasi eingenommen hatten und mit jedem hübschen Mädchen getanzt hatten, das sie hatten überzeugen können, mit ihnen zu tanzen. Daran hatte er seit Jahren nicht mehr gedacht. Sie waren jung und wild gewesen. Und sie hatten es geliebt, zu tanzen. Auf dieser Tanzfläche und auf vielen Tanzflächen in der ganzen Hill Country-Region hatten sie ihre Stiefel verschlissen. Das hatte er seit Jahren nicht mehr getan.

Oh, er hatte getanzt, aber er hatte in Country-Clubs und den Ballsälen von Resorts und bei Abendveranstaltungen getanzt. Aber dabei Jeans, Stiefel und ein Hemd zu tragen und sich völlig zu entspannen – nein, das hatte er tatsächlich schon lange nicht mehr getan.

Sie bestellten Gläser mit Wein und nippten daran, während sie dem Sänger lauschten, der ein Liebeslied zum Besten gab. Die Leute auf der Tanzfläche tanzten einen langsamen Two Step.

„Möchtest du tanzen?“

Sie lächelte ihn an und stand auf. „Ich dachte, du würdest nie fragen.“

Er lachte wieder, als er ihre Hand nahm und sie zum Tanzboden führte. Zu ihrer Überraschung drehte er sie und zog sie dann in seine Arme.

Sie keuchte: „Damit habe ich nicht gerechnet.“

Er grinste, dann atmete er ihren Duft ein und vergrub seine Nase gerade so weit in ihrem weichen Haar, dass er den Duft genießen konnte. „Ich hoffe, ich kann dich den ganzen Abend lang überraschen."

Sie legte ihren Arm um ihn. Ihm gefiel, wie er sich an seiner Taille anfühlte, er mochte die Art, wie sie zu ihm aufschaute und brachte seinen Mund näher an ihre Schläfe. Unfähig, etwas anderes zu tun, strich er mit seinen Lippen leicht über ihre Schläfe. Ihre Augen weiteten sich. „Ich hoffe, das macht dir nichts aus. Ich konnte nicht anders."

„Ich glaube, ich werde diesen Abend sehr genießen."

„Das tue ich bereits. Und weißt du was? Ich weiß nicht, ob du es bemerkt hast, aber du tanzt." Er hatte sie im Two Step geführt – zwei Schritte zur Seite, zwei Schritte zurück, Seite, zurück – und sie war ihm gefolgt, der Rhythmus der Musik machte es einem leicht.

„Das stimmt. Du bist ein guter Tänzer – du führst mich und ich habe es nicht einmal bemerkt."

„Du bist ein Naturtalent. Das war ich nicht – du bist einfach dem Takt gefolgt und das kommt dabei heraus: ein langsamer Two Step."

„Ich glaube", sie schaute zu ihm auf, „dass wir einfach irgendwie gut zusammenarbeiten."

Er starrte sie an. Sie arbeiteten gut zusammen. „Du hast recht. Aber vergiss nicht, dass wir jetzt nicht arbeiten – wir tanzen."

Sie lächelte und ihr entfuhr ein leises Lachen. „Das tun wir. Das tun wir."

* * *

Sie hatten eine herrliche Zeit beim Tanzen. Mehrere Male dachte sie, dass er sie küssen wollte, aber dann tat er es doch nicht. Obwohl ihr Herz hämmerte und ihr Puls raste und der Wunsch, für immer in seinen Armen zu verharren, ein verträumtes Nervenbündel aus ihr gemacht hatte, behielt Amber die Fassung. Sie versuchte einfach, den Abend zu genießen, ohne allzu viele unrealistische Hoffnungen in das zu setzen, was geschehen könnte. Sie träumte von einem gemeinsamen Leben mit Morgan McCoy, für immer und ewig. Aber selbst nach der kurzen Zeit, in der sie nun zusammen waren, begann sie sich Sorgen zu machen, dass das nicht geschehen würde.

Aber heute Abend war ihr Abend und sie hielt sich an ihm fest, lachte, flirtete und neckte ihn und ließ es einfach sein, was es war: der wunderbare Abend eines Paars, das sich offensichtlich zueinander hingezogen fühlte. Und das war es dann auch. Keine weiteren

Erwartungen. Es war eine Lüge und sie wusste es, aber es war ihre Art, den Abend zu überstehen, ohne sich selbst zu ernst zu nehmen oder sich selbst zu täuschen – zumindest nicht allzu sehr.

Nach ungefähr dem zehnten Tanz war beiden heiß und sie war ein bisschen verschwitzt. Sie hatten so viel getanzt – sogar ein paar Line Dances, die sie nicht gekannt hatte und er hatte sie mit der Tatsache überrascht, dass es sich bei ihnen um Oldies handelte, die er kannte. Dann setzten sie sich hin und sahen den jüngeren Leuten in den Zwanzigern zu, wie sie Line Dances tanzten.

Er sah sie grinsend an. „Die kenne ich nicht, wie du siehst. Ich kenne den *Cotton-Eyed Joe* und ein paar andere von damals. Sogar mein Großvater hat den *Cotton-Eyed Joe* gekannt. Tatsächlich war es sogar mein Großvater, der mir den *Cotton-Eyed Joe* beigebracht hat. Also gebe ich ihn heute Abend einfach an dich weiter.“

Sie hielt seinen Arm und sie saßen dicht beieinander auf Hockern. Sie beugte sich nach vorne, legte ihren Kopf kurz auf seine Schulter und schaute dann zu ihm auf. „Ich finde dich wunderbar und es freut mich, dass du in deiner Jugend solchen Spaß daran hattest, denn den macht es wirklich.“

„Ich muss zugeben, dass es sich gut angefühlt hat,

das zu tun. Es ist schon lange her. Möchtest du noch etwas trinken?“

„Meinst du, ich könnte ein Wasser bekommen?“

„Natürlich.“ Er lächelte und winkte die Kellnerin zu sich und bestellte zwei Gläser Wasser mit Zitrone.

Es war nur eine Kleinigkeit, aber die Tatsache, dass er sich daran erinnerte, dass sie Zitrone in ihrem Wasser mochte, gab ihr Auftrieb.

„Ich denke, du solltest dies öfter tun.“

Sein Kiefer verkrampfte sich und seine Augen bekamen einen Moment lang einen distanzierten Blick. Dann hob er seine Schultern leicht. „Vielleicht. Aber ich bin viel beschäftigt. Habe eine Menge Verantwortung.“

Sie spielte mit der Serviette und lächelte die Kellnerin an, als das Wasser vor ihnen erschien. Sie dachte darüber nach, ob sie fortfahren sollte, beschloss dann aber, dass sie erneut ihre Meinung sagen würde. Auch wenn sie unter keinen Umständen den Abend verderben wollte. „Aber du hast doch Angestellte. Du bist sehr gut darin, ausgezeichnete Leute einzustellen.“

„Darüber haben wir bereits gesprochen und ja, die haben wir. Aber genau wie mein Großvater habe ich ein Kontrollproblem. Ich habe gerne die Kontrolle. Ich mag das Gefühl, dass mich erfüllt, wenn ich weiß, dass das Geschehene...“

„Dein Werk ist?“

Er starrte sie an. „Das klingt arrogant, nicht wahr?“

Nun war es an ihr, die Schultern zu zucken und sie lächelte leicht. „Ein wenig. Ja, du triffst die großen Entscheidungen und du bist derjenige, um den sich alles dreht, aber du hast wirklich ein tolles Team. Eines, das dir große Möglichkeiten bietet, das deine Aufmerksamkeit beansprucht, das dir aber dabei hilft, die Resorts zu leiten. Ich verstehe, warum du sagst, dass du verantwortlich bist und das bist du auch wirklich. Aber ist das, was du dafür opferst, es wert?“

Er trank einen Schluck von seinem Wasser, stellte es auf den Tisch zurück und legte beide Hände um das Glas. Er starrte die Leute auf der Tanzfläche an.

Sie konnte beinahe sehen, wie die Gedanken in seinem Kopf herumwirbelten, da er erneut diesen nachdenklichen Ausdruck auf dem Gesicht hatte. Sie liebte diesen Blick. Sie war verrückt.

Er schaute zu ihr zurück. „Ich weiß es nicht. Vielleicht habe ich einige sehr wichtige Dinge aus den Augen verloren und vielleicht muss ich mir das mal genauer ansehen.“

Es war nicht die Antwort, die sie sich erhofft hatte und sie verstand, dass es wahrscheinlich auch nicht die Antwort war, die sich sein Großvater erhofft hatte, als er das alles getan hatte, aber es war ein Anfang. Sie lächelte. „Ich denke, das ist eine großartige Idee. Aber von denen hast du ja jede Menge."

Sie lachte und er schüttelte den Kopf. „Willst du tanzen? Eines weiß ich mit Sicherheit – ich bin noch nicht bereit, diesen Abend zu beenden und es gibt noch so viel, was du lernen musst, junge Dame, denn wir werden heute noch lernen, wie man diesen Line Dance dort tanzt."

Sie beobachtete den ziemlich aggressiven Line Dance. „Ich bin dabei. Und was meinst du damit, dass wir erschöpft sein werden? Wir sind kaum in den Dreißigern. Wir sind nicht alt. Außerdem kenne ich ein paar tanzende Omas, die das auf Anhieb könnten, also sei nicht so hochnäsig, irgendwelche Behauptungen aufzustellen."

Er lachte, als er ihre Hand nahm und sie auf die Tanzfläche führte. Persönlich bevorzugte sie eher die Tänze, bei denen er sie in die Arme nahm und sich an sie schmiegte. Aber das hier machte auch Spaß.

KAPITEL NEUNZEHN

Die nächsten Tage vergingen ziemlich ereignislos. Sie schienen sich nähergekommen zu sein, obwohl er sich in den Tagen nach ihrem Tanz etwas zurückgezogen hatte. Aber sie hatte das erwartet, denn Morgan war äußerst zwiegespalten und sie verstand, dass er ein sehr nachdenklicher Mensch war und dass er immer jeden Stein umdrehen musste. Ihre Beziehung würde von Erwägungen und Nachdenken geprägt sein. Er verbrachte mehrere Stunden mit seinen Brüdern. Sie schlossen sich im Arbeitszimmer ein, um die vorläufigen Pläne zu besprechen und ob sie ein kleines Gasthaus oder ein Bed-and-Breakfast auf dem Grundstück errichten würden.

Sie verbrachte Zeit mit den Welpen. Sie waren gut genährt, es war erstaunlich, wie viel ein Welpe in anderthalb Wochen wachsen konnte. Ihre Mutter war ein Schatz und lief schon fast wieder ohne Hinken herum, was gut war. Allie hatte zugestimmt, Goldie besuchen zu kommen und dann zu entscheiden, ob sie den Hund nehmen würden. Allie und Wade waren sich ziemlich sicher, dass eine schöne, süße Golden Retriever-Mischung die perfekte Ergänzung für die Ranch sein würde. Und die Welpen... sie hatten gedacht, dass sie sie entweder behalten würden, da es nur vier waren oder sie ein gutes Zuhause für sie finden könnten, da sie von guten Hunderassen abstammten.

Heute kam ihr einer der Welpen etwas lustlos vor und hatte eine warme Nase. Amber beschloss, ihn in die Stadt zu bringen und Ash aufzusuchen. Die Klinik war geöffnet und als sie anrief, sagte ihr seine Empfangsdame, sie solle ihn jederzeit herbringen. Sie war sehr dankbar, einen Tierarzt in der Familie zu haben. Sie hinterließ Morgan eine Nachricht, da sie seine Sitzung nicht unterbrechen wollte und nahm den Welpen mit, wobei sie der besorgt aussehenden Mutter versicherte, dass sie ihr den Welpen zurückbringen würde. Sie ging hinaus und stieg in den Pick-up. Als sie in die Stadt fuhr, wurde ihr klar, dass sie die Gegend in der kurzen Zeit wirklich liebgewonnen hatte. Sie liebte die Salbeibüsche und Mesquitebäume und die gelegentlichen Eichen. Sie liebte die Felsen und Kakteen und vereinzelten Anhäufungen der noch verbliebenen Wildblumen, die mit zunehmend kühlerem Wetter rasch verschwinden würden. Sie klammerten sich mit ihren starken Wurzeln im Boden fest und Amber dachte, dass es gut möglich war, dass sie schon fort wären, wenn sie in einer Stunde auf ihrem Rückweg erneut hier vorbeikäme. Aber höchstwahrscheinlich würden sie noch ein paar Wochen halten. Und dann wären nur noch das gegerbte, trockene Gras und die kahlen Bäume übrig. Aber selbst darin lag eine Schönheit, die nur Texas' Hill Country besaß und so kein anderer Ort in Texas vorzuweisen hatte.

Oh, sie liebte Zentraltexas. Auch in der Nähe von Houston war es sehr schön, besonders wenn man die I-45 in Richtung Dallas hinunterfuhr und in die ländlicheren Gegenden kam und die Städte und der Beton und die Einkaufszentren hügeligen Weiden und wunderschönen Eichen wichen. Beide Orte waren auf ihre ganz eigene Weise wunderschön. Texas selbst war ein erstaunlicher Staat, die weiten Flächen ließen einen lange und intensiv darüber nachdenken, wie unerschöpflich das Leben war. Und wie vielfältig. Es gab von allem ein bisschen für jeden und das gefiel ihr. Aber Hill Country – sie fragte sich, ob sie es nur deshalb als so attraktiv betrachtete, weil Morgan hier war.

Sie wusste, dass sie ihn vermissen würde, falls und wenn sie nach Houston zurückkehrte, wenn sie die McCoy Stonewall Enterprises verließ, um auf eigene Faust loszuziehen und das Geld zu verwenden, das sie aus dieser Vereinbarung erhielt. Sie erkannte, dass es ihr wahrscheinlich nicht guttun würde, in derselben Stadt zu leben wie er und dort ihr eigenes Unternehmen zu gründen; zu wissen, dass er in der Nähe war, sie ihn aber nicht sehen konnte, würde ihr nicht leichtfallen. Sie musste sich ernsthaft darüber Gedanken machen, was sie tun würde, wenn sie nicht mehr mit Morgan verheiratet war. Auch wenn das nichts war, woran sie denken wollte.

Und so tat sie es nicht, stattdessen fuhr sie in die Stadt. Stonewall war ein winziger Ort, aber er war süß. Als sie hindurchfuhr und dann weiter aufs Land hinaus, wo Ash seine Klinik hatte, dachte sie an den Welpen und beschloss, dass sie vielleicht einen von ihnen behalten würde. Sie würde einen Teil dieses kurzen Augenblicks, dieser drei Monate, mitnehmen und ihn bei sich behalten.

Sie blickte auf den Welpen neben sich hinunter, legte ihre Hand auf ihn und rieb sanft seinen kleinen Kopf. „Du musst wieder gesund werden, kleiner Kerl, denn ich werde dich behalten. Ich werde dich für immer bei mir behalten."

Lynette begrüßte sie an der Tür. Leute standen dort und warteten und sie fühlte sich etwas merkwürdig, als sie an ihnen vorbei in einen Warteraum geführt wurde. „Ich brauche mich nicht vor diese Leute zu drängen. Ich kann warten."

„Oh, das tust du nicht. Sie warten auf ihre Hunde. Es ist noch jemand bei ihnen und die Hündchen, also, ich meine, die Kühe sind hinten, daher ist sonst niemand im Wartezimmer. Heute ist Großvieh-Tag, also komm einfach rein und mach es dir bequem. Der Kleintiertag ist eigentlich an einem anderen Tag, aber in Notfällen oder wenn Familie oder Freunde ihn brauchen oder wenn jemand dringend seine Hilfe braucht, dann nimmt Ash ihn trotzdem dran. Er ist gut darin. Und sehr entgegenkommend. Er ist ein toller Kerl. Wie geht es dir und Morgan?"

„Oh, gut." Für einen Moment herrschte ein unbehagliches Schweigen, da sie nicht wusste, was sie sonst sagen sollte. Sie empfand diesen Moment Menschen gegenüber, die nicht wussten, warum sie verheiratet waren und dachten, dass sie sich wirklich Hals über Kopf verliebt hatten, immer als ein wenig nervenaufreibend.

Lynette kuschelte mit dem Welpen, den sie in der Hand hielt, berührte seine warme Nase und gurrte.

„Armes Baby. Er hat zwar Fieber, glaube ich, aber es ist wahrscheinlich nichts. Weißt du, alle hoffen, dass Morgan sich dazu entschließt, sich wieder häufiger hier aufzuhalten. Und wir sind froh, dass du hier bist. Wir waren alle neugierig, wen Morgan eines Tages heiraten würde. Er ist ein bisschen anders als die anderen Jungs und wir dachten einfach, dass er mit einem Model am Arm oder einer Frau mit extravagantem Geschmack hier auftauchen würde, die von Kopf bis Fuß schimmern würde und wahrscheinlich eine wäre, die das Land und das Leben, das wir alle führen, nicht zu schätzen weiß.“

Erneut wusste Amber nicht, was sie sagen sollte. Wenn sie hohe Schuhe und ihr Businessoutfit anzog oder wenn sie ab und zu ausging, dann putzte sie sich schon ganz schön heraus. Sie erinnerte sich an die Nacht auf Kauai, als sie das Kleid getragen hatte, das Mrs. Beasley für sie ausgesucht hatte. Sie fand, dass sie gut ausgesehen hatte. Aber sie war weit davon entfernt gewesen, wie ein Hochglanzmodel auszusehen, das war einfach lächerlich. „Naja, ich hoffe, ich habe euch alle nicht zu sehr enttäuscht.“

Lynette lachte herzhaft. „Oh, meine Liebe, nein. Du bist erfrischend. Du bist das Stadtgespräch. Alle reden über dich und darüber, wie wunderbar du für ihn bist und wie unerwartet du aufgetaucht bist. Alle haben neue Hoffnung geschöpft, dass er nun vielleicht zu seinen Wurzeln zurückkehrt. Dass er uns alle doch nicht vergessen hat. Weißt du, ich glaube, sein Großvater war wirklich besorgt deswegen. Wie Morgan hat er das Resort- und Hotelgewerbe geliebt, als er in dieses Geschäft eingestiegen ist. Ich weiß nicht – es war wohl die Aufregung darüber oder das viele Adrenalin, denn wenn J.D. darüber gesprochen hat, ein neues Resort zu kaufen und es umzugestalten und es auf ein Level mit den anderen Resorts der McCoy Stonewall Enterprises Resort and Hotel Division zu bringen, konnte man den Stolz in seinen Augen sehen. Er war stolz auf seine Ranch und er war stolz auf das Weingut, aber das Resort- und Hotelgeschäft war etwas anderes.

Ich schätze, dass es vielleicht daran lag, dass es sich um ein weltweites Unterfangen handelte. Ich weiß es nicht. Aber auch ihn haben wir für eine kurze Zeit verloren. Er hat sich eine Wohnung in Houston gekauft und dort viel Zeit verbracht. Dann hat er sie Morgan gegeben und ist nach Hause gekommen. Er schien in diesen Jahren sesshaft und glücklich zu sein und er und Wade haben hauptsächlich auf der Ranch gearbeitet. Er ist dort auf diesem Gut vollständig zu seinen Wurzeln zurückgekehrt. Und ich erwarte nicht, dass Morgan das tut, aber allein dich zu sehen und dass er sich in eine Frau verliebt hat, die sein Großvater von ganzem Herzen billigen würde, lässt mein Herz höherschlagen. Und das macht mich glücklich. Das wollte ich dir nur sagen.

Und ich komme zu dem Hochzeitsempfang, den Penny für euch ausrichtet. Ich habe mich über die Einladung gefreut. Ich glaube, es werden eine Menge Gratulanten kommen. Auch bei den Empfängen für Wade und Todd waren viele Menschen und ich weiß, dass sie auch zu eurem kommen werden. Zum Teil sicherlich, weil sie auf dich neugierig sind, denn im Gegensatz zu mir haben die meisten Leute dich noch nicht gesehen, daher werden sie kommen und dich mit offenen Armen empfangen. Das möchte ich dir versichern, also mach dir deswegen keine Sorgen. Ich wollte dich nicht beunruhigen. Ich kann es in deinen Augen sehen."

„Danke. Ich mache mir keine Sorgen." Was für eine Lüge, denn jetzt war sie besorgter denn je. Diese Leute würden sie mit offenen Armen empfangen – was für eine Erleichterung – aber sie würde irgendwann gehen, sie würden sich scheiden lassen und was würden sie dann von ihr denken? Wie enttäuscht würden sie dann sein?

Sie hielt den Welpen an ihr Kinn gekuschelt, als Ash durch die Tür kam. Er lächelte und sah so freundlich aus, wie es einem Mann nur möglich war. Sie hatte das Gefühl, dass seine Klinik ein florierendes Geschäft sein musste. Er war perfekt geeignet für das, was er tat: er war sympathisch und energisch. Und er war ledig. Wahrscheinlich verliebten sich ständig Frauen in ihn. Er sah auf eine jungenhafte Weise gut aus, seine tiefbraunen Augen funkelten und sein Lächeln und seine lockigen Haare waren einfach ein netter Anblick.

Sie konnte nicht anders, als ihn anzulächeln. „Hallo. Wir sind wieder da."

„Das sehe ich. Wie ich höre, hast du mir meinen Patienten zurückgebracht. Der kleine Kerl hat wahrscheinlich nur ein kleines Magenproblem oder so etwas. Gib ihn mir, ich nehme ihn." Er griff nach dem Welpen und sie überreichte ihm das Hündchen. Ihre Hände berührten sich, aber es sprühten keine Funken, so wie sie sie spürte, wenn Morgans Hände sie berührten. Aber sie hatte bereits gewusst, das keine Funken flogen, wenn dieser gutaussehende und hinreißende Kerl sie anlächelte. Sie war unsterblich in Morgan verliebt und das wusste sie.

„Ich hoffe, es ist nur ein Magenproblem und sonst nichts. Ich weiß, ich hätte einfach anrufen sollen, aber ich musste mal aus dem Haus und habe gedacht, dass es mich erleichtern würde, wenn du ihn dir ansehen könntest.“

Er setzte den Welpen auf den Tisch, tastete ihn ab und berührte sanft seinen Bauch, schaute dann in sein Gesicht, öffnete das Maul und schaute hinein. Er warf ihr einen Seitenblick zu. „Es geht dir also gut? Wie ich sehe, ist Morgan nicht mit dir mitgekommen. Ich schätze, er ist beschäftigt?“ Er schaute sich wieder den Welpen an.

„Mir geht es gut. Ja, Morgan ist gerade beschäftigt. Er und Wade und Todd gehen ein paar Sachen durch, also habe ich den Welpen selbst hergebracht. Es ist ja nicht so, als wäre es kompliziert, hier herumzufahren. Ich bin an den Verkehr in Houston gewöhnt – dagegen ist hier alles wunderbar offen.“

Er richtete sich auf, nahm den Welpen auf, streichelte ihn ein paar Mal und gab ihn ihr dann zurück. „Da hast du recht – das hier ist definitiv nicht Houston und ich bin sehr froh darüber. Dem Welpen geht es gut – ich glaube, er hat nur ein kleines Magenproblem. Ich gebe ihm ein Rezept, um ihm etwas zu helfen und dann kannst du ihn wieder mit nach Hause nehmen und im Auge behalten. Aber ich bin froh, dass du ihn hergebracht hast. Es ist schön, dich zu sehen. Penny hat mir erzählt, dass wir bald einen Hochzeitsempfang feiern werden, so wie wir es für Wade und Todd getan haben. Mein Großvater Talbert – hast du meinen Großvater bereits kennengelernt?"

„Nein, diese Freude hatte ich noch nicht."

„Naja, mein Großdaddy, wie wir ihn nennen, hat euch beobachtet und wird langsam unruhig. Er hat sich sehr darüber gefreut, dass J.D.s Enkel geheiratet haben. Und ich muss sagen, sie scheinen alle glücklich zu sein." Er beobachtete sie genau. „Aber bilde ich mir das nur ein oder ist zwischen dir und Morgan nicht alles in Ordnung?"

Seine Frage erschreckte sie. „Was meinst du damit? Es geht uns gut."

„Ich hoffe es. Ich – naja, um ehrlich zu sein, habe ich einfach ein gutes Gespür für Menschen und Tiere. Ich weiß nicht, vielleicht liegt es daran, dass ich Tierarzt bin und fühlen kann, ob sich Tiere gut und glücklich oder schlecht und verärgert fühlen und manchmal kann ich das auch bei Menschen spüren. Als du und Morgan neulich hergekommen seid, da habe ich von dem üblichen Überschwang frisch Vermählter nicht ganz so viel bemerkt. Ist alles in Ordnung?"

Er überschritt wirklich eine Grenze oder vielleicht hatte er auch wirklich nur ein gutes Bauchgefühl, wie er sagte. Aber sie fand nicht, dass dies ein Bereich war, in den er sich einmischen sollte. Beunruhigt kuschelte

sie mit dem Welpen und begegnete seinem besorgten
Blick. „Befragst du deine anderen verheirateten
Kunden auch immer über den Zustand ihrer Ehe?"

Seine Augen weiteten sich und sein Gesicht nahm
einen bestürzten Ausdruck an. „Nein, ich meinte es
nicht so – ich meine, ich wollte mich nicht in eure
Angelegenheiten einmischen. Es ist nur so, dass
Morgan – wir alle kennen uns schon so lange und ich
weiß nicht, warum ich diese Frage gestellt habe. Ich
bin nur besorgt. Es tut mir leid. Ich entschuldige mich
dafür. Du kannst Morgan sagen, er kann herkommen
und mich verprügeln, wenn er will. Ich weiß nicht,
warum ich gefragt habe."

Sie wusste es auch nicht. Natürlich war an diesem
Tag alles noch neu gewesen, sie waren noch nicht
tanzen gewesen und hatten kaum genug Zeit
miteinander verbracht, um sich an die Tatsache zu
gewöhnen, dass sie verheiratet waren. Seitdem war
noch nicht einmal eine Woche vergangen… oder doch,
etwas mehr als eine Woche – sie brachte schon die
Tage durcheinander. In mancher Hinsicht schien die
Zeit zu fliegen, in anderer Hinsicht schien es, als
würde sie dahinschleichen. Sie wusste nicht, was sie zu
diesem besorgten Cousin sagen sollte.

„Ich werde es Morgan gegenüber nicht erwähnen,
weil ich verärgert bin. Aber ich werde ihm sagen, dass

du besorgt warst. Uns geht es gut. Als wir hierhergekommen sind, haben wir uns Sorgen um die Welpen und die Hündin gemacht. Wir waren gerade auf einem Ausritt gewesen." *Warum erzählte sie das Ash? War er wie ein Hundeflüsterer – wünschte sie sich, sie könnte ihm ihre Probleme erzählen und er könnte sie für sie lösen?* Sie sollte den Mund halten und weitermachen. Es war ja nicht so, dass sie sich in seine Angelegenheiten einmischen würde, wenn er eine Frau gefunden hätte. Nein, sie war mit dem Gedanken hierhergekommen, dass er jemand war, dem sie ihren Hund anvertrauen konnte – nicht ihre Geheimnisse über ihre ehelichen Komplikationen. „Vielen Dank für deine Besorgnis, wirklich und wir hoffen, dass wir dich auf der Hochzeitsfeier sehen werden. Bringst du jemanden mit?"

Da, Rache.

„Nein, ich bringe niemanden mit. Ich werde meinem Großvater keinen weiteren Anlass bieten zu glauben, dass er mich zum Heiraten drängen kann. Er hat das bereits angedeutet."

„Hast du jemals daran gedacht, dass er dich aufgezogen hat und sich vielleicht darauf freut, ein paar kleine Kinder von dir herumlaufen zu sehen?"

„Vielleicht." Er lachte. „So wie J.D. sich darauf gefreut hat, Urenkel zu haben, was nicht passiert ist.

Nun ja, jetzt, wo ihr alle verheiratet seid, ist das sicher nur eine Frage der Zeit. Ich überschreite schon wieder eine Grenze – das wollte ich doch nicht noch mal tun."

Vielleicht hatte sie seine Frage etwas zu persönlich genommen. „Naja, denk einfach daran, dass dein Großvater dich liebt und er wahrscheinlich nicht anders kann, als sich Urenkel zu wünschen. In seinem Alter ist ihm das sicher wichtig. Du bist ungefähr in Morgans Alter, also ist das wohl kein allzu abwegiger Gedanke. Triffst du dich mit jemandem?"

„Ich nehme an, dass du das Recht hast, mir Fragen zu meinem Privatleben zu stellen, nachdem ich mit diesem Thema angefangen und in ein solches Wespennetz gestochen habe." Seine Augen blitzten.

„Ich glaube, du hast recht – du hast da in ein Wespennest gestochen. Bist du hier zu beschäftigt, um dich auf die Suche nach einer Gefährtin zu machen, hast du Bindungsängste oder was ist das Problem?"

Er stemmte seine Hände in die Hüften und musterte sie. „Mir war nicht klar, dass Morgan ein solches Energiebündel geheiratet hat. Ich schätze, ich habe vielleicht wirklich ein paar Bindungsängste. Weißt du, es dauert lange, bis man die Tierarztausbildung abgeschlossen hat und ich habe das getan, ohne mich zu binden... aber ich habe das nicht absichtlich getan. Ich war einfach entschlossen, meinen Abschluss zu schaffen und genau das habe ich gemacht. Und dann habe ich meine Klinik eröffnet – eigentlich schon vor ein paar Jahren. Ich bin immer noch dabei, mich einzurichten. Vielleicht werde ich also bald soweit sein."

Sie warf ihm einen skeptischen Blick zu. „Oder vielleicht richtest du es dir auch so ein, wie es dir gefällt, ohne deinem Großvater jemals das zu geben, was er möchte. Du, Ash McCoy, solltest dem wahrscheinlich aufgeschlossener gegenüberstehen. Ich bin auf Großvater Talberts Seite. Vielleicht solltest du das noch einmal überdenken und jemanden zum Hochzeitsempfang mitbringen."

„Vielleicht können wir uns darauf einigen, uns gegenseitig nicht auf die Füße zu treten, wenn es um unser Privatleben geht. Ich entschuldige mich von ganzem Herzen für meinen Fehltritt vorhin." Er lächelte und sie lachte, sie konnte nicht anders.

„Ich mag dich, Ash, aber ich werde mich auf nichts festlegen. Du hast damit angefangen – jetzt werde ich mich vielleicht mit deiner Schwester Caroline zusammensetzen und einen Plan aushecken müssen, wie wir dich unter die Haube bekommen."

Er sah sie schockiert an. „Erzähl mir nicht, dass du eine Kupplerin bist. Bitte tu dich nicht mit meiner Schwester zusammen. Du hast keine Ahnung, was sie für ein Chaos anrichten würde, wenn sie sich in mein Privatleben einmischen würde."

Sie grinste. „Oh, ich habe Caroline bereits kennengelernt. Ich kann mir gut vorstellen, was für ein Chaos deine Schwester anrichten kann, wenn sie will. Sie ist jemand, mit dem man rechnen muss."

Er neigte seinen Kopf zur Seite und schüttelte dann den Kopf. „Amber, ich glaube, das bist du auch. Und, weißt du was? Ich nehme alles zurück, was ich gesagt habe, denn ich glaube, dass mein Cousin den Menschen gefunden hat, der zu ihm passt."

Seine Worte drangen in ihr Herz und hinterließen dort ein wohliges Gefühl. Sie wünschte sich wirklich, dass das der Fall war. Das wollte sie mehr als alles andere auf der Welt. Aber das würde sie Ash ganz bestimmt nicht sagen. Nein, niemand würde davon erfahren. Sie fragte sich, was Leute wie Ash wohl denken würden, wenn sie ging. Er würde wissen, dass er mit seinen Fragen über sie und Morgan recht gehabt hatte. Der Mann war gut, aber das wollte sie ihm nicht sagen. „Danke, dass du dir meinen Welpen angesehen hast. Ich schätze, ich gehe jetzt besser nach Hause."

„Ich schätze, das solltest du tun. Ich folge dir nach draußen und stelle dir ein Rezept für den Kleinen aus. Wir haben das Mittel sogar vorrätig, also wird es keine große Sache sein. Gib es dem Welpen, bevor er frisst und es wird ihm bald besser gehen."

„Vielen Dank. Und wie ich schon gesagt habe, werde ich beim Empfang nach dir und deiner Verabredung Ausschau halten."

Er lachte und öffnete ihr die Tür. „Ich fürchte, da wirst du lange Ausschau halten müssen. Ich komme allein."

Sie ging durch die Tür und fragte sich, was es mit diesen McCoy-Männern – und mit Caroline – auf sich hatte, dass sie solche Bindungsängste hatten, wenn es darum ging, die Person zu finden, mit der sie den Rest ihres Lebens verbringen wollten. *Warum musste es darauf hinauslaufen, dass ihre Großeltern sie zu etwas zwingen mussten?* Vielleicht lag es in ihren McCoy-Genen begründet, die sie alle geerbt hatten. *Oder...* vielleicht hatte es auch damit zu tun, dass ihre Eltern bei diesem Flugzeugabsturz ums Leben gekommen waren. Alle Kinder hatten ihre Eltern verloren und waren von ihren Großvätern aufgezogen worden. *Konnte das einen bleibenden Einfluss auf sie gehabt haben?*

Das war etwas, worüber sie noch nicht wirklich nachgedacht hatte und wahrscheinlich lag sie falsch damit. Aber sie fragte sich das trotzdem und als sie nach Hause fuhr, wuchs ihre Neugierde.

KAPITEL ZWANZIG

Morgan war mit seinen Brüdern die Zahlen durchgegangen und sie hatten damit begonnen sich zu überlegen, welcher Art das Gebäude sein sollte, in dem das neue Resort untergebracht werden würde. Er nannte es immer wieder Resort, auch wenn er eigentlich „Bed and Breakfast" meinte. Sonst dachte er auch nicht an Bed and Breakfasts. Nein, er war es gewohnt, riesige Projekte zu verwirklichen, der Gedanke an ein kleineres Projekt war ihm neu. Trotzdem gefiel ihm die Idee. Daher hatte er Mrs. B. kontaktiert und sein Team veranlasst, Erkundigungen über Ferienranches in ganz Texas einzuholen und herauszufinden, welcher Art diese Unternehmen waren.

Das sollten sie in ungefähr einer Woche oder so wissen und dann würden sie erneut darüber reden. Sie würden Ginny und Allie mit einbeziehen, da sie sich nun sicher waren, dass es finanziell machbar und höchstwahrscheinlich profitabel sein würde. Sie hatten Zahlen, um das zu untermauern. Er hatte sichergehen wollen, dass das Ganze nicht nur eine sentimentale Sache war. Er mochte sentimental, aber profitabel war ihm lieber.

Mrs. B. war froh gewesen, von ihm zu hören, nicht, dass sie nicht ohnehin ein- oder zweimal pro Woche miteinander sprachen, aber sie fragte immer nach Amber und wie die Dinge liefen. Er hatte das Gefühl, dass Mrs. B. tief im Inneren hoffte, dass er und Amber zusammenbleiben würden. Er wollte über all das nicht nachdenken – er wollte nicht über die Tatsache nachdenken, dass sie nicht zusammenbleiben würden. Er war stur.

* * *

Einige Tage vor der Hochzeitsfeier gingen alle Mädels noch einmal einkaufen und nutzten dies als Vorwand, um nach atemberaubenden Kleidern zu schauen und Zeit zusammen zu verbringen. Amber genoss es aus ganzem Herzen. Dass sie so gut miteinander auskamen, grenzte an ein Wunder und ihr Herz schmerzte deswegen. In letzter Zeit hatte sie so viele

Überraschungen erlebt. Sie war solch eine Einzelgängerin – viel zu lange war sie für sich allein geblieben – und nun gehörte sie plötzlich zu einer Gruppe von Menschen. Sie hatte Freundinnen. Sie musste nicht mehr allein Kaffee trinken gehen, sie ging nicht einfach nur zur Arbeit und kehrte dann abends wieder nach Hause zurück und verkroch sich auch nicht die meiste Zeit. Sie amüsierte sich. Sie scherzten und taten Dinge aus *Pretty Woman*: beim Shoppen kamen sie alle in unterschiedlichen Kleidern aus der Garderobe und dann nickten die anderen oder reckten den Daumen nach oben oder eben nach unten und dann lachten sie alle. Als sie alle wunderschöne Kleider gekauft hatten, aßen sie ein verspätetes Mittagessen. Naja, es war eher ein Nachmittagsessen, denn sie hatten eine Weile in der schicken Boutique verbracht, in die sie gegangen waren. Ihre Ehemänner hatten darauf bestanden und Caroline hatte die Gelegenheit zum Shoppen ebenfalls ergriffen. Die Frau war eine Mischung aus einem bodenständigen texanischen Mädchen und einer wohlhabenden Texanerin der High Society. Es war eine sehr seltsame Kombination, die Amber amüsierte. Vor allem, wenn sie ihnen von den Eskapaden erzählte, mit den sie County-Sheriff Jesse James aufzog.

Sie und der Sheriff hatten offensichtlich eine

seltsame Beziehung. Amber fuhr nie zu schnell, wenn ein Polizist in der Nähe war, aber Caroline tat so, als ob das ein toller Zeitvertreib wäre. Sie schien es lustig zu finden, der Polizist hielt sie dann an und so wie es sich anhörte, schienen sie sich dann ein Duell zu liefern. Natürlich, erklärte Caroline der Vollständigkeit halber, war das nie aus dem Ruder gelaufen, sie sorgte dafür, dass sie immer die Kontrolle behielt. Und es sei auch nur ein paar Mal geschehen. Aber da lief definitiv etwas zwischen den beiden und den Blicken nach zu urteilen, die Amber mit Allie und Ginny teilte, fragten sich alle, ob da mehr dahintersteckte, als selbst Caroline erkannte. Es klang sehr danach, dass Jesse James in Caroline verknallt war. Oder umgekehrt. Aber als Caroline so hochmütig darüber sprach, war es schwer zu sagen, ob sie es tatsächlich war.

Am Tag nachdem sie die Kleider gekauft hatten, rief Wade an und lud sie auf die Ranch ein. Er hatte eine Ankündigung zu machen und wollte, dass alle seine Brüder anwesend waren.

Sie und Morgan fuhren hinüber. Sie waren sich ein wenig aus dem Weg gegangen, aber wenn man derart gerufen wurde und gemeinsam in einem Truck fuhr, dann war etwas schwer, auf Abstand zu bleiben. Er war hinreißend wie immer, trug wieder diese Jeans, die sich an seine Hüften schmiegten und eines der

Hemden, die ihm auf den Leib geschneidert zu sein schienen und seine muskulöse Figur zur Geltung brachten. Und dann sein glatt rasiertes Kinn und sein üppiges dunkles Haar... mit Sonnenbrille sah dieser Mann sogar ein bisschen gefährlich aus. Sie wusste, wie die Augen hinter der Sonnenbrille aussahen. Sie sagte sich, sie solle damit aufhören und starrte geradeaus. Alles, woran sie denken konnte, war der Hochzeitsempfang, auf dem sie wieder miteinander tanzen würden. Seit ihrem Tanz im Saal von Gruene war alles etwas merkwürdig gewesen. Und dann der Kuss. Dieser Kuss, der ihren Blutdruck immer noch in die Höhe schnellen ließ.

„Ich weiß nicht, warum mein Bruder uns zu sich gebeten hat, aber seine Stimme klang seltsam, als er angerufen hat. Ich glaube, es ist etwas wirklich Wichtiges.“

„Ich frage mich auch, was es ist. Allie hat gestern nichts gesagt, als wir shoppen waren. Obwohl sie kurz vor dem Essen gesagt hat, dass sie sich nicht so gut fühlte. Aus diesem Grund sind wir anschließend nach Hause gefahren. Wir waren froh, dass wir Kleider gefunden hatten, wollten dann aber nicht mehr länger unterwegs sein obwohl wir überlegt hatten, ins Kino zu gehen oder so.“

„Nun, ich denke, wir werden ziemlich bald

herausfinden, was es ist." Er stellte den Motor des Pick-ups ab, sprang aus der Tür und sie traf ihn an der Vorderseite des Pick-ups. Er war auf dem Weg zu ihrer Seite gewesen, aber sie hatte nicht gewartet, bis er ihr die Tür öffnete. Sie betraten das große Ranchhaus, gerade als Todd und Ginny vorfuhren und sie waren noch nicht richtig drinnen, als das andere Paar zu ihnen stieß.

„Wo bist du, Wade?", rief Todd, sobald sie in der Küche waren.

„Im Wohnzimmer", rief Wade.

Sie alle folgten Morgan durch den Flur und in den großen Raum, den sie das Wohnzimmer nannten. Wade und Allie standen am Kamin. Wade hatte seinen Arm um Allie gelegt und beide lächelten.

So viel dazu, dass es etwas Schlimmes ist.

„Kommt alle rein." Wade zeigte auf die Stühle. „Allie und ich haben eine ziemlich große Ankündigung."

Vorfreude wogte durch den Raum und obwohl Amber neu in der Gruppe war, hatte sie plötzlich das Gefühl, dass sie wusste, was kommen würde.

Alle setzten sich. Morgan saß neben ihr auf der Couch, ihre Knie streiften sich und ihre Ellbogen berührten sich, während sie dort saßen. Sie versuchte, nicht daran zu denken, wie sehr sie sich wünschte, dass er seinen Arm um sie legen würde, so wie Wade seinen Arm um Allie gelegt und Todd Ginnys Hand genommen hatte. Ginny grinste. Amber fragte sich, ob Ginny wohl wusste, was kommen würde.

„Wir haben euch angerufen, sobald wir die Bestätigung hatten. Großvater würde sich freuen, denn sein Wunsch wird bald wahr werden. Wir erwarten ein Kind."

Applaus erfüllte den Raum und Morgan grinste sie an. Er sah Wade an. „Na, da haben wir's. Herzlichen Glückwunsch, ihr zwei. Großvater, der alte Kauz, hat bekommen, was er wollte."

„Mann, das ist fantastisch." Todd ging hinüber und umarmte seinen Bruder herzlich, bevor er auch Allie in die Arme schloss. Ginny folgte seinem Beispiel und auch Amber und Morgan standen auf.

„Ich freue mich so für euch." Amber umarmte Allie. „Ich hatte so eine Ahnung, dass das der Fall sein könnte, aber ich wusste es natürlich nicht, auch wenn ich es mir für euch gewünscht habe."

„Ich wollte nichts sagen, bevor wir es nicht mit Sicherheit wussten, aber ich bin so glücklich", sagte Allie. „Ich habe es Mom schon gesagt und sie ist völlig aus dem Häuschen. Ich kann in ihren Augen die Freude sehen, die auch J.D. empfinden würde. Großeltern freuen sich besonders auf ihre Enkelkinder.

Auch wenn meine Mutter tatsächlich Großmutter wird, J.D. aber natürlich eigentlich Urgroßvater würde, so ist es doch ähnlich, da er seine Jungen aufgezogen hat.“

„Es fühlt sich wirklich so an. Aber ich weiß, dass Mom und Dad sich auch sehr freuen würden. Wahrscheinlich feiern sie gerade alle miteinander.“ Wade küsste Allie auf die Stirn. „Ich liebe dich, Mädchen. Ich bin so froh, dass du ein Teil meines Lebens bist.“

Allie lächelte ihn an. „Ich bin so glücklich. Und du wirst der wunderbarste Daddy sein. Ich kann es kaum erwarten.“

„Du wirst mich in den Schatten stellen, denn du wirst eine tolle Mutter sein. Aber eines weiß ich – ich werde mein Bestes geben, um für unser Baby der bestmögliche Daddy zu sein.“

Sie alle feierten und plauderten aufgeregt. Als sie gingen, warf sie Morgan einen Blick zu und bemerkte, das er angespannt zu sein schien. Sie versuchte, das zu ignorieren, wahrscheinlich dachte er an seinen Großvater und das ganze Thema der erzwungenen Hochzeit, aber sie zögerte, es anzusprechen. Er hatte ihr Drängen nicht sehr gut aufgenommen. Und sie verstand, dass er sich über seinen Großvater ärgerte, sie hatten gemeinsam McCoy Stonewall Enterprises aufgebaut und dass er nun gezwungen worden war, das

Unternehmen durch eine Heirat zu retten, war einfach nur seltsam.

Sie stiegen in den Pick-up, er parkte aus und sie machten sich auf den Heimweg. Sie sah, wie sein Kiefer mahlte und das sich eine Falte in seine Stirn gegraben hatte. Er war tief in Gedanken versunken.

Sie wollte die Hand ausstrecken und seine Hand berühren, aber sie hatte nicht das Gefühl, dass sie das Recht dazu hatte. Aber schließlich konnte sie nicht anders und berührte seinen Arm. „Alles in Ordnung?"

Er blickte zu ihr hinüber und seine Augen sahen besorgt aus. „Ich weiß es nicht. Ich bin zurzeit so durcheinander. Ich fühle mich, als wäre ich in einen Kaninchenbau gefallen und als ob alles in meiner Welt plötzlich auf dem Kopf stehen würde." Er starrte wieder geradeaus.

„Das kann ich verstehen. Aber du wirst eine Lösung finden und wir haben jetzt bereits die Hälfte – sogar mehr als die Hälfte hinter uns. Also denk einfach daran. In etwa fünfundvierzig Tagen wirst du mich los sein und alles ist dann wieder normal."

Sie schaute ihn an, als er nichts sagte. Sein Kiefer war jetzt noch angespannter als zuvor. Sie versuchte, nicht mehr zu sprechen, bis sie das Haus erreichten. Als sie die Terrasse erreichten, hielt er sie mit einer Hand an ihrem Arm auf und sandte ein Kribbeln durch sie hindurch. Sie war hoffnungslos verliebt.

„Wade war wirklich glücklich."

„Das war er. Und er hat recht – er und Allie werden großartige Eltern sein. Und dieser Ort wird ein großartiger Ort für ihre Familie sein. Aber das weißt du ja bereits – du hast als Kind davon profitiert. Ich weiß, deine Eltern wären froh, wenn sie wüssten, dass mindestens einer ihrer Söhne die Fackel weiterträgt. Und dein Großvater."

Er strich mit seinem Daumen über ihre Haut. Ein abwesender Ausdruck erfüllte sein Gesicht, als er über das Land blickte. Sie fragte sich, woran er dachte. Als er zu ihr zurücksah, lag in seinen Augen eine Verwundbarkeit, die ein Ziehen in ihrem Herzen auslöste.

Unfähig, sich zurückzuhalten, hob sie ihre Arme, legte sie um seine Schultern und umarmte ihn. „Du bist auch ein guter Mann, Morgan McCoy. Und eines Tages, wenn du bereit bist, wirst du ein toller Vater sein."

Seine Hände hatten ihre Taille umfasst, aber sie spürte die Anspannung in seinem Körper, als sie ihm ihren Kopf auf die Schulter legte, um ihm etwas Trost zu spenden, obwohl er nicht den Eindruck erweckte, als könne er im Moment viel damit anfangen. Und dann schlangen sich seine Hände zu ihrer

Überraschung um ihre Taille, glitten um ihren Rücken und er trat noch einen Schritt näher zu ihr.

„Das würde ich gerne glauben. Aber ich weiß nicht, ob es für mich auch so sein wird. Wie ich schon einmal gesagt habe, überlasse ich das Wade und Todd. Aber ich – ich habe dir nicht gesagt, dass ich vor einer Woche oder so auf die Anhöhe gegangen bin und mich mit meinem Großvater unterhalten habe. Über all das. Ich habe versucht, es zu verstehen. Ich habe versucht, alles loszulassen und dennoch empfinde ich immer noch Groll darüber, dass ich zu all dem gezwungen wurde. Und jetzt, wo ich dich im Arm halte, fühle ich mich schrecklich, weil ich dich deswegen ablehne, weil du nur aus dem Grund in mein Leben getreten bist, weil mein Großvater die Kontrolle übernommen hat und mir vorschreibt, was ich zu tun habe."

Was sollte sie dazu sagen? Es war lächerlich, welche Emotionen seine Worte in ihr auslösen konnten. „Ich muss mir immer wieder ins Gedächtnis rufen, dass ich nur deshalb hier bin, weil dein Großvater dich dazu gezwungen hat. Ich weiß nicht, warum ich mir diesbezüglich immer wieder etwas anderes vormache." Sie drängte ihn von sich. Ihr Herz schmerzte und Tränen quollen ihr aus den Augen. Sie wischte sie weg.

Er starrte sie verwirrt an. Es war ihr egal, dass er

sie noch nie hatte weinen sehen. Sie hatte sich bemüht, es nicht zu tun, aber die Art und Weise, wie er das gesagt hatte, machte ihr zu schaffen. Wem wollte sie etwas vormachen, sie hatten diese Tortur schon halb hinter sich – und genau das war es: eine Tortur. Denn wenn alles gesagt und getan war, würde sie an einem gebrochenen Herzen leiden. Es war gerade dabei, zu brechen. Er nahm es ihr übel, dass sie hier war, obwohl sie ihm geholfen hatte. Das mit ihnen beiden würde nie funktionieren.

„Es tut mir beinahe leid, dass ich zugestimmt habe, dir zu helfen. Denn ich werde dafür bezahlen.“

„Amber, komm schon. Ich wollte dich nicht verletzen.“

Machte er Scherze? „Nun, das hast du aber. Ich meine, ja, ich bekomme Geld dafür, dass ich hier bin. Und weißt du was? Je mehr ich darüber nachdenke, desto mehr hasse ich das. Bei der ganzen Sache geht es um Geld. Ich bin eine Idiotin, weil ich mir gesagt habe, dass ich einen klaren Kopf behalten soll, aber, nein, natürlich nicht... natürlich habe ich das nicht getan. Ich habe keinen klaren Kopf behalten. Und wie eine Person, die ihre Lektion einfach nicht lernen kann, habe ich mich in dich verliebt. Ja, dumm, nicht wahr? Nein, sag nichts. Gib dir keine Mühe. Ich habe meine Seele an den Teufel verkauft, als ich mich dafür entschieden habe und ich mache jetzt keinen Rückzieher.

So, nur damit du es weißt, ich werde jetzt in mein Zimmer gehen und mich dort für eine Weile verkriechen. Oder nein, weißt du was? Noch besser – ich kann mir doch eine Auszeit von einer Woche nehmen, oder? Ich denke, die werde ich in Anspruch nehmen." Sie schlang ihre Arme um ihre Taille. „Ich werde jetzt meine Tasche packen. Nein, ich werde keine Tasche packen. Ich habe hier eine McCoy-Kreditkarte in meiner Handtasche. Ich werde in den Pick-up steigen und mir einen Ort suchen, an dem ich mich für eine Weile verkriechen kann. Ich werde dafür sorgen, dass ich wieder einen klaren Kopf bekomme – du kannst in der Zwischenzeit dasselbe tun – und wenn ich dann zurückkomme, kann ich vielleicht etwas Abstand zu dir halten. Ich werde mir selbst äußerst stark ins Gewissen reden und mit etwas Glück werde ich es bis morgen Abend, wenn wir allen das überglückliche frisch verheiratete Pärchen vorspielen müssen, geschafft haben, soweit zu sein, dass ich kein allzu großes Problem mehr damit habe. Wie klingt das? Klingt das gut für dich? Denn ich bin sicher, wenn ich jetzt dort auftauchen würde, dann würden wir nicht wie ein glücklich verheiratetes Paar aussehen. Ich würde wie eine sehr wütende, desillusionierte

Assistentin aussehen, die äußerst dumm gewesen ist. Und das wäre nicht besonders schön für all deine Freunde und Familie, die wir hinters Licht führen wollen."

Sie ging auf den Pick-up zu. Er hatte die Schlüssel stecken lassen. Sie hatte ihre Handtasche, sie hatte Geld und würde es ausgeben. Sie war so aufgebracht, dass es womöglich gefährlich wäre, sich ans Steuer zu setzen, wenn es ihr nicht gelang, sich zusammenzunehmen. Aber sie würde es schaffen, selbst wenn sie mit acht Stundenkilometern dahinzuckeln müsste, sie würde hier auf der Stelle verschwinden.

„Amber, warte. Komm schon, Amber. Das stimmt doch nicht. Du bist nicht dumm und du hast deine Seele auch nicht an den Teufel verkauft. Wir haben einen Pakt geschlossen. Es war eine geschäftliche Vereinbarung. Das ist alles. Du bist nicht dumm. Du bist ein sehr kluger Mensch. Du wirst froh sein, es zu—"

Sie wirbelte zu ihm herum. „Ganz der Geschäftsmann. Aber das hier ist keine Akquise für ein Resort. Nun, für dich vielleicht schon irgendwie, denn schließlich wirst du deine Resorts behalten können. Aber ich – tja, Überraschung – ich bin in diese Sache hineingeraten, weil ich diese verrückte Idee hatte, dass ich mich schon halb in dich verliebt hatte. Ich habe dieser Sache zugestimmt, weil ich törichterweise – ja, äußerst törichterweise – gedacht habe, dass ich eine Chance bei dir hätte, wenn ich Zeit mit dir allein verbringen würde. Ich habe meinem Herz gestattet, verrückt zu spielen. Und jetzt werde ich dafür bezahlen. Du hast gesagt, es wäre eine Win-Win-Situation, als wir uns darauf eingelassen haben und es ist wirklich eine Win-Win-Situation für dich. Aber für mich ist es das nicht. Es war von Anfang an eine Verlustsituation. Ich war nur zu töricht, um das zu erkennen." Sie öffnete die Tür und stieg ein.

Er griff nach der Tür, aber sie schlug sie zu und schloss sich ein. Er starrte sie durch das Fenster an und sie war froh, dass das Fenster geschlossen war.

„Öffne die Tür, Amber. Du irrst dich, Amber. Und du bist zu aufgebracht, um zu fahren."

„Ich öffne sie nicht und ich habe alles unter Kontrolle. Ich werde langsam fahren, aber ich fahre. Wahrscheinlich suche ich mir ein Spa oder so. Schließlich habe ich dein Geld in der Tasche und deine Kreditkarte und genau darum geht es hier ja. Ich werde mich amüsieren. Mein letztes Abenteuer als Mrs. McCoy."

Er fuhr sich mit einer Hand durchs Haar. Sein Kiefer war angespannt. Er war wütend. Aber sie konnte auch sehen, dass er sich schrecklich fühlte. Vielleicht macht sie zu viel Wirbel um die Sache. Aber das fand sie nicht. „Ich schreibe dir eine SMS, wenn ich angekommen bin, damit du weißt, dass ich in Sicherheit bin. Nur damit du dir keine Sorgen machst. Aber ich werde dir nicht sagen, wo ich bin. Natürlich können die Leite, die all deine Recherchen machen, bestimmt herausfinden, wo ich bin, wenn ich erst deine Kreditkarte benutzt habe. Aber ich sage es dir jetzt – folge mir nicht. Gib mir den einen Tag. Ich werde vor morgen Abend zurück sein." Sie ließ den Motor an.

Er schlug mit der Hand gegen das Fenster. „Mach auf. Geh nicht weg."

Sie parkte den Pick-up aus. „Sei vorsichtig, Morgan. Ich will dich nicht verletzen." Das wollte sie wirklich nicht, auch wenn er sie unglaublich verletzt hatte. Und das alles nur wegen ihres törichten Herzens.

Er trat zurück, als er erkannte, dass es sinnlos war, was er tat und sie beobachtete im Rückspiegel, dass er ihr hinterherstarrte. Ein Teil von ihr war enttäuscht, dass er sich nicht auf die Suche nach einem anderen Fahrzeug machte, um ihr zu folgen. Noch so ein dummer Gedanke ihrerseits.

KAPITEL EINUNDZWANZIG

Morgan sah zu, wie Amber aus seiner Einfahrt raste und ihn in einer Staubwolke zurückließ. Sein Herz verkrampfte sich bei dem Gedanken daran, dass sie dermaßen aufgebracht auf der Straße unterwegs war. Er konnte an nichts anderes denken als an den verletzten Blick in ihren Augen, als sie ihn durch das Glas angestarrt hatte, bevor sie weggefahren war. *Wie hatte er nur so gedankenlos sein können?*

Was hatte er sich nur dabei gedacht? Er fuhr sich mit einer Hand durchs Haar, als er dort stand und fühlte sich so hilflos wie ein Kind, das am Grab Eltern stand und wusste, dass er diese nicht zurückbringen konnte. Sein Herz war schwer, als er auf die sich legende Staubwolke starrte. *Er hatte Amber verletzt.* Seine Worte waren hartherzig und achtlos gewesen. Und was sie gesagt hatte, entsprach der Wahrheit. Es war, als hätten sie beide ihre Seelen verkauft – er hatte sich nur für das Geld interessiert. Von Anfang an hatte er sich selbst gezwungen – nein, sein Großvater hatte ihn gezwungen, aber er hatte mitgemacht. Und sie auch, erinnerte er sich und spürte all die aufgestaute Frustration in seinem Inneren.

Aber entsprach das, was sie gesagt hatte, der Wahrheit? Sie hatte gesagt, dass es mehrere Gründe dafür gegeben hatte, in die Abmachung einzuwilligen. Einer davon war ihm bekannt gewesen – sie hatte gedacht, dass sie ihm etwas schuldig war, weil er ihr an jenem Tag das Leben gerettet hatte. Er hatte es gewusst und es dennoch ausgenutzt, weil er gedacht hatte, dass schon alles in Ordnung wäre, wenn er ihr Geld anböte. *Wann war er so besessen von Geld geworden, dass er dachte, es würde alles wieder in Ordnung bringen?*

Aber es war der zweite Grund – der, den sie ihm vor die Füße geschleudert hatte – der ihn mit voller Wucht traf. Sie war schon halb in ihn verliebt gewesen – er dachte an verschiedene Momente zurück, als er sie erwischt hatte, wie sie ihn beobachtete oder daran, wie sie bestimmte Dinge gesagt hatte... *Hatte sie sich in ihn verliebt?*

Hatte er sich... Nein, er stieß den Gedanken beiseite. Er wollte nicht zugeben, dass er sich in sie hätte verlieben können. *Warum?* Wegen seines Stolzes? Wegen seiner blöden Kontrollprobleme, weil er nicht wollte, dass sich sein Großvater in sein Liebesleben einmischte? Er stürmte auf das Haus zu und seine Frustration wurde immer größer, als er diese Gedanken sacken ließ. Würde er sich wirklich die Chance vergeben, sich zu verlieben, nur weil er sich gegenüber seinem – toten – Großvater behaupten wollte? Er hielt abrupt inne und stand einfach nur da. Er starrte auf das große Haus, in dem es bis auf die Geräusche von Goldie und den Welpen still sein würde, wenn er es betrat.

Das erinnerte ihn daran, dass er nach ihnen sehen musste. Sein Telefon vibrierte und er schaute nach unten. Es war eine SMS von Amber. Er öffnete die Nachricht in der Hoffnung, dass sie ihre Meinung geändert hatte. Sein Adrenalinspiegel stieg, als er die Nachricht las.

„Bitte kümmere dich um Goldie und die Welpen, während ich weg bin."

Er starrte auf die Worte. Sie machte sich Sorgen um die Hündin, um die Welpen – sie befürchtete, dass er sich nicht um sie kümmern würde. Oder sie machte sich Sorgen um sie und nicht um ihn. Das war seine eigene Schuld. Er dachte daran, wie er sie im Tanzsaal in seinen Armen gehalten hatte, während sie tanzten und dann daran, dass er sie auch morgen Abend beim Tanz wieder in den Armen halten würde. Was sollte er tun? Sie brauchte Zeit, sie hatte Zeit für sich verlangt und laut ihrem Vertrag hatte sie ein Anrecht auf etwas Zeit. Und auch er brauchte etwas Zeit. Seine Gedanken wirbelten durcheinander und ergaben keinen Sinn. *Wie hatte er zulassen können, dass Geld und geschäftliche Belange alles andere überschatteten? War er so gefühlskalt? War es das, was sein Großvater in ihm gesehen hatte?*

Er musste mit seinen Brüdern sprechen.

* * *

Amber war aufgebrachter, als sie sich selbst gegenüber zugeben wollte. Sie wusste nicht, wohin sie fahren oder was sie tun würde, sie wusste nur, dass sie fortmusste. Alles war eine riesengroße Lüge gewesen. Als sie zehn Meilen weiter auf den Weg zu Talbert McCoys riesiger Ranch einbog, da dachte Amber wirklich, sie hätte den Verstand verloren. Aber ihre Gedanken wanderten immer wieder zu Caroline. Sie musste mit Caroline sprechen. Caroline war in vielerlei Hinsicht knallhart, aber sie war schonungslos und würde Amber die Wahrheit sagen. Allerdings wusste sie nicht, dass Amber und Morgan nur vortäuschten, eine echte Ehe zu führen. Als sie zum Haus hinauffuhr, wusste sie, dass sie sich Caroline anvertrauen würde. Das Testament beinhaltete keine Klausel, die ihr verbot, das zu tun. Sie hatte keine Geheimhaltungserklärung unterschrieben, also gab es wohl keinen Grund dafür, dass sie schwieg.

Sie hätte zu Allie und Ginny fahren können, aber die beiden waren zu nah an allem dran. Außerdem waren sie in seine Brüder verliebt, sie würden sie nicht unbedingt verstehen. Sie würden sie ermutigen. Ihr Bauchgefühl sagte ihr, dass Caroline sie aus ihrer schrecklichen Benommenheit herausholen würde.

Sie stieg aus dem Pick-up und sah Denton McCoy, der ein Country-Star war, im Moment aber ein waschechter Cowboy. Er trug Cowboyhosen, ein staubiges Hemd und einen Cowboyhut. Er sah ebenso gut aus wie alle McCoy-Männer. Als er aus dem Haus kam, riss sich das Gesangstalent den Cowboyhut vom Kopf und klatschte ihn sich gegen die Schenkel, als er sie sah. Sie hatten sich nur einmal kurz gesehen, aber er war unvergesslich. Aber auch in diesem Fall reagierte ihr Herz nicht, sie spürte lediglich die Anerkennung einer Frau, die einen wunderschönen Mann vor sich sah.

„Amber, wie geht es dir? Geht es dir gut?" Er starrte sie an, als er näherkam. „Du bist furchtbar blass.“

Sie winkte abweisend mit der Hand. „Es geht mir gut. Aber danke, dass du gefragt hast. Ich bin gekommen, um Caroline zu besuchen. Ist sie zu Hause?“

Er sah nicht so aus, als würde er ihr glauben, als er sie musterte. „Ja, sie ist drinnen. Sie war auf dem Weg in ihr Atelier, als ich die Küche verließ. Geh einfach rein. Du... na ja, du könntest dich da drin verlaufen. Ich kann dich führen oder, wenn du willst, geh einfach um die Seite herum und du wirst ihr Atelier sehen. Es ist das Glasgebäude am Ende des Pools. Ursprünglich war es ein Billardzimmer, bevor sie es übernommen hat.“

„Danke. Ich hoffe, du hast einen schönen Tag. Sieht aus, als würdest du reiten gehen.“

„Ich werde beenden, was ich angefangen habe. Wir arbeiten heute mit den Kühen und ich musste reinkommen und im Büro einige Papiere durchsehen. Großvater ist in Houston – er hat dort eine wichtige Besprechung oder so etwas, sodass ich ihn nicht einfach anrufen und fragen konnte – ich musste es mir selbst ansehen und es hat mich von dem abgehalten, was ich am liebsten mag. Ich und Wade – wir sind aus dem gleichen Holz geschnitzt. Wenn wir mit Kühen arbeiten oder auf unseren Pferden reiten können, sind wir im siebten Himmel. Wie auch immer, geh nach hinten. Du wirst sie dort antreffen, vielleicht kannst du dich etwas ausruhen. Du bist wirklich blass. Behandelt mein Cousin dich gut?"

„Alles in Ordnung, aber danke. Bis später."

„Wir sehen uns morgen Abend. Ich komme zur Party. Ich muss einfach kommen und offiziell mit euch auf eure Hochzeit anstoßen. Und mir mal wieder anhören, wie mein Großvater sagt, dass es an der Zeit ist, dass einer von uns ebenfalls heiratet. Oder wir alle."

„Nun, danke. Es wird eine schöne… Party." Ihre Stimme drohte zu brechen und sie hustete, um ihre Gefühle zu verbergen.

„Das hoffe ich, denn ich bin wirklich glücklich darüber, dass du Morgan geheiratet hast."

Warum sagten ihr das alle immer wieder? Sie würden so enttäuscht sein, wenn die Wahrheit herauskäme.

Sie schlenderte den Weg entlang, der um das riesige Haus herumführte, bis sie schließlich das blaue Wasser des Pools und das ziemlich große Poolhaus vor sich sah. Es war aus weißen Stein gebaut, verfügte über französische Türen und Fenster und hatte ein schönes rotes Lehmziegeldach, das zu dem wunderbaren roten Lehmziegeldach des Haupthauses passte. Sie konnte Caroline im Inneren sehen. Sie ging am Rand des Pools entlang, erreichte dann die Tür und klopfte ans Fenster. Ihr war mulmig zumute und ihre Knie waren schwach. *Warum um alles in der Welt war sie gekommen und was würde sie tun?*

„Amber, komm rein, Mädel." Caroline grinste, als sie die Tür weit öffnete und wedelte mit der Hand, damit Amber den Raum betrat. „Dies ist mein Herrschaftsbereich. Ich bin froh, dass du hier bist. Komm und sieh dir an, was ich male."

Sie ging zu einer großen Leinwand hinüber. Darauf war ein wunderschönes Pferd zu sehen, das so plastisch gemalt war, dass es schien, als könnte es jeden Moment zum Leben erwachen. Amber keuchte, denn die anderen hatten darüber gesprochen, was für eine großartige Künstlerin Caroline war. Aber diese hatte das alles einfach abgetan.

„Die anderen haben recht – du bist großartig, Caroline. Meine Güte, wie schön das ist."

„Danke. Das ist einer der Mustangs, die draußen auf unserem Grundstück herumlaufen. Wir haben eine Menge Land und wir haben einigen wilden Mustangs bestimmte Bereiche davon überlassen. Sie sind wunderschön. Und im Gegensatz zu dem, was ich vielleicht beim Shoppen vorgeben mag, liebe ich es, auf meinem Pferd oder im Geländewagen draußen auf der Weide zu sein und sie dabei zu beobachten, wie sie umherlaufen. Es sind wunderschöne Tiere. Leider sind sie niemandem wichtig, daher kümmert man sich nicht weiter um sie – sie sind entbehrlich. Weißt du, was ich meine? Ich hasse das. Okay, genug von meinem Geschwafel. Aber trotzdem, danke. Es hat mir Spaß gemacht, das zu malen. Ich denke darüber nach, es vielleicht irgendwo auszustellen, um vielleicht etwas Bewusstsein zu schaffen – du weißt schon, für die Mustangs."

„Das solltest du unbedingt tun. Meine Güte, man kann nicht sagen, was ein solches Bild einbringen würde."

„Ich will kein Geld dafür haben. Ich würde es dort hinhängen und naja, ich weiß nicht – das ist eine gute Idee. Vielleicht kann ich es versteigern und den Erlös für Lebensmittel und andere Dinge verwenden. Ich meine, ich spende eine ganze Menge, aber sie können immer mehr gebrauchen."

„Ich denke es wäre toll, für was auch immer du dich entscheidest."

Caroline war äußerst scharfsinnig und betrachtete sie. „Warum bist du hier? Du siehst sehr blass aus. Hattest du Streit mit meinem Cousin?"

Bingo. Natürlich würde Caroline das erkennen. „Nun, vielleicht... eine Meinungsverschiedenheit."

Caroline schüttelte den Kopf. „Nein, eine

Meinungsverschiedenheit würde wohl kaum zu diesem schockierten Gesichtsausdruck führen. Ihr habt euch gestritten und so wie es aussieht, war es ein ernster Streit. Komm her und setz dich. Ich hole dir ein kaltes Getränk und du erzählst mir, was mein Cousin dir angetan hat. Und anschließend gehe rüber und kümmere mich um ihn."

Sie hätte gelacht, wenn sie nicht so traurig gewesen wäre. „Nein, belästige ihn nicht. Wir hatten definitiv nur eine Meinungsverschiedenheit. Wir können uns bei bestimmten Dingen nicht einigen."

Sie setzten sich auf ein paar farbenfrohe Stühle, die den Pool überblickten und Caroline holte ein paar kalte Getränke mit Zitronengeschmack aus dem Kühlschrank. „Nimm das. Jetzt sag mir, was los ist."

„Ich bin tatsächlich für einen Tag von zu Hause weggelaufen. Ich war auf der Suche nach einem Hotel, um dort zu übernachten und bin dann, naja, hier bei dir gelandet. Ich habe gedacht, dass es besser wäre, mit jemandem zu reden, anstatt mich irgendwo zu verkriechen und zu schmollen und du warst die erste und einzige Person, die mir dafür eingefallen ist."

„Ich fühle mich geehrt. Weißt du, nicht viele Leute kommen zu mir, um mit mir zu reden. Sie denken, dass ich eine große Klappe habe. Aber das ist gar nicht so. Ich fühle mich geehrt. Ich kann dir versichern, dass ich mich nicht auf die Seite meines Cousins schlagen werde, falls er dir etwas angetan hat, deine Gefühle verletzt hat oder was auch immer, nur weil er mein Cousin ist."

„Und deshalb bin ich hier. Weil ich deine Aufgeschlossenheit brauche. Und ich brauche Klarheit darüber, was mich stört und ich glaube nicht, dass Ginny oder Allie die nötige Klarheit hätten."

Caroline sah ein wenig verwirrt aus. „Okay, sagst du mir nun, warum ich die Richtige bin und was in aller Welt los ist?"

Konnte sie das tun? Würde Caroline wütend werden? Würde Morgan wütend werden, wenn er erfuhr, dass sie es jemandem erzählt hatte?

„Okay, hör zu – Morgan und ich – wir haben geheiratet, um sein Geschäft zu retten."

Zunächst reagierte Caroline nicht. Sie blinzelte nicht, rührte sich nicht, machte keinerlei Bewegung. Sie starrte Amber nur an und nahm die Worte in sich auf. Nach einer Sekunde schüttelte sie den Kopf, so als müsste sie einen klaren Kopf bekommen. „Ihr habt also geheiratet, weil er sein Geschäft verliert? Ich kenne meinen Cousin und diese Aussage ergibt keinerlei Sinn. Er ist einer der besten Geschäftsmänner, die ich je kennengelernt habe. Es ist unmöglich, dass er sein Unternehmen verliert. Also, was ist los?"

„Es hat mit dem Testament zu tun. Dem Testament, das sein Großvater J.D. hinterlassen hat. Er musste heiraten, sonst hätte er seine Resorts und Hotels verloren."

Zum ersten Mal, seit Amber sie kennengelernt hatte, war Caroline sprachlos. Und man brauchte nicht gerade Raketenwissenschaftler zu sein, um zu wissen, dass Caroline McCoy nie sprachlos war.

„Du willst mich wohl veralbern! Ich wusste, dass etwas im Busch war, als Wade und Todd so plötzlich geheiratet haben, obwohl ich Allie und Ginny liebe. Ich habe einfach *gewusst*, dass da etwas faul war." Sie rieb sich die Stirn. „Okay, ich beruhige mich jetzt. Ich werde nicht ausflippen. Ich wusste wirklich, dass etwas nicht stimmt, als Morgan dich nach Hause gebracht hat. Nicht, dass ich etwas gegen dich habe, aber es ist nur so, dass Morgan… nach dem Trauerspiel mit Shannon hat er noch nicht einmal so getan, als ob er sich für irgendeine Frau interessieren würde. Er wurde härter, hat sich tiefer in die Arbeit vergraben und ist immer häufiger gereist. Er hat mehr und mehr Hotels gekauft und hatte gar keine Zeit, um eine Freundin, geschweige denn eine Braut zu finden. Aber als ich euch zwei gesehen habe, naja, er schaut dich auf eine Art und Weise an, wie ich ihn noch nie jemanden habe anschauen sehen.“

„Ich weiß nicht, was du da siehst, aber es ist offensichtlich nicht da. Deshalb bin ich hier. Ich war ein Dummkopf. Ich habe gedacht, naja, nachdem er mich auf Kauai aus dem Meer gerettet hatte und dann herausgefunden hat, dass ich für ihn arbeite, war es einfach verrückt. Und, na ja, er hatte mich noch nie zuvor bemerkt und ich hatte mich schon so sehr in ihn verknallt, weil – naja, weil er *er* ist. Und, naja, er hatte mich gerettet, also habe ich das durchgezogen und mir gesagt, dass ich mich nicht in ihn verlieben würde. Ich würde mein Herz nicht verlieren, aber vielleicht würde er mich wenigstens bemerken und das war meine einzige Chance. Auf ein Leben mit ihm. Naja, du weißt, was ich meine. Ich meine, ehrlich, denk mal darüber nach – nochmal, ich bin ein Dummkopf, aber ich meine, es hat alles so gut gepasst. Mrs. Beasley hat mich dorthin gebracht. Mrs. Beasley wusste über den Plan Bescheid. Und dann bin ich zu weit hinausgeschwommen und beinahe ertrunken – was für ein Zufall – und er stand gerade auf einer der Klippen, hat mich gesehen und gerettet – wie eine Geschichte aus einem Film.

Ich schätze, ich bin selbst an allem Schuld und habe mir eingeredet, dass es wie in einem Märchen ist. Dabei ist alles so falsch und unecht und genau das ist es – eine unechte Ehe. Sie ist legal, aber auf emotionaler Ebene ist es eine Lüge. Wie auch immer, ich brauche Rat. Ich muss noch einen weiteren Monat und ein paar Tage überstehen. Und morgen Abend... es ist alles eine Lüge und ich weiß nicht, ob ich es schaffen kann. Aber ich mache mir keine Sorgen um mich selbst. Ich hätte nie in dieses Geschäft einwilligen sollen. Ich brauche das Geld nicht unbedingt. Ich kann arbeiten, so wie ich es immer getan habe, aber ich kann ihn nicht verlassen. Er würde alles verlieren, was ihm etwas bedeutet. Er würde seine Resorts verlieren und es wäre alles meine Schuld, weil ich ihm mein Wort gegeben habe, das Versprechen, dass ich hierbleiben würde."

Caroline beobachtete sie ernst. „Liebe Freundin, ich weiß genau, was wir tun werden. Du wirst heute Nacht hierbleiben. Du hast ungefähr meine Größe, wir werden dich also hier für die Show morgen Abend vorbereiten. Ich habe einen Plan. Und wenn mein Cousin so dumm und stur ist, dass er das Beste sausen lässt, was ihm je passiert ist, dann kann ich ihm auch nicht helfen. Aber wenn er einen Weckruf braucht, dann, meine Liebe, werden wir ihm genau den auch geben. Halte dich an mich. Wir werden den Mann zum sabbern bringen. Oh, ja, das wird ein Spaß."

* * *

Morgan drehte beinahe durch, solche Sorgen machte er sich um Amber. Er schaute immer wieder auf sein Telefon, er schrieb ihr eine SMS nach der anderen und bat sie, ihm mitzuteilen, wo sie war und dass sie in Sicherheit sei. Und dass sie nach Hause kommen solle. Er schrieb ihr, dass sie das Problem lösen würden. Dass alles in Ordnung kommen würde. Aber sie antwortete nicht. Und er war schon ganz krank vor Sorge. Schließlich bekam er gegen Mitternacht eine SMS von ihr. Doch darin stand nur: „Ich bin in Sicherheit. Ich sehe dich morgen auf der Party."

Auf der Party? Wollte sie erst zur Party nach Hause kommen? Wütend antwortete er ihr. „Ruf mich an. Ich rufe an... geh du ans Telefon." Er wählte ihre Nummer, aber sie ging nicht ran. Er schrieb ihr eine weitere SMS: „Hör mir zu. Wir müssen vor der Party reden. Wir müssen reden."

Er wartete und schließlich kam noch eine Nachricht: „Es gibt nichts zu bereden. Wir sehen uns auf der Party. Ruf nicht nochmal an. Ich werde nicht drangehen und auch nicht mehr zurückschreiben. Ich bin in Sicherheit."

Er starrte auf den Bildschirm. *Warum tat sie das?* Er war es nicht gewohnt, dass sich jemand ihm gegenüber aufbäumte. Pferde bäumten sich auf, nicht

Menschen. Unnötig zu sagen, dass er nicht gut schlief. Er dämmerte weg und wachte dann wieder auf, fühlte sich aber noch schlechter als zuvor.

Er ging auf und ab, dann ging er in das Schlafzimmer, das eigentlich seines war, das sie aber im Moment bewohnte und starrte auf all ihre Sachen. Es fühlte sich verlassen an und der Raum kam ihm nicht einmal mehr wie sein eigenes Zimmer vor. Überall verbargen sich Erinnerungen an sie. Er öffnete den Schrank und sah ihre Kleider an. Sie hingen einfach nur da. Er ertappte sich dabei, wie er sie anfasste und sich wünschte, sie würde in ihnen stecken… er wünschte sich, sie wäre hier. Er ging ins Badezimmer. Ihre Bürste lag auf dem Waschtisch. Alles war hübsch und ordentlich. Er nahm ihre Bürste in die Hand und berührte ein Haar, das darin steckte. Anschließend ging er zurück in ihr Schlafzimmer. Er setzte sich auf die Kante des ordentlich gemachten Bettes und starrte durch den Raum, wobei er sich so verloren fühlte wie nie zuvor.

Er überstand die Nacht und kochte sich am nächsten Morgen unglücklich einen Kaffee. Er ging in der Küche auf und ab, während er darauf wartete, dass die Kaffeemaschine endlich mit der Zubereitung seines Kaffees fertig wurde. Als es soweit war, griff er nach der Tasse, goss den Kaffee aber zu schnell hinein und verspritzte ihn überall. Er stellte die Tasse beiseite und wischte die Sauerei auf. Dann nahm er seinen Kaffee, ging auf die Terrasse und starrte grimmig zum Horizont. Es war ein neuer Tag. *Was für ein Witz.*

Sein Blick war düster, sein Magen aufgewühlt und er fragte sich, wo Amber war. *Hatte sie gut geschlafen? War sie in Sicherheit?* Er wusste, dass sie seine Kreditkarte hatte, also hatte sie sich ein Zimmer leisten können und sie besaß auch eigenen Karten. Er wusste, dass sie Geld hatte, das war also nicht das Problem. Das Problem war, dass er einfach nicht wusste, wo sie war und dass er sie sehen musste. Noch nie in seinem ganzen Leben hatte er jemanden so dringend sehen wollen. Dieser Gedanke traf ihn mit voller Wucht und sein Herz schlug so heftig gegen seine Rippen, als wollte es hervorspringen.

Er hatte seine Eltern vermisst und auch seinen Großvater – trotz ihrer Auseinandersetzungen – aber eine solch rohe, aufwühlende und qualvolle Explosion an Gefühlen wie die, mit der er seit ihrer Abfahrt zu kämpfen hatte, hatte er noch nie erlebt. Er hatte Amber verletzt und musste sie sehen. Er musste sich bei ihr entschuldigen. Er musste es wiedergutmachen. *Aber wie sollte er das tun?* Er fühlte sich, als säße er in der Falle. Er trank einen Schluck von seinem heißen Kaffee, der auf dem ganzen Weg bis zu seinem Magen für ein Brennen sorgte und verabschiedete sich von seinem Stolz.

KAPITEL ZWEIUNDZWANZIG

Wade, Todd und seine Cousins Ash und Denton standen im Kreis herum und unterhielten sich, während sie auf Ambers Ankunft warteten. Er hatte ihnen versichert, dass sie jeden Moment hier sein würde, obwohl er sich nicht sicher war, dass sie überhaupt kommen würde. Er hatte gescherzt, dass Frauen sich eben herausputzten und dass sie sich für diesen besonderen Anlass mehr Zeit nahm. Er hatte keine Ahnung, was sie gerade tat, daher war das alles, was er sagen konnte. Er sah aus dem Augenwinkel, wie Allie und Ginny miteinander schwatzten und ihm ab und zu Blicke zuwarfen, die zu erwidern er sich weigerte.

Wenn sie wussten, was vor sich ging, dann hatten sie jedenfalls nichts zu ihm gesagt. Er hatte sie gefragt, ob sie mit Amber gesprochen hatten und gehofft, dass er an ihrer Reaktion erkennen würde, ob sie mit ihr gesprochen hatten und wussten, was vor sich ging. Mehr hatte er nicht sagen können, ohne selbst zuzugeben, dass er nicht mit ihr geredet hatte. Aber beide hatten gesagt, dass sie nicht mit ihr geredet hatten. Er war sich nicht sicher, ob er ihnen glaubte sollte oder nicht, bohrte aber nicht weiter nach.

Penny kam grinsend zu ihnen herüber. „Ich schätze, deine Braut legt es auf einen großen Auftritt an. Das gefällt mir. So bekomme ich Gelegenheit, die Aufregung in deinem Gesicht zu sehen, wenn sie schön und hinreißend wie Aschenputtel hereinspaziert kommt."

Er starrte Penny verblüfft an.

Penny wusste genau, worauf sich diese Ehe gründete und doch tat sie so, als ob wahre Liebe sie zusammengeführt hatte. Er war sich nicht sicher, wann Penny zu einer so überzeugenden Schauspielerin geworden war, aber ganz offensichtlich war sie das, denn sie schien nicht einmal mehr selbst zu bemerken, dass sie die Leute an der Nase herumführen würden. Es war das Verrückteste, was er je erlebt hatte. „Ja, Penny, ich glaube, so ist es. Ich werde froh sein, wenn sie kommt."

„Das konnte ich deinem Gesichtsausdruck auch deutlich entnehmen. Morgan McCoy, du siehst aus wie ein liebeskranker Welpe. Ich hätte nie gedacht, dass ich nochmal den Tag erleben würde, an dem sich dieser Ausdruck auf deinem Gesicht zeigt." Penny klopfte ihm auf den Arm. „Dein Großvater wäre stolz."

Er starrte sie an und war sich nicht sicher, worüber sie sprach.

„Da hat sie wohl recht." Denton grinste. „Ich habe sie übrigens kürzlich gesehen – ich schätze, es war gestern – und da sah sie etwas blass aus, aber sie hat gesagt, dass es ihr gut geht. Du siehst auch ein bisschen blass aus."

Er richtete seinen Blick auf seinen Cousin. „Du hast sie gestern gesehen?"

„Ja, im Haus. Sie kam vorbei, um mit Caroline zu sprechen."

„Oh, und? Hat Caroline etwas darüber gesagt, warum sie vorbeigekommen ist?"

„Ich weiß es nicht. Du weißt doch, ich wohne nicht in diesem Haus. Ich war nur gerade dort, weil ich für Granddaddy etwas nachsehen musste, daher habe ich nicht noch einmal mit ihr oder Caroline gesprochen. Ich habe mit dem Vieh gearbeitet und bin dann nach Hause gegangen."

Sein Verstand raste. *Hatte sie Caroline besucht und war dann weitergefahren? Oder war sie immer noch bei seiner Cousine?* Er hoffte, dass sie bei

Caroline war, zumindest wäre sie dort sicher und jemand wusste, wo sie war.

„Geht es dir gut, Morgan?" fragte Wade.

„Ja, du siehst wirklich besorgt aus." Todd starrte ihn aufmerksam an. „Hast du Amber heute schon gesehen?"

„Nein, ich habe sie heute noch nicht gesehen. Schaut mal, sie ist gestern gegangen." Er warf seinen Brüdern einen Blick zu, da die beiden sehr gut wussten, dass seine Cousins keine Ahnung von der Wahrheit hatten. Ab wen zum Teufel kümmerte das im Moment schon? „Es ist so", sagte er zu Ash und Denton. Beck saß in Kanada fest, da ein Sturm alle Flüge verspätet hatte. „Die ganze Sache ist eine Lüge – ein Witz. Oder war es zumindest. Ich weiß nicht, wie ich es nennen soll, aber eigentlich ist es eine Lüge. Euer Großvater, Penny, ich, Todd und Wade kennen die Wahrheit und ihr könnt sie ebenso gut auch kennen. Unser Großvater hat uns ein Ultimatum gestellt – wir mussten innerhalb von drei Monaten heiraten, einer nach dem anderen und drei Monate lang verheiratet bleiben, sonst würden wir alles verlieren. In meinem Fall ging es um die Resorts und Hotels. Und wisst ihr was, ich war deswegen die ganze Zeit über wütend auf Großvater, aber im Moment bin ich vor allem auf mich selbst wütend, weil ich darauf hereingefallen bin und es mich gerade gar nicht mehr interessiert. Aber ihr solltet wissen, dass ich nicht weiß, ob Amber kommen wird oder nicht. Wir hatten gestern eine Auseinandersetzung. Ich habe sie verärgert, weil ich wie ein Idiot gesagt habe, dass wir im Grunde genommen nur eine Vereinbarung hatten, in der es um Geld ging und dass mich dagegen sträuben würde, weil Großvater mich zur Heirat gezwungen hatte."

Ash und Denton sahen beide völlig verwirrt aus.

Ash war der erste, der sprach. „Das alles ist nicht echt? Eine Schein-Ehe?"

„Ja, Todds und Wades Ehen waren es auch, aber sie bekamen ihr ‚Happy End', wie in einem romantischen Film oder so. Und, na ja, dann war ich an der Reihe. Und ich sage es nur ungern, aber ich habe aus der ganzen Sache wirklich ein einziges großes Durcheinander gemacht."

„Morgan, geht es dir gut?", fragte Wade erneut. „Denn eins sage ich dir, Bruder, dein Verhalten ist nicht das eines Typen, der denkt, dass es bei alledem nur um Geld geht."

In diesem Moment trat Talbert zu ihnen. „Morgan, ich wollte die Gelegenheit nutzen, um vorbeizukommen und dir zu gratulieren. Du hast eine wunderschöne Braut. Ich sag dir mal was, wir haben alle gehört, dass Wade und Allie ein Kind bekommen und ich möchte nur sagen, dass dein Großvater gerade im Himmel zusammen mit deiner Mom und deinem Dad einen Freudentanz aufführt."

Er schaute Ash und Denton an. „Jungs, ich denke, es ist an der Zeit, dass auch ihr über das Heiraten nachdenkt. Nach dem heutigen Abend werden wir uns alle mal zusammensetzen und uns miteinander unterhalten müssen, auf die gute alte texanische Art. Denn wisst ihr was? Ich habe auch Lust auf ein Urenkelkind und keiner von euch wird jünger. Ich selbst werde auch immer älter, daher ist es an der Zeit, das zu klären."

Alle starrten Talbert an, als hätte er den Verstand verloren. Morgan war es egal. Er empfand Mitleid mit seinen Cousins, aber er wusste, was die Stunde geschlagen hatte. Er sah es kommen – es war ansteckend. Aber alles, was er wollte, war von all dem wegzukommen und Amber zu finden. Er musste mit Amber reden.

„Onkel Talbert, was du da sagst, würde ich niemandem wünschen. Ich würde mir das gut überlegen – " Er brach abrupt ab, als er eine Bewegung an der Tür wahrnahm und Caroline eintrat und ihm quer durch den Raum einen Blick zuwarf, der ihn wie ein Dolch durchbohrte. Dann schenkte sie ihm dieses kleine Grinsen, wie damals, als sie noch Kinder waren und sie sie alle verpetzt hatte, nur um anschließend zu beobachten, wie sie in Schwierigkeiten gerieten.

Und dann schaute sie zurück zur Tür und Amber trat ein.

Sie war umwerfend. Sie trug ein schwarzes schulterfreies Kleid, das sich an ihre schöne Figur schmiegte. Es war eindeutig eins von Carolines Kleider, aber es stand Amber ausgezeichnet. Sein Herz pochte und sein Puls fühlte sich schwach an, so schnell raste er. Es schien, als ob sich die Menge zwischen ihm und Amber teilte und nur eine weite leere Fläche zwischen ihnen verblieb. Er wollte keine Leere zwischen ihnen. Sie hätte auch in Lumpen dort stehen können, er hätte sich genauso gefühlt. Er wollte keine Leere zwischen ihnen, er wollte überhaupt nicht, dass irgendwas zwischen ihnen war. Er machte einen Schritt nach vorne und ging ruhig und entschlossen auf sie zu.

Sein ganzes Leben lang hatte er gewusst, was er wollte. Er hatte es mit der Zielstrebigkeit und Kontrolle eines Mannes verfolgt, der wusste, wie er bekam, was er wollte. Und bis gestern, bis Amber ihn verlassen hatte, hatte er sich bei einem Geschäftsabschluss nie von seinen Gefühlen ablenken lassen. Und dennoch war das alles, was in Bezug auf

Amber zählte – Gefühle. Er liebte sie.

Sie stand dort und er konnte sehen, dass ihre Hände zitterten, die sie über ihrem Bauch ineinander verschränkt hatte. Sie bemühte sich um einen ausdruckslosen Blick, aber er sah so viele Emotionen in ihren Augen, dass er Mitleid mit ihr hatte. Als er sie erreichte, streckte er ihr die Hand entgegen. Die Musik spielte hinter ihnen, als hätte Penny dem Orchester gesagt, dass es anfangen solle.

„Darf ich um diesen Tanz bitten?", fragte er und wollte, dass sie ihre Hand in seine legte. Das alte Lied von Clint Black und Lisa Hartman *When I Said I Do* erklang. Das innige Country-Lied des großen Sängers und seiner Braut pulsierte zwischen ihnen und er hatte noch nie in seinem ganzen Leben etwas so sehr gefühlt wie jetzt, als er wollte, dass sie seine Hand nahm.

„Als ich *Ja, ich will* gesagt habe, habe ich es auch so gemeint", sagte er leise. Ihre Augen weiteten sich, als er seine Finger bewegte, um ihre Aufmerksamkeit auf sie zu lenken. Er schluckte den Kloß in seinem Hals hinunter, als er beobachtete, wie ihr Blick auf seine Hand fiel und dann wieder zu seinen Augen wanderte. Er konnte ihren Puls am Hals klopfen sehen und ihre Augen füllten sich mit Tränen. Und dann glitt ihre Hand in seine.

Euphorie erfüllte ihn und er zog sie sanft zu sich

heran, er zog sie in seine Arme und mit sich auf die Tanzfläche, wo er sich im Takt der Musik mit ihr wiegte. Als Clint Black singend der Liebe seines Lebens sein Herz ausschüttete, spürte Morgan, wie die verschiedenen Teile seines Lebens an die richtige Stelle rutschten.

Er atmete ihren Duft ein, fühlte, wie ihr Körper sich mit seinem im Takt bewegte. Er blickte in ihre süßen, schönen Augen. Er hielt sie fest und wischte ihr sanft eine Träne von der Wange. „Als ich *Ja, ich will* gesagt habe, habe ich nicht gewusst, wie ernst ich es gemeint habe. Das ist mir erst gestern klargeworden, als du aus meinem Leben verschwunden bist. Die ganze Nacht über hatte ich solche Angst, dass ich dich verloren hatte – dass ich ein Trottel gewesen war. Und die ganze Zeit über hast du gedacht, du wärst der Dummkopf. Aber das warst du nicht. Es ist mir egal, wie alles begonnen hat. Das Geld ist mir egal. Es ist mir egal, ob es mein Großvater war. Mir ist nur wichtig, dass du meine Frau bist und meine Frau bleibst."

„Das meinst du nicht wirklich."

„Doch, genau das tue ich, Liebling. Ich meine es mit jeder Faser meines Körpers. Ich kann dich nicht zwingen, mit mir verheiratet zu bleiben, aber wenn du mich verlässt, werde ich den Rest meines Lebens damit zubringen, zu versuchen, dich zurückzugewinnen. Es ist mir egal, ob ich alles verliere. Das einzige, was für mich im Moment zählt, bist du und dass du für immer mir gehörst. Ich möchte mir ein Leben mit dir aufbauen. Wir können so viele Kinder haben, wie du willst. Ich möchte, was immer du möchtest. Wenn du weiterhin mit mir arbeiten willst, ist das in Ordnung. Wenn wir das Geschäft lieber aufgeben wollen, ist mir das egal. Mir ist gestern Abend klar geworden, dass außer dir nichts in meinem Leben von Bedeutung ist. Ich habe meine Eltern verloren, als ich noch klein war und ich habe meinen Großvater verloren. Und so sehr ich sie auch geliebt habe – auch wenn es diese Streitigkeiten zwischen mir und meinem Großvater gab – so verheerend war es, dich zu verlieren. Ich liebe dich."

Er hielt beim Tanzen inne. Sie zitterte in seinen Armen und sagte nichts. Tränen flossen ihr übers Gesicht, zu viele, als dass er sie mit seinen Fingern hätte aufhalten können. Er nahm ihr Gesicht in beide Hände und küsste langsam die Tränen von ihren Wangen. Er küsste eine Wange, dann die andere, dann küsste er ein Auge und dann das Augenlid auf der anderen Seite, weil sie die Augen geschlossen hatte. „Sag mir, dass du mich liebst oder was ich tun muss, um das wieder gut zu machen."

„Ich liebe dich, Morgan und du hast es wiedergutgemacht. Ich kann nur nicht glauben, dass es wahr ist."

Seine ganze Welt fand einen Anker. Er nahm sie in seine Arme, sie keuchte und ihre Arme schlangen sich um seinen Nacken. Als das Lied zu Ende war, wirbelte er sie herum und hielt sie ganz fest. „Ich kann nicht glauben, dass du zu mir zurückgekommen bist."

Sie lachte und legte ihre Stirn an seine, während er sie herumwirbelte und die Leute klatschten. „Oh, Morgan, ich bin nie wirklich gegangen. Du hast mein Herz gehabt – immer."

„Und das macht mich zum glücklichsten Mann der Welt." Und dann brachte er sie zum Stillstand und senkte seine Lippen auf ihre.

Über die Autorin

Der Name der zeitgenössischen Bestseller-Autorin Hope Moore ist das Pseudonym einer preisgekrönten Autorin, die in Texas lebt und von Cowboys umgeben ist. Sie liebt es, Liebesromane und Happy Ends zu verfassen. Ihre herzerwärmenden Liebesromane sind voller schöner Helden, die es zu lieben gilt und wagemutiger Frauen, die ihre Herzen gewinnen.

Wenn sie nicht gerade schreibt, versucht sie hartnäckig, nicht zu kochen, da sie von Erdnussbuttersandwiches, Kaffee und Käsekuchen leben könnte. Seit sie schreibt, ist sie kaum noch in sozialen Medien präsent, aber sie LIEBT ihre Leserinnen und Leser, also melde dich für ihren Newsletter an und sichere dir die kostenlose Kurzgeschichte DIE WAHRE LIEBE IHRES MILLIARDENSCHWEREN COWBOYS.

MILLIARDENSCHWEREN COWBOYS, die Vorgeschichte ihrer Western Liebesgeschichten-Serie der McCoy Milliardärsbrüder!

Dieses Buch ist nur für Newsletter-Abonnenten erhältlich und ist die süße Liebesgeschichte von J.D. McCoy, dem geliebten Großvater der Brüder. Du wirst außerdem Leseproben ihrer Abenteuer, zusammen mit Sonderangeboten und neu veröffentlichten Büchern erhalten.

Bitte kopiere diesen Link und füge ihn in deinen Browser ein, um dich anzumelden: https://www.subscribepage.com/cowboyromantik